Indomável

Indomável

Copyright © 2025 by Luisa Cisterna
Copyright © 2025 by Novo Século Editora Ltda.

Direção editorial: Luiz Vasconcelos
Coordenação e produção editorial: Marianna Cortez
Preparação: Luciene Ribeiro dos Santos
Revisão: Ana C. Moura
Diagramação: Marília Garcia
Capa: Ligia Camolesi

Texto de acordo com as normas do Novo Acordo Ortográfico da Língua Portuguesa (1990), em vigor desde 1º de janeiro de 2009.

Dados Internacionais de Catalogação na Publicação (CIP)
Angélica Ilacqua CRB-8/7057

Cisterna, Luisa
Indomável / Luisa Cisterna.
-- Barueri, SP : Novo Século Editora, 2025.
256 p. (Coleção Amor no Oeste do Canadá)

ISBN 978-65-5561-958-4

1. Ficção brasileira 2. Literatura cristã I. Título II. Série

25-0179   CDD-B869.3

GRUPO NOVO SÉCULO
Alameda Araguaia, 2190 - Bloco A - 11º andar - Conjunto 1111
CEP 06455-000 - Alphaville Industrial, Barueri - SP - Brasil
Tel.: (11) 3699-7107 | E-mail: atendimento@gruponovoseculo.com.br
www.gruponovoseculo.com.br

LUISA CISTERNA

Indomável

Amor no Oeste do Canadá
Livro 2

ns

São Paulo, 2025

Nota da autora

Desde minha primeira mudança para o Oeste do Canadá, em 1992, aprendi a amar essa região onde a natureza demonstra sua força em cada detalhe. Em um lugar de invernos rigorosos e longos, que reduzem o tempo entre o plantio e a colheita, os povos nativos e os imigrantes usaram sua determinação e suas habilidades para aproveitar os recursos naturais e garantir sua subsistência.

Com o passar do tempo, procurei me integrar ao modo de vida canadense, muito diferente do meu. A melhor forma de integração é a que se faz com compreensão. Para isso, busquei aprender o que fez o Canadá ser o que é. Esse foi o ponto de partida para contar a história de Alana. Em *Indomável*, abordo temas como o legado dos povos nativos, dos imigrantes e da Real Polícia Montada Canadense (Royal Canadian Mounted Police, anteriormente chamada de North-West Mounted Police) à época da ambientação deste romance.

No meu dia a dia, estou cercada de lembranças dos que construíram esse país desde o princípio. Moro ao lado de uma nação indígena, a Tsuu T'ina Nation. Além disso, as maiores avenidas da minha cidade, Calgary, homenageiam vários povos: Blackfoot, Sarcee, Stoney, entre outros. Meus filhos estudaram com crianças de sobrenomes Buffalo, Crowchild, Blackplume, Eagletail, Starlight e mantêm as amizades até hoje, já na fase adulta.

Nossa protagonista, Alana, representa as pessoas chamadas *métis* (pronuncia-se /*meití*/), de ancestrais aborígenes e europeus. O termo é controverso, mas, para facilitar a caracterização da personagem, optei por esse sentido simplificado (utilizo, portanto, o "m" minúsculo).

Esta história é uma forma singela que encontrei para levar aos meus leitores no Brasil e em outros países um entendimento e uma apreciação da minha terra de adoção, o Canadá, e sua rica mistura étnica.

Dedico este livro aos povos nativos dessa terra, aos imigrantes, como minha própria família, e à Real Polícia Montada Canadense.

Espero que gostem desta nova aventura de amor no oeste canadense.

Luisa Cisterna

Pano de fundo de Indomável

Povos nativos, imigrantes e a Real Polícia Montada[1]

No fim do século XIX, o pioneiro primeiro-ministro do Canadá, Sir John A. Macdonald, começou a planejar a criação de uma patrulha permanente para vigiar os territórios do noroeste do Canadá. Em 1873, a North-West Mounted Police (NWMP) foi formada. Seu nome mudou para Royal Canadian Mounted Police (RCMP) em 1920. Eles são carinhosamente chamados de *mounties*.

Inicialmente, os soldados da NWMP eram enviados para as regiões do Oeste e Norte do Canadá para policiar a terra e tentar manter uma relação pacífica entre o governo, os habitantes da região e os comerciantes de peles de animais (*fur traders*). Não havia muito atrito entre os grupos, nesse período. No entanto, o governo canadense invadiu novas terras indígenas, e a NWMP começou a interferir mais no modo de vida desses habitantes. Com a chegada de imigrantes, a tensão entre estes e os povos nativos começou a crescer. Os comerciantes de bebidas alcóolicas se espalharam pela região, causando grande problemas para os nativos. A NWMP pôde então intervir em favor dos povos aborígenes, reconquistando, assim, sua confiança.

---

[1] Fonte: *The Canadian Encyclopedia*.

Nas décadas seguintes, a NWMP se empenhou em melhorar as relações com os povos nativos, inclusive os ajudando nas negociações dos tratados sobre divisão de terras com o governo.

Muito aconteceu nessa época, e as relações entre os povos nativos, o governo federal e a própria Polícia Montada foram se deteriorando, o que se reflete no país até hoje. Vale mencionar a criação das Escolas Residenciais, uma forma que o governo encontrou para "tirar o índio do homem" e acabar com a cultura indígena. É um assunto que gera muita animosidade no Canadá atualmente.

Embora a intenção inicial da criação da Real Polícia Montada Canadense fosse temporária, hoje a instituição é um dos maiores símbolos dessa nação. Entre suas tarefas, estão o patrulhamento de cidades menores que não possuem sua própria força policial municipal e a manutenção da soberania do país. Quanto aos povos nativos, ainda hoje persistem preconceitos e falta de entendimento. Nos últimos anos, tem havido um esforço da sociedade para reconhecer os males feitos a esses povos e restabelecer a confiança mútua.

Sumário

Capítulo 1 13
Capítulo 2 18
Capítulo 3 27
Capítulo 4 33
Capítulo 5 39
Capítulo 6 45
Capítulo 7 50
Capítulo 8 56
Capítulo 9 62
Capítulo 10 67
Capítulo 11 72
Capítulo 12 78
Capítulo 13 84
Capítulo 14 90
Capítulo 15 95
Capítulo 16 102
Capítulo 17 107

Capítulo 18 112
Capítulo 19 117
Capítulo 20 124
Capítulo 21 132
Capítulo 22 139
Capítulo 23 144
Capítulo 24 151
Capítulo 25 156
Capítulo 26 162
Capítulo 27 170
Capítulo 28 176
Capítulo 29 188
Capítulo 30 193
Capítulo 31 198
Capítulo 32 203
Capítulo 33 212
Capítulo 34 217
Capítulo 35 222
Capítulo 36 227
Capítulo 37 231
Capítulo 38 236
Capítulo 39 241
Capítulo 40 249

# Capítulo 1

Uma nuvem de poeira cruzou a campina à frente do Sítio Hebron, aproximando-se rapidamente do portão da propriedade. O barulho de cascos anunciou a pressa da impressionante cavaleira montada no cavalo branco manchado de preto. O galope do poderoso animal arrancava tufos de grama, jogando-os para o alto. Sua crina longa voava ao vento como a cabeleira lisa e negra da mulher que o conduzia. A cavaleira batia a rédea com firmeza, apressando o cavalo nos últimos metros até a porteira.

Alana correu os olhos pelo campo cultivado. Lá estava ele; o homem retraído, cheio de mistérios. O olhar da jovem engachou-se no de Gabriel. Ele capinava o campo. Parou por um instante. Alana puxou a rédea de Arrow, e a nuvem de poeira girou ao seu redor como um redemoinho.

– Onde está Yael?

O tom de voz da exótica mulher estava carregado de urgência.

– No celeiro – Gabriel apontou, seus olhos escuros hipnotizados, seu semblante cheio de expectativa.

Alana arrancou o olhar daquele homem forte, suas entranhas contorcendo-se de paixão e raiva. Ela apertou as ancas do animal preto e branco com os pés e saiu novamente a galope. A rédea era uma extensão de seus braços longos, subindo e descendo como ondas.

Yael surgiu do celeiro e acenou para Alana. Ela limpou a mão no avental, com o irmão mais novo, Nathan, no seu encalço.

– O que aconteceu?

Alana fez Arrow parar e saltou da sela em um único pulo, a saia-calça com franjas de couro voando como um leque aberto.

– Acharam duas meninas na estrada.

Yael levou as mãos ao rosto.

– Volto em um instante. Vamos juntas.

Ela virou as costas e correu em direção à casa de madeira, de onde saía uma preguiçosa fumaça pela chaminé.

– Yael – Nathan gritou para a irmã. – Posso ir com você?

A irmã seguiu até a casa, segurando a saia longa e entrando em seguida. O jovem preparou-se para correr atrás dela.

Alana o agarrou pela manga da camisa encardida.

– É melhor não.

– Por quê? – O garoto de cabelo castanho-claro apertou os punhos, braços rentes ao corpo. – Já fui outras vezes.

Eu sei, mas agora não.

Alana o encarou com seus olhos negros ligeiramente puxados.

Nathan soltou um resmungo.

– Não sou um bebezinho.

Alana permitiu-se um ligeiro sorriso. Nathan não era um bebê. Seus músculos começavam a surgir, assim como a leve penugem no lábio superior.

– As meninas estão muito machucadas.

– Sou corajoso.

Ele torceu os lábios e franziu a testa.

– Claro, mas você precisa ficar aqui e ajudar Calebe e Gabriel com o trabalho. Isso é o mais importante no momento.

Nathan encheu o peito.

– Vou tirar água para os cavalos.

Alana balançou a cabeça, encorajando-o.

– Nessas horas, cada um de nós tem um papel importante.

O rapazinho girou nos pés e correu na direção do poço. Encheu um balde, levando-o para o cercado dos cavalos, a água derramando pelas bordas.

Alana fez um barulho de comando com a boca e puxou Arrow pela rédea até o poço. Ela desceu o balde e logo o trouxe de volta, empregando toda a força dos braços. Encheu a tina de água, e Arrow se aproximou para matar a sede.

– Alana, o que aconteceu?

Gabriel, de camisa suada, mangas enroladas à altura dos cotovelos, aproximou-se com a testa franzida.

– Acharam duas meninas na beira da estrada. Estavam chorando, com as roupas rasgadas.

Alana afagou a crina comprida de Arrow. Sua coluna ereta e o queixo levantado a faziam parecer maior do que sua estatura mediana mostrava.

Gabriel balançou a cabeça.

– Essa violência não tem fim.

Alana examinou o rosto de Gabriel, que trazia o semblante pesado de sempre quando ele ouvia sobre mais uma tragédia. Ele próprio tinha sido vítima da violência no trajeto para o tão desejado sonho, o de conquistar o Oeste do Canadá. E sua esposa morrera no ataque.

– Enquanto não tem fim, ajudamos. Depois que Harmony perdeu o xerife Lee, o problema aumentou. Agora dependemos da boa vontade do prefeito de Belleville. A cidade também não tem muitos recursos.

Alana apertou o rosto com as mãos. Sua pele morena clara estava levemente avermelhada pelas pinceladas do sol dos dias quentes. Seu olhar, alerta, examinava tudo à volta.

Gabriel assentiu com a cabeça e inspirou pausadamente. Puxou mais água do poço e encheu a tina para Arrow. Largando o balde de madeira com força, ele resmungou uma despedida e voltou para o campo. Alana o seguiu com os olhos. Sua frustração aumentava sempre que o encontrava. Gabriel não era claro nem em suas palavras, nem nas atitudes. Se ao menos Alana pudesse controlar as batidas aceleradas do coração quando o visse, não se sentiria tão irritada e frustrada.

Seu olhar permaneceu nos ombros largos de Gabriel, que pegou a enxada e recomeçou o trabalho de capinar a lavoura. As palavras acumuladas como água em um dique apertavam o peito de Alana. Ela tinha muito o que desabafar com Gabriel: palavras doces, palavras amargas. Ele, porém, fugia, escapulia como um pedaço de sabão molhado. A tensão entre os dois era palpável quando se viam. Não era possível que Gabriel estivesse alheio ao que se passava. *Se eu pudesse, arrancaria do meu peito essa convulsão de sentimentos como quem extrai um dente estragado*, ela pensou e engoliu de volta a bola de fogo que subia pela garganta.

Arrow balançou a cabeça e levantou parte do cabelo de Alana com o beiço estendido. Ela correu as unhas por entre os olhos do animal e encostou o rosto em seu pescoço quente. Inspirou profundamente. Expirou forte. Apoiou um pé no estribo, jogando a outra perna por cima da sela, com agilidade. Resistiu à tentação de olhar para o campo logo atrás. Precisava desistir de Gabriel.

Mais de um ano se passara desde a chegada repentina dele a Harmony. No início, eles trocaram alguns olhares, e Alana entendera que a perda traumática da esposa em uma emboscada no trajeto para o Oeste trazia grande conflito ao coração de Gabriel. Os meses passaram, os olhares se intensificaram, até que o rapaz lhe beijou a mão.

Depois do beijo, Alana precisou aceitar o fato de que o amor a tinha alvejado como uma flecha pela primeira vez. Ela era um cervo à mercê do caçador. Porém, Gabriel se tornou mais esquivo. O caçador observava sua presa alvejada, e nada fazia. Ao menos desse um golpe final que acabasse com seu sofrimento. Mas não. Ele não fazia isso. Brincava com os sentimentos de Alana. Era um jogo de puxa e empurra, enquanto ela sangrava com a lança atravessada no peito.

Cavaleira e cavalo soltaram uma baforada pela boca ao mesmo tempo. Arrow batia um casco no chão, e Alana o controlava com a rédea, os braços abertos puxando a corda de um lado para o outro. Ela soltou uma risada sarcástica, pensando que sua agitação era semelhante à do cavalo. Arrow estava inquieto para sair galopando, e Alana inquieta para correr de Gabriel. Correr para longe, colocando a distância das intermináveis pradarias canadenses entre eles. *A quem eu engano? A distância seria só física. Essa é fácil de resolver.*

Logo a vontade de Arrow foi satisfeita, quando, minutos depois, Alana e Yael cruzaram a campina a galope. Seria mais conveniente se a jovem mestiça deixasse que seus sentimentos subissem com a poeira que ficava para trás, se dispersassem e fossem menos do que uma mera lembrança. Os desafios que Alana tinha pela frente eram reais e mereciam sua atenção. O sofrimento assolava Harmony e seus moradores. A violência espreitava os viajantes esperançosos, deixando muitos deles machucados física e emocionalmente. Alana tinha que dar de si para que essas pessoas recebessem acolhimento. Seu coração exigia isso. Suas habilidades eram vitais no processo de cura das vítimas. Não permitiria que seu egoísmo roubasse dessas pessoas o auxílio que ela poderia lhes dar.

Alana conhecia o sentido de perda. Desde menina, sua vida foi marcada por perdas. Nesses casos, ela se sentia derrotada, mas logo recebia o consolo de Deus através das pessoas, como seus avós. O que estava experimentando com Gabriel era um tipo de perda, mesmo que pequena, já que nada muito profundo tinha acontecido entre eles. Porém, Alana se entristecia pela expectativa do que os dois poderiam construir juntos.

Batendo com mais vigor nas ancas de Arrow, Alana fixou o olhar e a atenção à tarefa importante que tinha pela frente. *Gabriel que fique para trás na poeira*, ela pensou. *Ele que continue na companhia de seus fantasmas, sejam quais forem.*

Capítulo 2

Amelie abriu a porta de casa e fez um sinal aflito com a mão para as duas amigas entrarem. Yael beijou a tia, que a puxou pelo braço no corredor da ampla casa. Alana seguiu as duas mulheres, a expectativa crescendo a cada passo.

– Joel, o ferreiro, foi quem achou as meninas – sussurrou Amelie, ao se aproximar de uma porta fechada. – Elas estavam na beira da estrada, agarradas uma à outra, chorando.

– Ah, meu Deus. – Yael levou a mão ao peito. – E não temos mais médico em Harmony para fazer um exame nelas.

– Não foi uma boa hora para o dr. Carl se aposentar.

A tia rodou a maçaneta devagar e empurrou a porta com cuidado.

Alana sentira-se um pouco órfã com a partida do dr. Carl de Harmony. O que a jovem sabia de cuidado com os doentes tinha aprendido com sua vó Nita e com o bondoso médico. A limitação do seu conhecimento a angustiava, fazendo-a se sentir uma farsa quando alguns doentes depositavam sua esperança nela e em sua avó. Às vezes, o que restava à Alana, ao ajudar um paciente com complicações, era confortá-los com palavras.

Alana e Yael entraram na frente de Amelie. O quarto fresco abrigava duas meninas. A cortina clara balançava com a brisa. Uma em cada cama, as crianças dormiam, cobertas com colchas de retalho, os cabelos embaraçados espalhados pelos travesseiros.

Alana observou sua melhor amiga ajoelhar-se entre as camas e abaixar a cabeça. Nesses momentos, Alana sabia que Yael revivia um pouco de sua própria história, quando ela e os irmãos tinham sido vítimas da violência nas estradas. O pior dos ataques não era a perda de bens materiais, embora as famílias que faziam o trajeto para o Oeste viessem justamente por causa de suas condições precárias e tivessem poucas posses. O mais aterrorizante era a perda daquilo que não podia ser calculado. No caso de Yael, tinha sido a devastação pessoal.

– Minha avó já sabe que as meninas estão aqui?

Alana perguntou a Amelie em voz baixa, respeitando o momento de contrição de Yael.

Amelie inclinou a cabeça, chegando mais perto de Alana.

– Nita deve estar chegando. Mandei o filho do vizinho avisá-la.

Yael levantou-se e passou os dedos pelos olhos.

– Isso não pode mais continuar assim.

Sua voz engasgada era como um grito debaixo d'água.

Alana e Amelie balançaram a cabeça, concordando. As três mulheres deixaram as meninas dormindo e foram para a cozinha, onde uma mesa com chá e biscoitos esperava as visitantes.

Yael sentou-se à mesa, mas Alana preferiu encostar-se na janela. Suas pernas estavam inquietas. Seu coração, aflito. Dessa vez, não era por causa de Gabriel, mas por causa de uma ideia que a vinha perturbando.

Vó Nita, uma mulher nativa da região, era parteira. Por causa disso, era sempre chamada para tratar dos doentes com suas ervas e cuidados especiais. Mesmo antes de o dr. Carl se aposentar, Nita servia de enfermeira, com o aval do médico idoso, tão querido pelos moradores de Harmony. Com a partida do dr. Carl, vó Nita era a única pessoa com quem os enfermos podiam contar.

Alana sempre acompanhara a avó desde criança. Agora, com 20 anos, ela sentia um chamado muito forte para se especializar.

Sonhava em ser enfermeira. Tinha total apoio dos avós, com quem vivia desde a morte da mãe e o desaparecimento do pai. O problema era que sonhar custava dinheiro, o que sua família não tinha. Os três viviam bem, na casa que seu pai construiu com as próprias mãos. Comiam bem porque seu vô Raini era o melhor caçador da região, e sua vó Nita fazia milagres na horta do pequeno sítio. No entanto, não tinham recurso extra para estudos ou qualquer outra coisa além da própria subsistência.

Com grande dificuldade, Alana terminou o ensino básico na escola da cidade vizinha, a única da região. Ela e outras crianças enfrentaram invernos inclementes para chegar à pequena casa que abrigava um pequeno grupo de alunos. Com os estudos completos, nada mais restava que a jovem pudesse fazer para se especializar. Dessa forma, além do dinheiro, Alana precisaria se mudar para Edmonton, seis horas ao norte de Harmony para a única escola de enfermagem da região.

– Alana, tudo bem? – Amelie esticou o braço, oferecendo-lhe uma xícara de chá. – Como será daqui para frente sem o dr. Carl?

Alana deixou a xícara de lado, no balcão da pia, e começou a fazer uma grossa trança no cabelo.

– Minha avó anda sentindo os efeitos da artrite. Eu a ajudo com os partos e outros procedimentos que exigem força, mas temos tanta necessidade por aqui.

Yael deixou sua própria xícara de lado e, levantando-se, abraçou a amiga.

– Eu queria tanto poder ajudar você com os estudos.

Alana enroscou o braço no de Yael.

– Você e Calebe têm uma família grande agora. Com a chegada de Zach, é mais uma boca para alimentar.

Alana admirava a amiga e seu marido, Calebe. Os dois tinham passado por muita tristeza quando Yael apareceu toda machucada na porta da casa dele em uma madrugada, quase dois anos antes. Na viagem para o Oeste do Canadá, os pais de

Yael perderam a vida na travessia de um rio. Seus irmãos, Sara e Nathan, foram sequestrados por um cafetão, o mesmo que violou a inocência de Yael e a largou na beira da estrada, como um pedaço de carne deixado aos abutres. Com o feliz retorno de Sara e Nathan e o nascimento do primeiro filho de Yael e Calebe, as despesas aumentaram. Alana não desejava que a amiga se preocupasse com seu sonho, já que era improvável que se realizaria.

As três xícaras de chá foram esquecidas quando as mulheres correram para a sala ao ouvirem batidas firmes na porta. Alana chegou na frente e abraçou sua avó, uma mulher pequena de longa trança grisalha e semblante tranquilo.

– Vim assim que me avisaram das meninas.

Vó Nita, como era conhecida pelos moradores de Harmony, segurava um saquinho de estopa.

– Por aqui.

Amelie apressou-se pelo corredor, a saia longa arrastando no chão.

A pedido de vó Nita, Yael e Amelie ficaram de fora do quarto, enquanto a mulher mais velha e a neta acordavam as meninas. A mais velha, que parecia ter uns 8 anos, abriu os olhos, assustada, e puxou a colcha, cobrindo o rosto. Alana abriu uma banda da cortina, e a luz do sol mostrou os cabelos sujos da garota.

– Não tenha medo – Nita sussurrou com carinho. – Estamos aqui para ajudar vocês.

A menina descobriu o rosto, mas os olhos permaneciam arregalados. Ao lado da cama, Alana examinou a pele encardida da menina, com vários arranhões. Nita continuou:

– Eu sou a vovó Nita. Essa é a minha neta, Alana.

A garota olhou de uma mulher para a outra.

– Qual o seu nome? – Alana perguntou.

A menina hesitou. Olhou para a pequena forma coberta na cama ao lado e voltou a olhar para Alana.

– Elsa. Minha irmã é Lily.

Com cuidado, Nita pegou na mãozinha de Elsa.
– Você está sentindo dor?
Alana sentiu seu coração disparar. Pedia a Deus que as duas meninas não tivessem conhecido o extremo da violência, que era comum nos ataques aos viajantes das estradas pouco seguras daquela região. Assim como tinha acontecido com Yael, Sara e Nathan.
– Meus pés... estão doendo muito... – Elsa choramingou e um soluço entrecortou sua fala.
Alana suspirou.
– Vou buscar uma bacia com água quente.
Quando ela voltou ao quarto, carregando uma bacia esmaltada, as duas meninas estavam sentadas lado a lado em uma das camas. Vó Nita conversava baixinho com elas e examinava Lily, passando as habilidosas mãos nas várias partes do corpo da criança. As roupas rasgadas e sujas das irmãs eram resultado da fuga pela mata, conforme elas tentavam explicar.
– Os homens maus pegaram meu pai – disse Elsa. – A mamãe sumiu no mato. Eu corri atrás dela. O homem de cara feia me puxou.
Lily fez um beiço.
– Eu joguei uma pedra na cabeça dele, igual Davi fez com o gigante.
A irmã mais velha levantou o queixo.
– Mas ele não morreu. Eu fugi e achei Lily caída no mato. Aí a gente correu, correu... – A fala foi interrompida pelos soluços de Elsa e o choro de Lily.
Alana deixou a bacia no chão. O aperto no coração era insuportável.
– Vamos cuidar de vocês. Aqui estão seguras.
– E o papai e a mamãe? – Elsa perguntou, e Lily agarrou o braço da irmã.
– Nós vamos descobrir.
Alana sabia bem que sua promessa não passava de um desejo. Como iriam descobrir alguma coisa sem uma força policial?

A segurança de Harmony dependia de alguns fazendeiros armados e de cachorros.

As duas meninas balançaram a cabeça afirmativamente. *Ah, a inocência infantil*, Alana pensou. Imediatamente, a lembrança da descoberta dos irmãos sequestrados de Yael deixou Alana mais animada. Durante várias semanas após a morte dos pais de Yael, Sara e Nathan ficaram desaparecidos. O que ninguém sabia na época era que Mari, uma prostituta que viajava com Abadon, o mesmo que violou Yael, tinha fugido com as crianças e se escondido em um casebre próximo a Belleville. O milagre do reencontro dos irmãos trouxe esperança aos que foram separados dos familiares na rota para o Oeste.

Com uma toalhinha, avó e neta limpavam as meninas, que reclamavam de dor. Elsa contou que ela e a irmã caminharam no escuro até o nascer do sol, quando foram achadas na beira da estrada. Lily ouvia e chorava baixinho.

Elsa passou o braço fino pelo ombro da irmã.

– A mamãe e o papai vão voltar, você vai ver.

Alana olhou para a avó. Queria receber o conforto do olhar da sábia mulher. Vó Nita fez um sinal com a cabeça para a neta continuar limpando as meninas.

– Uma coisa de cada vez.

As duas mulheres examinaram Elsa e Lily. Elas constataram ferimentos superficiais, que foram devidamente tratados. Alana então chamou Yael e Amelie para o quarto. As duas traziam tigelas com sopa de legumes, que as irmãs devoraram, ainda sentadas na cama. Yael levou os pratos embora e trouxe outros dois, com fatias grossas de pão com manteiga. As meninas comeram mais devagar.

Alana puxou a amiga para fora do quarto e explicou que os ferimentos eram superficiais.

– Eu me sinto tão impotente.

Yael ajeitou uns fios de cabelo que caíam do coque.

– Como assim?

– O exame que eu e minha avó fazemos é superficial. Olhamos o óbvio. É difícil fazer uma avaliação mais aprofundada. Não sei se estão bem de saúde.

– Você disse que os ferimentos eram pequenos. – Yael cruzou os braços.

– São, mas eu queria entender mais. Por exemplo, se estão desnutridas, se estão se desenvolvendo bem. Se eu tivesse mais conhecimento, saberia. – Alana abaixou a cabeça ligeiramente, desanimada.

– Você e sua avó têm cuidado de tanta gente. Mesmo quando o dr. Carl estava aqui.

– Eu queria saber mais. Fazer mais.

Ultimamente a inquietação de Alana a consumia. O livro de anatomia que dr. Carl deixara de presente para ela só fazia essa aflição crescer. Pedia a Deus por um milagre que a ajudasse a ir estudar na cidade grande.

Yael abraçou a amiga.

– Não posso fazer muito para ajudá-la, mas posso orar.

– É de um milagre que estou precisando.

Entre tantos outros.

Voltando para o quarto, Alana e Yael ajudaram vó Nita e tia Amelie a colocarem roupas limpas nas meninas. A comunidade de Harmony e arredores doava roupas e outros itens para a igreja, e o pastor Samuel distribuía as doações conforme a necessidade surgia. Assim, outras pessoas também faziam sua parte, oferecendo trabalho ou suprindo uma necessidade ou outra dos que fugiam para Harmony.

Um tempo depois, Alana se despediu das mulheres e tomou o caminho de casa, montada em Arrow. Ela pegou o caminho mais longo, que passava pelo rio. Precisava pensar. Como era difícil fazer planos sem ter qualquer recurso! Seus avós a incentivavam a fazer enfermagem. No entanto, eles mesmos estavam cientes da impossibilidade financeira. Alana jamais reclamava da sua condição. Afinal, quando sua mãe morreu de infecção pulmonar e seu pai viajou para a Europa e nunca mais deu notícias, foram vó Nita e vô Raini que cuidaram da jovem Alana, a qual na época tinha 16 anos.

Ainda na sela, Alana esperou Arrow beber água do riacho. Era bom ficar sozinha por um tempo, ouvindo o barulho da natureza. Isso acalmava seu coração. Evitava que seus sentimentos transparecessem na frente dos avós, embora soubesse que não conseguia enganá-los. Ela devia a eles sua própria sobrevivência. Não que os avós cobrassem. Ela, porém, entendia o esforço de vô Raini e vó Nita para trazer serenidade à neta órfã. Até ter uma notícia de que o pai estava vivo, ela seria órfã. Era doloroso para os avós permanecerem longe do seu povo e de suas tradições. Alana tinha sido criada entendendo duas culturas, e o casal idoso nunca a forçava a se decidir por uma ou outra. No entanto, eles estavam inseridos em uma cultura diferente da sua por causa de Alana. Também por isso, ela era grata ao avô e à avó. Não poderia decepcioná-los, murmurando sobre seus sonhos, sendo que eles abriram mão da própria realidade.

De volta ao caminho para casa, Alana agradeceu a Deus pelo amor dos avós. Não era culpa deles (nem de ninguém, se fosse honesta) que sua vida não estava tomando o rumo desejado. Na estrada ladeada por árvores, Alana desacelerou o trote de Arrow. O sacolejo a tranquilizava e tirava o peso que sentia.

Com a mente mais clara, ela se deixou levar pelo som dos cascos do cavalo na estrada de terra. De longe, avistou o sítio Hebron. Inevitavelmente, seu pensamento voou para Gabriel. Era difícil explicar a atitude estranha dele depois do beijo carinhoso na mão, que ele tinha lhe dado. Será que Gabriel tinha algum preconceito por Alana ser de origem mestiça? Ela nunca enfrentou dificuldade por causa de sua origem, já que todos a acolheram bem em Harmony. Ou talvez Gabriel tivesse alguma coisa a esconder do seu passado. Ele surgiu em Harmony dizendo que a esposa tinha sido morta em uma emboscada de bandidos. O xerife Lee averiguou os fatos à época e confirmou a identidade e o óbito de Lucy. No entanto, Gabriel nunca dividiu com ninguém como era sua vida antes de chegar a Harmony. Será que vivia bem com a esposa? Em que circunstâncias eles tomaram a decisão de sair de onde moravam para vir para o Oeste? Talvez Gabriel se sentisse culpado pela morte dela. Se ao menos ele se abrisse, Alana teria alguma condição de compreender certas atitudes. Que tortura era estar apaixonada e não saber nada da pessoa amada.

Chegando em casa, Alana foi recebida por Dusk, seu cachorro-lobo. Ela saltou do cavalo e enfiou o rosto no pelo denso e cinzento do animal, dando-lhe um grande abraço. Ele se sentou e esperou que os braços da moça o soltassem. Depois, acompanhou-a ao cercado, onde Arrow ficaria. Dusk a seguiu até o galinheiro e a observou jogar milho para as aves. Também entrou com a dona em casa, onde ela se jogou de bruços na cama e puxou o enorme livro de anatomia da mesa de cabeceira. Na hora seguinte, Alana mergulhou nas maravilhas do sistema circulatório humano. Dusk cochilava no tapete de crochê no chão.

Alana passou várias páginas do livro e examinou os desenhos do desenvolvimento fetal. Como seria passar dias, meses e anos estudando o milagre que era o corpo humano? Alana conhecia cada sistema e aparelho nos mínimos detalhes. Já tinha decorado nomes de músculos, ligamentos, ossos e órgãos. O livro trazia pouca informação sobre a função deles, mas a jovem curiosa especulava, utilizando-se do pouco de conhecimento que tinha adquirido no tempo que passara com o dr. Carl. Era tudo maravilhoso. E misterioso.

Fechando o grosso livro com força, Alana virou-se e se deitou de costas, com o antebraço apoiado na testa. Como seria a vida das pessoas frustradas que não realizavam seus sonhos? O que acontecia com elas quando os dias iam passando e o sonho se transformando em neblina da manhã, que ia sumindo com o calor do sol que nascia? Talvez elas vivessem como fantasmas, vagando sobre essa terra, sem alegria, sem encontrar o que lhes faria acordar todos os dias com ânimo renovado.

Alana não queria isso para si.

Capítulo 3

Alana entrou no galpão ao lado da casa e inspirou forte, extraindo do ar diferentes aromas. Seu olfato reconhecia cada um deles: cravo vermelho, menta, rosa-selvagem e madressilva. Nada no mundo fazia Alana se sentir mais em seu ambiente. Ela cresceu com essas fragrâncias. Sua mãe, Lua, utilizava-as na prevenção e no tratamento de vários males. Era um conhecimento passado de geração a geração, e Alana se orgulhava de conhecer cada uma das plantas e suas aplicações.

Aquele galpão era onde sua avó guardava ervas, raízes e misturas. Vidros, caixas e cestos continham matéria-prima, que era amassada, picada e triturada para fazer os remédios da natureza.

Vó Nita, com a barriga encostada em um balcão de madeira rústica, amassava folhas e raízes em um pilão de pedra. O cheiro subia pelo ar, e Alana sorriu ao identificar alecrim e alcaçuz.

A mulher olhou para a neta por cima do ombro.

– Estou fazendo uma mistura para Mari. Será que poderia ir à casa dela, para entregar? Ainda tenho que fazer o jantar.

Alana aproximou-se da avó e observou os movimentos dos seus dedos, que já davam sinal de inchaço nas juntas.

– Posso, sim. O que a Mari tem?

Vó Nita pegou um vidrinho com óleo e derramou um fio da essência no pilão, voltando a macerar as folhas e raízes.

— Ela anda reclamando de muita dor nas costas.

— Imagino que seja de tanto fazer pão. As encomendas cresceram muito nesses poucos meses. Ela e Silas vão abrir uma loja em Harmony.

Alana pegou um vidro de óleo do balcão, cheirou-o e recolocou a rolha. Dusk sentou-se ao lado da dona, sempre atento aos seus movimentos.

— Quem diria que Mari se casaria, depois de tanta coisa que viveu.

— Deus é bom! Mari salvou Sara e Nathan, além de proteger Yael do pior... se é que poderia haver algo pior do que ser violentada.

Vó Nita segurou o pilão com as duas mãos e despejou a mistura em um vidro.

— Yael é muito grata a ela. Mari virou tia honorária dos irmãos.

Vó Nita assentiu com a cabeça, a fina trança grisalha balançando nas costas da túnica rústica bordada com símbolos indígenas.

— Uma vida que estava sendo desperdiçada salvou três. Mari é um exemplo de que todos temos nossa chance de recomeçar e ainda ajudar outros.

Alana amava ouvir a sabedoria de vó Nita. Suas palavras eram música para os ouvidos da neta, que tentava absorver o bom senso da avó como absorvia os cheiros de seu galpão.

— Silas é um homem feliz. — Vó Nita limpou o vidro com o avental e o fechou, entregando-o a Alana. — Espero que essa mistura diminua as dores de Mari. Ela está muito empolgada com o trabalho.

Alana sorriu. Era muito bom poder cuidar das pessoas, mesmo na limitação que ela e sua avó tinham. A jovem olhou ao redor, apreciando cada mistura nas prateleiras. Várias ervas secas estavam penduradas em um varal, que vó Nita usava para o secamento das plantas. Em um fogão antigo, uma panela de ferro borbulhava e soltava um cheiro de mato. Sempre que Alana estava triste ou preocupada, ela corria para o galpão da avó. Os cheiros acalmavam sua alma. Olhar as prateleiras com dezenas de vidros de vários formatos e tamanhos fazia com que ela desejasse mais do que tudo entender os segredos da medicina.

Colocando o vidro para Mari em um saquinho de estopa, Alana beijou a avó e saiu apressada. Montou Arrow, Dusk acompanhando sua dona e o cavalo pela estrada. A poeira levantada pelos cascos de Arrow e os sons da natureza eram o elixir da jovem *métis* que tinha sentimentos conflitantes na alma naquele fim de tarde de céu alaranjado.

Cruzando a campina, Alana chegou a um sítio transformado nos últimos meses. O jardim, que antes era cheio de mato e plantas mortas, explodia em flores. O campo à frente, que era pouco aproveitado, mostrava um milharal recém-plantado. Alana aproximou-se da casa, que exibia a pintura fresca. Meses antes, era um casebre abandonado.

Quando Mari entrou na vida de Silas, tudo ao redor dele mudou. Ele mesmo passou de um homem triste e quase maltrapilho a um dos homens mais respeitados da cidade, sempre elegante, com roupas limpas e passadas. A mulher que ganhou a vida vendendo o corpo por décadas era agora fiel ao marido e o ajudava a sustentar a casa com seus pães. Suas receitas foram parar na mesa de muitas famílias de Harmony e arredores, ou porque Mari vendia ou porque doava seus produtos.

Ela tinha mãos mágicas na cozinha e transformava farinha e água em pães de várias texturas e formatos. Embora tivesse começado um modesto negócio de venda dos seus quitutes, Mari nunca se esquecia de que tinha passado fome. Sua história de superação era conhecida pelos moradores do lugar. Quando ela entrou na vida de Yael, trazendo consigo Sara e Nathan sãos e salvos das mãos de Abadon, os amigos mais chegados de Calebe a receberam de braços abertos. O receio que ela tinha de ser desprezada na igreja logo desapareceu com o caloroso acolhimento. O casamento com Silas foi um acontecimento na cidade e, desde então, o casal ocupava um lugar de respeito na comunidade.

Assim que Alana bateu na porta, a mulher de meia-idade, com um sorriso acolhedor, a abriu.

– Alana, que bom ver você. Entre, entre, estou tirando uma torta de maçã do forno – disse Mari, puxando a jovem para a cozinha.

– Os dois melhores cheiros do mundo: o das ervas da vó Nita e o dos seus pães e tortas! – Alana encheu as narinas com os aromas e se sentou na cadeira que Mari lhe ofereceu.

A cozinha, apesar de pequena, era organizada. Cada bandeja, pote e forma tinha seu lugar nas duas prateleiras acima da pia. Na mesa quadrada, uma massa descansava em cima de uma pequena área com farinha. Rolos e facas ocupavam uma caixa de madeira.

– Sua avó cura as pessoas, e eu as engordo.

Mari deu uma alta risada e abriu o forno, tirando de dentro uma torta com uma casca folhada dourada.

A boca de Alana salivou.

– Estou precisando mesmo ganhar uns quilos.

– É para já.

Mari cortou uma fatia generosa da torta, o aroma subindo com o vapor, e a colocou no prato para Alana.

Enquanto saboreava a torta, girando a língua de um lado para o outro com pedaços da massa folhada e de maçã caramelada, Alana tentava explicar como usar a mistura que a avó mandara.

Mari pegou o vidro na mão, tirou a tampa e cheirou o conteúdo.

– Silas vai achar que é um perfume. Vai ficar doido.

Alana deu uma risada e colocou a mão nos lábios, evitando que um pedaço de torta caísse da boca. Já estava acostumada com os comentários pouco discretos da mulher, que tinha vivido a maior parte da vida em bordéis.

Passando a espátula na forma, Mari tirou outra fatia grossa para Alana.

– Não vai sair antes de comer mais um pedacinho.

A jovem aceitou de bom grado o segundo pedaço de torta. Enquanto permitia que os sabores se espalhassem pela boca, ela observava Mari amassando a massa do pão. Era tão bom ver alguém feliz em poder utilizar seus talentos. Mari cantarolava, apesar de andar um pouco encurvada.

Alana deixou o garfo na beira do prato com pouquíssimas migalhas.

– Mari, se tiver uns minutos, faço uma massagem nas suas costas.

A mulher passou a mão no pescoço e colocou a massa em uma tigela, cobrindo-a com um pano limpo. Duas outras tortas esperavam para irem ao forno.

– Agradeço. Silas só volta tarde, e tenho mais pães para fazer.

Seguindo Mari pelo corredor da modesta, mas limpíssima casa, Alana entrou no quarto do casal. A janela aberta arejava o ambiente e mostrava galhos de uma frondosa árvore. Mari desabotoou o vestido e tirou as mangas. Deitou-se de bruços na cama. Alana encheu a mão de óleo e, em movimentos fortes e circulares, besuntou as áreas que Mari apontou como as doloridas.

– Que mãos mágicas! Seu futuro marido será um felizardo. – A mulher riu.

Alana sentiu as bochechas queimarem. *Marido*, pensou, ao apertar os dedos na lombar de Mari. O único homem que lhe interessava era o estranho Gabriel. Arredio do jeito que era, dificilmente ele seria seu marido. Nesse caso, Alana preferia ficar solteira e trabalhar com a vó Nita, fazendo partos e cuidando dos enfermos da forma que desse. Assim, ela teria duas frustrações – nada de Gabriel, e nada de estudo.

Mari agradeceu à jovem quando a sessão de massagem terminou.

– Estou preparada para mais umas horas na cozinha.

Com o estômago cheio e o paladar saciado com os sabores da cozinha de Mari, Alana tomou o rumo de casa, sempre acompanhada de Dusk. No meio do caminho, ela puxou as rédeas de Arrow. O cavalo inquieto bateu os cascos no chão de terra, em protesto. Logo à frente estava a entrada do sítio Hebron, de Calebe e Yael. Onde Gabriel trabalhava e morava.

Alana hesitou. Dusk latiu e se sentou, como se esperasse a decisão da dona. Sempre que Alana planejava uma visita à melhor amiga, era a mesma dúvida. Não queria que Gabriel pensasse que era por causa dele. Por outro lado, Alana não deixaria de ver Yael porque Gabriel estaria por lá. No fundo, ela desejava vê-lo. O problema era que, sempre que o via, sua frustração aumentava.

Dusk deu várias latidas e tomou o caminho para o sítio de Yael e Calebe. Alana deixou suas considerações para lá e seguiu o cachorro-lobo. Que Gabriel pensasse o que quisesse.

Capítulo 4

Alana amarrou a rédea de Arrow na estaca à frente do celeiro. Ao lado, uma estrutura pequena tinha sido levantada um ano antes. Era o quarto de Gabriel. A janela única estava aberta, e Alana espiou a cama arrumada e o gaveteiro. Ela expirou forte pelo nariz e balançou a cabeça, como se pudesse espantar as ideias inoportunas que povoavam sua mente.

Dusk correu para Nathan, assim que o menino apareceu saindo do galinheiro. Nathan era a única pessoa fora da família que tinha conquistado a confiança do animal.

– Alana, posso passear com Dusk? Ele sempre acha coelho. Minhas armadilhas não pegam nada.

Nathan coçou a cabeça do cachorro-lobo, que esperava a ordem da dona.

Alana deu um leve assobio de comando. Menino e cachorro-lobo saltitaram em direção ao gramado protegido por altas árvores.

Jogando as tranças para trás, Alana desviou o olhar para o campo à frente. Calebe trabalhava sozinho. Ele acenou para a moça e continuou o trabalho. Virando-se para a casa, Alana se deparou com Gabriel, que saía do celeiro com uma enxada.

– Alana.
– Oi, Gabriel.

Dando-lhe as costas, ela apertou o passo, as franjas da saia-calça longa balançando com o movimento enérgico.

– Alana, espere – ele chamou.

Ela parou e se virou devagar.

– O que foi?

– Estou ocupado agora, mas queria saber se podemos conversar mais tarde... depois do jantar.

Gabriel correu os dedos pelo cabelo escuro suado. Seu rosto, de traços firmes, sustentava olhos profundos. Alana admirava a força máscula do seu corpo. Era a cabeça de Gabriel que ela tinha dificuldade de apreciar.

– Conversar sobre o quê?

Certamente ele não iria explicar sua atitude estranha. Não iria dizer por que beijou sua mão com tanto carinho e depois se retraiu; ou por que a deixou como um cervo ferido com uma flecha encravada no peito.

– Você anda chateada comigo.

Aquilo era uma acusação? Alana tinha motivo para ficar chateada, era verdade, mas Gabriel lhe devia uma explicação.

– Espero você em casa. – Alana girou nos calcanhares e correu para a casa da amiga.

Enquanto cortava cenouras, Yael ouviu de Alana o que tinha acontecido lá fora.

– Também não entendo Gabriel. Ele sempre foi calado, mas agora parece um túmulo.

Alana encostou-se na parede, ao lado da janela. O calor era grande na cozinha, e sua raiva a deixava mais quente.

– Acho que ele está só brincando com meus sentimentos. Duvido que vá falar alguma coisa que justifique essa atitude. Eu entendo que, quando chegou aqui, ainda estava de luto. Mas não durou muito, não é? Semanas depois ele já flertava comigo.

Yael jogou as cenouras na panela com água, que fervia no fogão, e limpou as mãos no avental.

– É, pensando bem, pareceu meio estranho. Talvez ele se sentisse sozinho e confuso.

Alana brincou com a ponta de uma das tranças.

– Então eu era uma distração?

Certamente não devo merecer o respeito dele.

– Eu e Calebe achamos que ele se importa com você.

– Importar-se é bem diferente de gostar – Alana retrucou. – Eu me importo com muita gente que não faz meu coração disparar.

Ela sentiu o nariz ficar entupido, sinal de que as lágrimas ameaçavam rolar. Então empinou o queixo.

– Dá para reparar como ele olha para você... com admiração.

– Talvez ele só me ache diferente.

Alana jogou as tranças para trás e fez um gesto com as mãos, mostrando a saia-calça com franjas e um bordado de águia na camisa.

Yael balançou a cabeça.

– Não é isso. Você é uma mulher admirável.

Alana sorriu, afastando a chateação.

– Sua opinião é de amiga.

– Muitas mulheres aqui em Harmony admiram você.

– Como Laura?

As duas amigas riram. Laura, a jovem mais rica da região, vestia-se como se estivesse pronta para assistir a uma ópera no teatro. Harmony nem tinha teatro, e quase ninguém dispunha de tempo para festas.

Naquele momento, uma moça sorridente com uma grossa trança no cabelo castanho-claro interrompeu a conversa. Ela correu para Alana e a abraçou.

– Do que estão rindo?

Alana olhou para Yael, que respondeu:

– Nada de mais. Já fez sua lição de casa?

Sara soltou Alana, deu uma rodada, fazendo a saia bater nas cadeiras, e puxou um pedaço de pão da assadeira.

– Por que vocês nunca me incluem nas fofocas?

Yael arregalou os olhos e pegou a colher de pau. Mexeu o ensopado na panela de ferro.

– Imagine! Não estamos fofocando.

– Então por que não podem me dizer do que estão rindo? – Sara insistiu.

Alana tapou a boca, impedindo que a risada saísse. Sara, a irmã de Yael, tinha apenas 14 anos, mas era muito perspicaz. Seus grandes olhos castanhos estavam sempre atentos. E os ouvidos também. Às vezes, Yael se via sem resposta para a irmã.

– Alguns assuntos são particulares. – Yael bateu a colher na borda da panela.

Sara olhou para Alana.

– É sobre o Gabriel que estão falando? Eu vi como ele olha para você – disse a jovem, mordendo um pedaço de pão.

– Sara, melhor ficar de fora desse assunto. – Yael largou a colher e levou as mãos à cintura.

– Deixe para lá, Yael. Alana correu os dedos pelas tranças. – Ele vai passar em casa hoje, e vamos conversar. Não espero grande coisa da conversa.

Ele pode tentar me convencer com palavras, mas quero ver sua atitude.

Sara girou o corpo quando ouviu um choro. Yael passou a mão na frente do vestido, à altura dos seios.

– Preciso amamentar Zach.

– E eu preciso voltar para casa e ajudar minha avó. Ela está cuidando de Noélia, que perdeu muito sangue no parto. Precisamos de outro médico em Harmony, com urgência.

Yael tirou as panelas do fogo e virou-se para Alana.

– Já temos.

Ela fez uma leve careta.

– Já? Quem? Como você sabe? Achei que o prefeito de Belleville nos informaria.

– O prefeito anda cansado, cuidando da administração de várias vilas. Não se lembra de tudo. Fiquei sabendo por Calebe. Ele voltou da cidade mais cedo com a novidade.

Alana deu de ombros.

– Bom, cedo ou tarde nos encontraremos com o novo médico. É certo que vai precisar da minha ajuda e da vó Nita.

Yael passou um pano de prato no leite que molhava sua roupa.

– Certamente. Se não fosse por você e sua avó, eu não teria sobrevivido ao meu aborto espontâneo.

Saber que suas poucas habilidades podiam salvar vidas deixava Alana mais ansiosa ainda para estudar. Ela ficava imaginando como seria maravilhoso ter mais conhecimento e capacidade de curar e salvar. Ter as mãos atadas e o conhecimento limitado minava sua alegria.

– Preciso saber mais. Quem sabe o novo médico possa me ajudar? – A jovem beijou a amiga e saiu apressada.

Alana voltou a galope para casa. Estava ansiosa pela conversa com Gabriel, mesmo tendo convicção de que dificilmente ela resultaria em algo prático. Também queria compartilhar em casa a notícia do novo médico. Sua avó ficaria contente. Seus dedos inchados mostravam que logo ela precisaria descansar do trabalho mais puxado de assistência aos doentes. O futuro de Alana com Gabriel poderia ser incerto, mas a chegada do médico era um raio de esperança, mesmo que aparentemente insignificante.

Ao entrar em casa, Alana assustou-se com a avó. A mulher estava sentada à mesa, com a testa apoiada nas mãos.

– Vó Nita, o que foi? – Alana raramente via a avó triste.

A mulher levantou a cabeça.

– Fui levar uma mistura para Noélia, e o novo médico estava lá.

Alana aproximou-se da avó e se agachou.

– Noélia piorou?

– Ela está fraca. Perdeu muito sangue.

– Podemos voltar lá para ajudar. Não fique assim. – Alana bateu de leve nas mãos inchadas da avó.

– Não estou assim por causa dela.

– O que foi então?

Vó Nita passou as mãos na testa.

– Foi o médico. Ele me expulsou da casa e disse que curandeiras não eram bem-vindas.

Alana sentiu seu sangue borbulhar. *Curandeiras?*

Capítulo 5

— Maldo? Que nome é esse?

Alana arrastou a cadeira com força e se sentou de frente para a avó. *Como alguém ousa chamar minha avó de curandeira?*

— Doutor Maldo... uma combinação estranha. — Vó Nita franziu a testa e deu um meio sorriso.

Alana ficou em silêncio por um momento. Depois caiu em uma sonora gargalhada.

— Doutor Maldo, Doutor Mal... Doutor do mal, só pode ser.

Vó Nita bateu de leve nas mãos da neta.

— Foi o que pensei. Só não vá sair repetindo o nome.

— Ele merece o apelido. Que arrogância nos chamar de curandeiras! O dr. Carl contava com nossa ajuda. Nunca nos humilhou; pelo contrário, sempre nos chamou quando estava sobrecarregado. Não fazemos diagnósticos, só tentamos aliviar os sintomas das doenças.

Alana soltou um grunhido.

— Por isso quero voltar para a escola. Quero estudar e ser enfermeira, e não ser chamada de curandeira.

Como é difícil cumprir meu propósito de não reclamar. Deus, é egoísmo o que estou pedindo? Quero só ajudar.

– Calma, querida. – Vó Nita segurou nas mãos da neta. – Creio que um milagre ainda vai acontecer, e você poderá estudar.

Alana soltou um suspiro forte.

– Eu sei, vó. Estou esperando por esse milagre, mas tudo parece tão impossível.

– Milagres acontecem exatamente no impossível; senão, não seriam milagres. – Vó Nita deu uma piscadinha para a neta. As suaves rugas em torno dos olhos mostravam mais do que a idade. Indicavam a sabedoria dos anos vividos e das lições aprendidas. – Temos que ter fé.

Ela se levantou e começou a mexer a comida nas panelas.

Alana soltou um exagerado suspiro. Sabia da frustração da avó por não poder mandar a neta para a escola de enfermagem. No entanto, a jovem admirava a fé de vó Nita. Mesmo que sua própria fé fosse pequena se comparada à daquela mulher gigante, Alana não poderia entristecê-la com murmuração. Ela suavizou o semblante.

Pegando os pratos e talheres, Alana começou a colocar a mesa.

– Não estou pedindo a Deus uma coisa que seja para meu próprio benefício. – Ela colocou três pratos na mesa e distribuiu os talheres. Virou-se para a avó. – Olhe quanta necessidade temos em Harmony: é um bebê que nasce, é uma mãe que tem hemorragia, viajantes feridos, gripes, ferimentos...

Vó Nita passou a mão calejada no rosto da neta e voltou à panela.

– Acha que Deus está cego para isso?

– Então, por que ele mandou um médico petulante desse?

Muitas coisas eram um grande mistério espiritual para ela.

Deixando a colher apoiada na panela, vó Nita virou-se para a neta.

– Para nos testar.

– Mais teste?

Alana desabafava com a avó sobre coisas que não tinha coragem nem de confessar ao pastor Samuel. *Será que realmente sou egoísta e estou tentando barganhar com Deus minha ida para a escola?*

– Crescemos nos testes; essa é uma das melhores formas de crescimento. – Calmamente, vó Nita voltou a mexer o ensopado.

Alana se achava um cavalo xucro, dos selvagens que corriam pelas pradarias, dando coices e pinotes para todos os lados. Pensou em Arrow, antes que ela o domasse. Naquela época, o cavalo só servia para enfeitar a paisagem. Alana abafou uma risada. Imaginou-se dando coices por Harmony, com seus cabelos voando ao vento. Atrairia uma grande plateia para seu espetáculo. Uma cena e tanto.

Vó Nita olhou para a neta e sorriu.

– Há coisas bem piores do que testes.

A neta beijou a avó. A mulher tinha o dom de ler seus pensamentos. Sim. Existiam coisas piores do que testes, como permanecer xucra. As reações de Alana eram impulsivas e tinham o potencial de colocá-la em apuros. Era a rédea do domínio próprio, que a avó lhe ensinava, que mantinha a jovem fora de perigo. Ou de ridículo. Alana admirava a sabedoria de vó Nita. Desejava ter um pouco dela. Certamente os testes eram fundamentais nesse processo.

Vários uivos tiraram Alana de sua batalha interna. Ela correu para a porta da cozinha. Dusk seguia Aurora, a cachorra-loba do vô Raini. O homem descia o caminho que chegava à casa, carregando um saco de estopa manchado de sangue.

Na porta, ele levantou seu troféu.

– Peguei um ganso de bom tamanho – disse o senhor, depositando o saco com a caça em cima da tampa de uma tina de madeira.

Dusk e Aurora farejavam o animal com os focinhos apontados para cima. Alana permaneceu à porta, observando os dois cachorros-lobos, que já salivavam por causa do ganso morto. Vó Nita chamou de dentro da cozinha e pediu ao marido que limpasse a caça antes do jantar.

– Eu ajudo o senhor, vovô.

Alana correu ao poço para buscar água.

Avô e neta ferveram água na fogueira que deixavam sempre preparada atrás da casa, quando o tempo permitia. Depenaram a ave e limparam as entranhas. Alana tinha aprendido as técnicas com seu avô, quando ela ainda era criança. Quando ele ficou doente de pneumonia, anos antes, Alana usou as habilidades de caçar e atirar para trazer comida para casa. Foi um grande teste. E ela dominou a técnica. Caçar, porém, era mais fácil do que tomar decisões.

– Que semblante sério é esse? – perguntou vô Raini, colocando o ganso limpo em uma bacia de cobre.

Alana lavou as mãos e olhou para o avô.

– Tive um dia muito estranho hoje.

– Quer falar sobre isso?

Alana evitava discutir suas questões amorosas com o avô. Reclamar da impossibilidade de estudar estava fora de cogitação. O avô trabalhava muito para sustentar a casa. Vó Nita certamente iria conversar com ele sobre o "doutor do mal" e do rótulo de curandeiras que ele lhes dera.

– Tia Amelie recebeu duas meninas hoje.

O homem olhou com a testa franzida para a neta.

– Elas estão bem?

Alana contou para o avô sobre o estado das meninas.

– Amanhã volto lá para ver se estão se recuperando fisicamente. Emocionalmente, já é outra história. Ninguém tem notícia dos pais delas. Sem um xerife, dependemos da boa vontade do prefeito de Belleville para nos ajudar.

Vô Raini pegou as entranhas do ganso e as jogou longe, fazendo com que os dois cachorros-lobos saíssem alvoroçados para abocanhar a farta refeição.

– Precisamos de policiamento. Foi um milagre termos o xerife Lee, que na verdade era emprestado de Edmonton. Somos pequenos demais para termos nossa própria guarda.

– Por que não mandam alguém da Polícia Montada? É papel deles patrulhar áreas como a nossa.

– Sim. Quando o xerife foi embora, deixou um pedido em Edmonton. O governo é lá, e eles decidem. Por enquanto, temos que contar com a boa vontade dos voluntários. – Vô Raini limpou o facão na água e o enrolou em um pano.

– Dos voluntários e das voluntárias – Alana provocou o avô, com um meio sorriso.

Vô Raini riu alto e lavou as mãos com uma barra de sabão.

– Não tenho a menor dúvida de que você seria uma ótima vigilante, mas sua prioridade deve ser ajudar os enfermos.

– O que vai ficar mais difícil agora...

O avô olhou para a neta.

– Como assim?

Alana suspirou:

– Prefiro que vó Nita converse sobre isso com o senhor.

Vó Nita avisou da porta que o jantar sairia em poucos minutos, interrompendo a conversa de avô e neta. Olhando para sua roupa suja de sangue e penas, Alana pediu licença ao avô e correu para o cômodo anexo que servia de banheiro. Lavou o rosto, os braços e as mãos com a água do balde e um toco de sabão. Ela enxugou-se com uma toalha e correu para o quarto, onde trocou de roupa.

O cheiro de ganso morto seria pouco convidativo para receber Gabriel. Correr para o riacho que passava no fundo do sítio não era opção naquele momento, apesar de ser o melhor lugar para tomar um bom banho, na opinião de Alana, acostumada às águas gélidas da região. Mesmo assim, era bem melhor do que se lavar com a pouca água do balde do banheiro improvisado.

O jantar transcorreu com tranquilidade, com exceção da conversa a respeito do novo médico.

Alana levantou-se e começou a recolher os pratos sujos da mesa. A irritação na voz era evidente.

– Esse doutorzinho acha que sabe tudo. Acabou de sair da escola de medicina e pensa que conhece alguma coisa da vida.

– Ele logo verá que há outros tipos de conhecimento que também são importantes – disse vô Raini, tentando animar a esposa e a neta.

Alana largou a louça de forma ruidosa na tina de água.

– Eu nem o conheci e já tenho implicância. Até o nome dele é desagradável.

Vô Raini agradeceu a caneca de café que a esposa lhe passou.

– Peço a vocês duas que não entrem em conflito com ele. A comunidade vai fazer seu julgamento, e ele vai ter que se adequar ao nosso jeito. Não vamos ser desrespeitosos, mas firmes.

Alana virou-se para o avô, com uma tigela nas mãos.

– Não respondo por mim se ele me chamar de curandeira.

O avô sorriu e bebericou o café.

– Coitado dele. Mas, querida, evite confusão. Não vale a pena perder o respeito que as pessoas têm por você e sua avó, por causa de um médico recém chegado.

Vô Raini tinha razão. Não era bom entrar em confronto com o médico. O difícil seria Alana controlar seu temperamento explosivo face à injustiça.

Terminando de limpar a cozinha, a jovem percebeu seu coração acelerar quando Dusk e Aurora saíram disparados pela porta aberta, ao encontro do visitante que chegava a cavalo. Gabriel.

Vó Nita olhou pela janela e depois para a neta.

– Você tem visita.

Alana foi para fora. O desânimo tomou conta dela. Sua relação com Gabriel era incompreensível. A jovem queria arrancar do peito os sentimentos conflituosos que tinha por ele, caso a situação se arrastasse sem solução. Desistir seria mais fácil. O problema era que Alana não sabia como fazer isso.

Capítulo 6

O sol se punha atrás das montanhas distantes, deslizando no horizonte de matizes avermelhados e roxos. O riacho corria sobre as pedras claras e lisas, deixando um rastro de espuma e produzindo um ruído borbulhante. Dusk e Aurora brincavam na beira da água, em uma espécie de conquista amistosa de território. Alana, porém, não compartilhava daquela tranquilidade que a natureza oferecia. Não com Gabriel ao seu lado, que segurava o chapéu como se fosse uma boia que o salvaria do afogamento certo.

Alana pegou uma pedrinha do chão e a jogou no riacho. Seu cabelo solto acompanhou o movimento brusco do corpo, indo e voltando, como uma cortina negra e brilhante.

– Alana, eu me importo com você.

A jovem virou-se para Gabriel. Ela começava a detestar aquela palavra: *importar*. Importar-se não era o mesmo que gostar, muito menos amar. Alana importava-se com Gabriel, só que o sentimento ia além disso – ela gostava dele. Talvez o amasse. Desconhecia o amor entre homem e mulher, mas o que ela sentia era incomparável a outros sentimentos que experimentara na vida. Gabriel sempre usava aquela palavra detestável e deixava Alana ainda mais confusa.

– O que isso significa? – Ela aproximou-se dele, o corpo ereto, o semblante sério.

Gabriel deixou o chapéu pendurado em um galho da árvore próxima.

– Que quero o seu bem, pois isso é importante para mim.

Alana levantou o rosto para ele.

– Imagino que queira o bem de todas as pessoas.

Gabriel passou os dedos pelos olhos.

– Claro, mas você é especial.

Alana balançou a cabeça, o cabelo fazendo uma leve onda.

– Gabriel, continuo sem entender. Especial como? Como quando você beijou minha mão e passou a me ignorar?

Gabriel suspirou.

– Não ignoro você, Alana.

– Você mal fala comigo. Acho que se arrependeu do beijo... de me dar esperança.

– Alana, não é verdade. Aquele beijo foi especial.

– Você usa umas palavras vagas e repete sempre as mesmas coisas. Especial como? Seja claro.

Dusk e Aurora aproximaram-se de Alana e olharam para Gabriel, as orelhas baixas e o pelo do pescoço eriçado. A jovem afagou os animais e jogou dois gravetos no riacho. Dusk e Aurora abanaram o rabo e correram para a margem, espirrando água para os lados ao retomarem a brincadeira.

Gabriel segurou os ombros de Alana com um leve toque.

– Tenho sido omisso. Muitas coisas passam pela minha cabeça, e algumas não sei como tratar.

– Então me diga que coisas são essas.

Que dificuldade era essa de Gabriel colocar as palavras para fora?

– Coisas do meu passado; coisas que me entristecem. Não quero cometer os mesmos erros, entende?

Por mais que Alana quisesse entender, nada do que ele falava fazia sentido. As palavras repetidas, as ideias truncadas, tudo contribuía para a confusão da jovem. O que Gabriel escondia? Talvez aquilo servisse de alerta, e ela devesse se afastar dele. E se ele maltratava a esposa, e sua consciência agora o acusa? Se Alana tivesse a sabedoria da avó, saberia o que fazer. Mas era tão difícil correr de Gabriel. Os olhos dele... ah, o olhar!

Ele apertou as mãos, alguns dedos estalando.

– Não quero machucar você.

Alana arregalou os olhos. *Era isso então? Ele era violento com Lucy? "Machucar?"*

Ela se afastou um pouco.

– Machucar seu coração. Quando digo que me importo e que é especial, quero dizer que gosto de você. Muito.

De volta ao ponto de partida. Alana deveria deixar a razão tomar a dianteira. Em vez disso, quando Gabriel pegou sua mão e a beijou, a razão se dissolveu como um torrão de açúcar no café e levou junto o medo que poderia sentir dele. Guardada nas mãos ásperas do homem à sua frente, a sua pequena mão desapareceu e absorveu o calor da pele dele. A mistura de sensações borbulhava igual às misturas do caldeirão de vó Nita. Porém, Alana tinha dificuldade de identificar seus sentimentos como fazia com os cheiros das misturas – quais deles trariam alívio e quais seriam perigosos se experimentados na dose errada?

Gabriel puxou Alana para si e passou seus braços nos ombros da jovem, com a delicadeza de quem temia quebrar um vaso de fina louça.

– Tenho tantas coisas para lhe falar! Preciso de tempo para organizar meus pensamentos e meus sentimentos. Não é omissão; é preocupação.

Para Alana, era difícil discernir o que se passava em seu coração. Entender os sentimentos de Gabriel também era complicado. O que ela estava vivendo com o rapaz era intenso demais para colocar em palavras. Ela conhecia a dor do luto, a alegria de cavalgar com Arrow, a preocupação com os enfermos. Conhecia a saudade e a tristeza, a falta que sua mãe fazia e a esperança de um dia rever seu pai. Sim. Ela conhecia esses sentimentos muito bem, pois eram constantes em sua vida. Um relacionamento amoroso, porém, era uma novidade cheia de mistérios. Talvez o amor fosse sempre complicado, uma mistura borbulhante de emoções intensas e frenéticas.

Foi assim com sua melhor amiga e o marido. Quando Yael apareceu quase morta na porta de Calebe, ela não poderia imaginar que um dia se casaria com ele. Na verdade, Yael estava tão ferida, traumatizada e triste, que quis fugir de Calebe. Foram a fé dele e seu amor incondicional que finalmente quebraram a casca de extrema dor de Yael. No entanto, Calebe sempre deixou claro que Yael era aquela que Deus tinha-lhe prometido para ser sua esposa. Ele creu. Ele amou. Ele cuidou. Ele nunca desistiu de Yael, mesmo quando ela descobriu que estava grávida do homem que tinha violado sua inocência. Calebe ainda assim a amou. Quando Yael perdeu o bebê e vó Nita e Alana cuidaram dela, Calebe a amou e amou o bebê perdido. Mas e Gabriel?

Que tipo de homem era? Certo, ele frequentava a igreja, ajudava o pastor Samuel e se envolvia com a comunidade, auxiliando quem necessitasse. Isso, porém, poderia ser fachada; ou, na melhor das hipóteses, apenas sua religiosidade. Às vezes, Alana se pegava considerando que tipo de relacionamento ele tivera com a falecida esposa, que tipo de amor ele dava para ela. Talvez Alana devesse mesmo conversar com Yael e escancarar seu coração, mesmo que as palavras saíssem de forma confusa. Alguém experiente como a amiga certamente teria alguma resposta.

Alana afastou-se do abraço de Gabriel, ainda sentindo o pulsar do coração dele em seu rosto. Gostar muito era bem melhor do que se importar. Ela, porém, não tinha certeza se valeria a pena esperar esse tempo que ele pedia para organizar seus pensamentos. Quanto tempo seria isso? O quanto Alana estaria disposta a sofrer pela angústia de gostar de Gabriel e não poder se aproximar emocionalmente dele, permanecendo com a flecha no peito? Queria saber do que ele era feito, qual era sua natureza. Só assim Alana poderia se arriscar mais e entregar de vez seu coração.

Gabriel segurou-se em um galho baixo da árvore. O resto dos raios solares mostrava um rosto em agonia.

– E então? Você espera?

Alana puxou o grosso cabelo para frente e correu a mão por ele.

– Esperar... Se o que você quer dizer é que eu não olhe para outro homem, posso garantir que não tenho a mínima intenção de procurar a afeição de outro. Se esperar, porém, significa paralisar minha vida até que você tenha uma resposta às suas angústias, digo que não. Tenho sonhos, Gabriel. E os que puderem se realizar eu seguirei.

Seu coração estava mais acelerado do que o de um coelho perseguido por lobos, mas Alana não poderia pausar a própria vida por causa da indecisão de Gabriel. Mesmo que isso significasse perder a chance de tê-lo como marido.

Puxando o chapéu do galho, Gabriel levou-o à altura do peito e o apertou.

– Entendo. Sinto muito por tudo isso.

Colocando o chapéu, ele se aproximou de Alana como se fosse pegar sua mão. Entretanto, logo se retraiu, acenou para ela, dando adeus, montou no cavalo e sumiu pelo caminho de árvores.

Alana mordeu o lábio inferior e prendeu as lágrimas, que queimavam seus olhos. O som do galope do cavalo de Gabriel despedaçava seu coração conforme ia sumindo na floresta. O pouco que ela e ele tinham acabou evaporando, desaparecendo como o sol, que sumiu completamente atrás das montanhas.

Dusk e Aurora aproximaram-se de Alana e uivaram. Dusk lambeu a mão da dona várias vezes. Olhando para o céu estrelado, a jovem orou:

– Deus, eis os impossíveis da minha vida. Tome-os em suas mãos. Sinto-me impotente.

Os sons da mata e dos uivos dos cachorros-lobos abafaram os soluços da jovem de cabelo negro ajoelhada na beira do riacho.

Capítulo 7

Neta e avó saíram apressadas de casa assim que um menino da vizinhança veio lhes trazer um recado de Noélia, logo pela manhã. Ainda em resguardo, a mulher apresentava dores fortes. Nada bom, vó Nita tinha dito à neta ao subir na carroça.

Alana segurou a rédea da égua, conduzindo-a pelo caminho que as levaria à casa de Noélia. Vó Nita, sentada ao seu lado, equilibrava uns vidros dentro de uma sacola de estopa. Os potes sacolejavam no seu colo, ao longo da estrada esburacada, fazendo um perigoso tilintar.

– Eu tinha falado para Noélia dividir o trabalho da casa e deixar o menos importante para quando se recuperar. Ela disse que o marido fica enfezado quando não tem comida na mesa, e que a casa não está em ordem. – Vó Nita equilibrava os vidros, ao mesmo tempo que se segurava no banco de madeira da carroça.

Alana soltou um resmungo. Noélia praticamente tinha um filho por ano. Esse era o quarto. Ou já seria o quinto? Que tipo de homem exigia que a mulher se levantasse da cama no mesmo dia do parto? Os homens que Alana mais conhecia eram diferentes. Seu avô ajudava a esposa em tudo. Calebe ajudava Yael.

Uma memória dolorosa alvejou o coração de Alana. Seu pai sempre tratara sua mãe com carinho e cuidado. James e Lua eram o casal mais lindo que Alana jamais conhecera. Ele, um irlandês alto, de cabelo escuro e pele branca; e ela, nativa do povo Blackfoot, era de uma beleza exuberante. Enquanto o pai de Alana era um homem dado às letras, Lua exibia a força da natureza das pradarias do Oeste canadense. Os dois se conheceram quando James viera da Europa com um grupo de missionários, que trabalhariam com os povos da região. A tribo de vô Raini aceitou o chamado da salvação em Jesus, e logo o restante dos familiares e amigos fez o mesmo. Era uma época de grande fome nas pradarias, por causa dos incêndios florestais constantes e do desaparecimento dos búfalos, animais dos quais os povos indígenas dependiam para subsistência. Uma epidemia de varíola matou vários membros da tribo, e seu pai e a futura esposa cuidavam dos enfermos e dos órfãos.

Nesse cenário de desolação, James e Lua se apaixonaram. Foram apoiados pelos pais dela. No entanto, o irmão mais velho, que assumiria a liderança da tribo, não confiava em homem branco e acabou expulsando a irmã das terras. Para que o conflito não piorasse, Raini e Nita acompanharam a filha. Os anos se passaram, e a tentativa de reconciliação não aconteceu, até que Lua morreu. O tio de Alana e os outros líderes da tribo decidiram se mudar para outras terras, e o contato foi rompido de uma vez por todas.

Por outro lado, James teve dificuldades com os próprios pais, que não viam com bons olhos o casamento do filho com uma mulher nativa. A decisão dele de ser missionário entre os povos aborígenes no Novo Mundo gerara resistência. As histórias que os europeus ouviam dos conflitos étnicos eram tenebrosas, mas Alana sabia serem fantasiosas. Seu pai lhe contava da visão deturpada que tinham, apesar de ele entender que havia dificuldades e antagonismo. Era uma terra nova e misteriosa, mas ele insistia que todos os seres humanos tinham a mesma origem e, por isso, eram dignos de respeito e cuidado.

A correspondência entre pais e filho era pouca, apesar da insistência de James de manter contato com a família. Seu chamado, no entanto, era mais forte, e ele sonhava em um dia poder reencontrar os pais para compartilhar suas experiências e apresentar a esposa e, mais tarde, a filha. O sonho nunca aconteceu, e James viajou para nunca mais voltar.

    Entre os solavancos na estrada, Alana deixou seu pensamento voltar ao último dia em que viu seu pai. Foi algumas semanas após a morte da mãe. James ficara transtornado quando sua Lua morreu. A morte dela pegou todos de surpresa, pois ela era uma mulher forte. Caçava com o pai. Cavalgava como ninguém. Não usava sela. A infecção pulmonar veio e a levou em suas garras. Dr. Carl não pôde fazer nada. As misturas de sua mãe não lhe trouxeram alívio. James ficou à beira da loucura. Semanas depois, pegou Alana nos braços, chorou muito e disse que faria uma viagem à Europa. Ninguém soube o motivo repentino de sua decisão. Não houve qualquer informação sobre seu paradeiro, se estava vivo ou morto.

    Quatro anos se passaram. Alana se angustiava, mas teve que aprender a viver com essa incerteza. Pelo menos, ela ainda tinha esperança de um dia o pai voltar. Ele era um homem que cumpria sua palavra, um homem lindo por fora e por dentro, que amava incondicionalmente, fosse o homem branco, fosse o aborígene, porque, segundo ele, foi essa mistura divina que gerou sua linda filha. James abraçava Alana e dizia: "Você é uma receita do céu!".

    Um solavanco mais forte impediu que Alana liberasse suas lágrimas. Ela conduziu o cavalo marrom com destreza, desviando a carroça dos buracos mais fundos. Vó Nita apertou o ombro da neta de leve e lhe deu um sorriso encorajador. *O que seria de mim sem meus avós?* Eles tinham esperança de que James um dia voltaria. Esse era mais um item para a lista de milagres que Alana aguardava.

    Aproximando-se da casa de Noélia, Alana e vó Nita se entreolharam. Uma carroça estava parada na frente da casa. Era nova, com um cavalo preto imponente. Certamente não era da família.

– O tal doutorzinho está aí – vó Nita disse.

Alana contornou o terreno em frente à casa e parou a carroça.

– Ele que guarde seu atrevimento.

Quatro crianças pequenas saíram porta afora. Duas com o nariz escorrendo. A mais velha, uma menina de uns 6 anos, falou:

– Minha mãe está com dor.

Vó Nita desceu da carroça com os vidros no saco de estopa. Alana a seguiu para dentro da casa de madeira.

Ted, o marido, aproximou-se de vó Nita. A barba longa e os olhos escuros lhe davam uma aparência de poucos amigos. A boca mostrava dentes tortos e amarelados.

– Dê um jeito nessa mulher preguiçosa.

Ele correu os polegares pelos suspensórios da calça remendada, deu um resmungo e saiu pisando pesado.

Alana arregalou os olhos. Uma das meninas puxou-a pela saia-calça, levando-a para o quarto da mãe. Ao entrar, a jovem olhou espantada para o homem à sua frente. Era magro, alto, com o cabelo colado no couro cabeludo com algum tipo de óleo. Ele parecia uma vara seca no fim do outono. De óculos redondos, o homem olhou por cima da armação para as recém-chegadas.

– Ah, aqui está a ... – Ele interrompeu a frase quando Alana se aproximou, com o queixo empinado.

– Doutor, se eu fosse o senhor, engoliria o restante da frase.

O médico soltou um muxoxo e virou-se para sua paciente, deitada na cama com o bebê mamando no seio cheio. Duas das crianças entraram e se sentaram ao lado da mãe. Vó Nita fez um sinal para a neta, que imediatamente levou as crianças de volta para fora do quarto.

Alana olhou desolada para a cozinha, que era um canto no casebre miserável. Uma pilha de louça suja estava em uma bacia de metal. Moscas sobrevoavam a sujeira. Um pão bolorento ocupava o centro da mesa descascada, onde manchas de cores diferentes se espalhavam. Mais moscas passeavam pelo pão.

Vasculhando as prateleiras de comida seca, Alana encontrou uma lata com alguns biscoitos que pareciam comestíveis ainda. Deu um para cada criança e pediu que esperassem no quintal. Enquanto sua avó cuidava de Noélia – e Alana adoraria ver a cara do médico –, ela lavou um pouco da louça com a água que restava no balde e deu um jeito na bagunça, jogando a comida estragada no chiqueiro e fazendo a festa dos três porcos.

De volta à casa, a jovem, curiosa, aproximou-se da porta fechada do quarto. Inclinou o pescoço e apurou os ouvidos. Um diálogo acalorado começou entre sua avó e o médico. O bebê chorou. Silêncio. Depois, outra troca acalorada de palavras. Alana ouviu palavras como hemorragia, descanso e outras relacionadas à condição de Noélia. Quando a palavra "curandeira" atingiu o ouvido de Alana, seu sangue ferveu. Ela girou a maçaneta com força e entrou. Noélia chorava baixinho. Vó Nita estava sentada ao lado da mulher e segurava um vidro na mão. O médico magricela de terno cinza olhava para ela com olhar de censura.

Alana aproximou-se dele, o rosto fechado.

– Disse que não é para usar essa palavra. Não somos curandeiras. Ajudávamos o dr. Carl a manter o bem-estar dos pacientes. As pessoas de Harmony confiam em nós.

O médico deu uns passos para trás.

– São outros tempos agora. Eu trabalho com a medicina atual, dos melhores estudos e das grandes descobertas.

Alana cobriu o espaço entre eles com um passo largo.

– Sua medicina pode ser atual, mas isso não significa que você entenda da realidade das pessoas daqui.

Noélia e vó Nita assistiam ao embate. O médico aproximou-se da paciente pelo outro lado da cama de colchão de palha.

– Esta senhora precisa descansar. Já lhe passei um remédio. Não deve sair da cama nos próximos dias.

Alana foi para o lado da cama onde o médico estava, encurralando-o no canto do quarto.

– Seu remédio pode ser ótimo, mas, se você entendesse a situação da sra. Noélia, saberia que o marido a proíbe de descansar. O que o senhor vai fazer com sua medicina atual? Eu lavei os pratos, joguei fora o lixo onde as moscas se fartavam. Você passou um remédio e deu uma recomendação impossível de ser seguida.

Se Alana esperava alguma ajuda desse indivíduo para estudar enfermagem, deveria desistir.

O homem de cabelo besuntado balançou a cabeça de uma forma que mais parecia um tremor.

– O meu papel é identificar a enfermidade e oferecer um tratamento.

– E o nosso papel – Alana apontou para si e para a avó, que observava a conversa com um sorriso velado no rosto – é o de prestar assistência ao enfermo. Era assim que trabalhávamos com o dr. Carl. E não ganhamos dinheiro com isso, e sim o respeito da comunidade.

Dr. Maldo olhou para a mulher na cama.

– Sra. Noélia, siga as recomendações que lhe passei.

Dando meia-volta, ele ajeitou os óculos redondos e saiu porta afora.

Alana fez menção de ir atrás dele, mas sua avó a segurou pelo braço.

– Basta, minha neta. O recado foi dado. Vamos ajudar Noélia.

Enquanto Alana dava um banho no bebê com a água que ela mesma tinha trazido do poço, seu coração ia sendo esmagado, como se uma grande mão com garras o apertasse lentamente. No silêncio de sua boca, ela gritou com a alma para que Deus lhe desse a bênção de poder estudar. *Não é egoísmo, Deus.* As pessoas de Harmony precisavam dela, e não seria um doutorzinho de cabelo ensebado que mataria seu sonho.

Capítulo 8

— Vamos virar uma vila sem lei nem ordem! – Alana largou a colher ao lado do prato de sopa e suspirou, irritada. – Já basta não termos mais um xerife. Depender de Belleville para administrar Harmony e manter a ordem é um problema.

— Estou curiosa com essa reunião com o prefeito de Belleville. – Yael, com o bebê Zach no braço, colocava uma cesta de pão fresco na mesa.

Nathan e Sara comiam a sopa, mas os olhos estavam fixos nas duas mulheres e em Calebe. Depois de um dia longo e atarefado na casa de Noélia, Alana se ofereceu para jantar na casa dos amigos. Tinha essa liberdade. A intenção era conversar com Yael sobre Gabriel e dr. Maldo, mas a conversa tomou o rumo da violência na região de Harmony.

Calebe pegou o cesto de pão e o ofereceu a Alana, e depois às crianças.

— O prefeito convocou a reunião por pressão da nossa comunidade. Foi em cima da hora, mas o pastor Samuel conseguiu avisar boa parte da congregação e dos comerciantes da vila.

De olhos arregalados, Nathan pescava cada palavra que era pronunciada.

— Eu posso ir também?

– Aonde? – Yael puxou a cadeira e se sentou com o bebê, que chupava um naco de pão.

– À reunião! – O tom de voz do garoto mostrava que a resposta era a coisa mais óbvia do mundo.

Yael olhou para Calebe e de volta para o menino.

– Melhor não.

– Você é um pirralho. – Sara, de costas eretas no encosto da cadeira, olhou para o irmão com ar de superioridade.

Nathan bateu a colher na mesa.

– Não sou! – Ele se levantou, a cadeira arrastando no chão e balançando, prestes a cair. – Sou maior que você.

Ele estufou o peito, jogando os ombros para trás.

Alana deu uma risada contida e aparou um pedaço de pão que caiu de sua boca.

– Pirralho! – a irmã repetiu.

– Parem já. – A voz de Yael, apesar de baixa, deixava clara a mensagem de que não admitiria brigas.

Sara abaixou a cabeça. Nathan puxou a cadeira de volta, sentou-se e pegou a colher. O bebê deu uma resmungada, e Yael o colocou em posição de arrotar, a manga do seu vestido cheia de pedaços babados de pão.

– Nathan – Calebe falou, com voz calma e ponderada. – Sei que quer participar das coisas da comunidade, e isso é bom. Mas desta vez você fica em casa. – O menino olhou para Calebe e fez um beiço. – Quero pedir um favor: quando eu, Yael e Alana sairmos, você tranca a porta e ajuda Sara no que for preciso. Ela vai cuidar de Zach, e você fica de sentinela. Gabriel vai à reunião também.

À simples menção do nome de Gabriel, o coração de Alana borbulhou com a mistura de emoções. Com a colher, a jovem trilhou um caminho na sopa que restava no fundo do prato.

Os olhos de Nathan voltaram à vida.

– Posso usar a espingarda?

Alana olhou para a amiga, segurando um sorriso. Sara soltou uma risada, e Yael a repreendeu com o olhar. Calebe olhou para a esposa e de volta para Nathan.

– Você ainda não está preparado para usar uma arma.

– Posso deixar Dusk com você. – Alana ofereceu. – Ele está aí fora.

O sorriso de Nathan selou o acordo. Calebe desviou o assunto da reunião com o prefeito, e todos entenderam o recado de que a discussão tinha terminado.

Alana terminou a sopa e ajudou Yael a arrumar a cozinha. Sara pegou Zach e o levou para a área da sala. Calebe e Nathan saíram para tratar dos animais. Alana admirava sua amiga e a dinâmica de sua família. Apesar dos eventuais desentendimentos familiares, cada um sabia seu papel. Nathan crescia e mostrava o desejo de assumir responsabilidades.

Yael e Calebe não tratavam Sara e Nathan como pessoas incompetentes. Pelo contrário, eles lhes davam tarefas importantes. Era admirável como Calebe recebera os irmãos da esposa como parte da família. De um homem solteiro e solitário, ele passou a marido com uma família já formada. Ele dizia que Deus lhe mandou a noiva com mais dois presentes, Sara e Nathan. Logo depois, veio o bebê Zach.

Alana não se cansava de ouvir de Yael como ela e Calebe cultivavam o amor que tinham um pelo outro – um amor que tinha nascido de grande adversidade e dor.

Observando a família, Alana desejava um dia conhecer a alegria de ter um marido e filhos, muitos filhos. No que dependesse de Gabriel, a possibilidade parecia bastante remota. Dificilmente Alana teria olhos para outro homem.

– Você está calada hoje. – Yael passou uma panela lavada para Alana, que enxugava a louça do jantar.

– Tive um dia estranho.

A jovem suspirou e passou o pano de prato na panela.

– Gabriel?

– Gabriel foi ontem à noite. A conversa não terminou bem. Hoje foi o doutorzinho.

Alana resumiu as duas histórias. Contou que vó Nita insistia que milagres ainda aconteceriam na vida da neta.

Yael passou a última panela molhada para Alana e enxugou as mãos no avental.

– Sua avó tem toda razão. Fui agraciada com vários milagres. Eu poderia ter parado nas mãos de homens terríveis. Deus me trouxe à porta de Calebe, que cuidou das minhas feridas físicas e emocionais. Depois, a comunidade cuidou de mim. Mari cuidou para que meus irmãos não virassem mercadoria nas mãos de Abadon. Perdi o bebê gerado da violência que sofri, mas Deus me deu outro do homem que amo incondicionalmente. Como eu esperaria tantas bênçãos, quando estava jogada na beira da estrada, defraudada, órfã e sem meus irmãos?

Alana engoliu em seco, deixou a panela na prateleira e abraçou Yael.

– Você me dá tanto ânimo. Minha fé é tão minúscula.

– Basta ter fé como um grão de mostarda, e pessoas que a amam. E isso você tem.

– As pessoas que me amam parecem escapulir.

Yael encheu uma caneca de café e a entregou para Alana.

– Nenhuma notícia do seu pai?

Alana segurou a caneca e balançou a cabeça.

– Não, e acho que nunca terei. Tanta coisa pode ter acontecido nessa viagem.

– Assim como aconteceu com Nathan e Sara, alguém pode ter cruzado o caminho do seu pai e cuidado dele.

– São quatro anos. O que o prenderia em algum lugar por quatro longos anos? E, se estiver vivo, por que não escreveu?

Yael balançou a cabeça, concordando.

– Mas saiba que, ainda assim, outras pessoas amam você.

Alana soltou uma risada ácida.

– E Gabriel gosta muito de mim. Nem sei o que isso significa.

– O amor pode chegar devagar.

– O dele, a passos de tartaruga. – Alana passou o dedo indicador no rosto, retirando uma lágrima.

Yael pegou Zach do colo de Sara, que olhava atentamente para Alana. Ela deu instruções para a irmã arrumar a cama do bebê, e a jovem afastou-se lentamente em direção ao quarto, vez por outra olhando por cima dos ombros.

Alana soltou um soluço e lavou a caneca suja de café, deixando-a escorrendo em cima da pia. Olhou pela janela da cozinha e viu a luz acesa do quarto de Gabriel, ao lado do celeiro. Se o amor dele chegava a passos lentos, o de Alana era um cavalo selvagem, do tipo que precisava ser domado a qualquer custo, senão machucaria sua dona.

O bebê começou a chorar, e Yael o deitou nos braços.

– Vou amamentar antes de sair para a reunião.

Antes de se afastar, ela apertou o ombro de Alana de leve e lhe ofereceu um sorriso.

Alana voltou o olhar para fora e o deixou vagar pela paisagem de cores intensas do fim de tarde. Tudo era aparentemente tão tranquilo: os cavalos pastando no cercado, passarinhos voando de árvore em árvore e a brisa balançando as folhas. Toda tranquilidade, porém, poderia ser perturbada por acontecimentos inesperados. Assim Alana via sua vida. Os inesperados tinham roubado dela seus pais, e agora ameaçavam tirar-lhe os sonhos.

Calebe voltou com Nathan na carroça, distraindo Alana dos pensamentos que traziam consigo o desânimo. Ela assobiou da janela, e Dusk veio correndo pelo gramado.

Nathan pulou da carroça, pegou um graveto do chão de terra e o levantou no ar, fazendo com que Dusk pulasse até pegá-lo.

– Se alguém tentar invadir nossa casa, eu e Dusk atacamos o bandido.

– Tenho pena desse bandido. – Alana riu e abriu a porta.
Yael apareceu do quarto, o xale enrolado nos ombros.
– Podemos ir.

As duas mulheres saíram na noite fresca. Yael subiu na carroça, e Alana montou em Arrow. A luz do quarto de Gabriel estava apagada. Batendo a rédea, Alana tomou a dianteira, a carroça dos amigos vindo logo atrás.

Ela balançou a cabeça, deixando o ar encher seus pulmões e clarear sua mente. Havia coisas mais urgentes a serem tratadas do que seu coração partido. Muito em Harmony estava em jogo caso nada fosse feito para proteger a região e seus moradores. No que dependesse de Alana, ela não mediria esforços para que a situação melhorasse.

Quanto a Gabriel, ela tinha lhe dito que não esperaria até que ele organizasse seus sentimentos e pensamentos. Tempo indefinido era um tempo longo demais.

Capítulo 9

— Meus irmãos, amigos e vizinhos de Harmony, peço que se sentem, por favor.

O pastor Samuel elevou a voz, para que sua fala chegasse aos ouvidos dos que conversavam à porta. O burburinho era intenso, como o de abelhas na colmeia.

Ao lado do pastor, o prefeito de Belleville, um homem nitidamente cansado, de cabelos brancos ralos, aguardava o silêncio e a atenção dos participantes. Alana, Yael e Calebe se sentaram ao lado de Mari e seu marido, Silas. Ainda conversando, os outros homens e algumas mulheres tomaram seus lugares. A brisa fresca, que entrava pelas duas janelas da igreja, foi bloqueada por aqueles que se recostaram nos parapeitos. Um deles era Gabriel. Ele lançou um olhar melancólico para Alana e lhe ofereceu um sorriso tímido. Ela sustentou o olhar por um instante e voltou a atenção ao movimento à sua frente. O pastor falava algumas palavras com o prefeito, que balançava a cabeça afirmativamente e enxugava a testa com um lenço.

Alana voltou o olhar para a cruz de madeira rústica pendurada na parede de madeira atrás do púlpito. Com um suspiro e os dedos entrelaçados no colo, ela agarrou-se à fé do tamanho de um grão de mostarda, entregando sua frustração a Deus. Por que Gabriel fazia seu coração parecer Arrow quando disparava na grande pradaria do Oeste do Canadá, mesmo quando permanecia calado? Toda sua determinação em esquecê-lo caía por terra ao ver o rosto forte dele, com aqueles olhos escuros expressivos. A oração de Alana, misturada às ponderações, foi interrompida pela pauta da reunião na voz do pastor.

– Obrigado pela disposição de vocês em comparecer a este encontro de última hora. – Ele passou a mão na testa suada. A camisa de tecido rústico estava úmida, com dois círculos molhados nas axilas. – É do interesse de todos ouvir o que o prefeito tem a dizer sobre a crescente violência em nossa região. – Ele fez um sinal para o prefeito tomar à frente. – Por favor, prefeito Wally.

O homem limpou um pigarro e passou o dedo enrugado pelo cordão do relógio de bolso.

– Obrigado, pastor, obrigado a todos. – A voz dele revelava o cansaço do corpo. – Tenho algumas informações importantes e um anúncio.

Alguns participantes cochicharam entre si. Alana olhou para Yael e Calebe, que deram de ombros. Que anúncio o prefeito faria?

Ele continuou:

– A situação de Harmony e Belleville que mais nos preocupa é a violência. Com o início das obras da ferrovia, mais gente vai passar por aqui. Centenas de trabalhadores imigrantes vêm buscar trabalho. O progresso traz mais oportunidades para todos, mas também crimes de toda natureza.

– Veja o que aconteceu às duas meninas que estão na casa de Amelie e Joaquim – disse Mari, aproveitando a pausa do prefeito.

– Eu soube. Muito triste. – O prefeito correu os dedos pelo cordão do relógio de bolso, parecendo encontrar sustentação na fina corrente. – Por isso, temos que nos organizar da melhor forma para ajudar os que precisam. E muitos precisarão, visto que esses novos trabalhadores vêm em condições difíceis de vida. Preciso da ajuda de um grupo de pessoas de Harmony, para formalizar uma rede de assistência – concluiu ele, afrouxando o colarinho da camisa com os dedos.

– Quantas pessoas? – Mari perguntou.

– Três ou quatro. Fica mais fácil um grupo menor para eventuais reuniões. É bom também escolherem um porta-voz que possa vir a Belleville para se encontrar com o nosso grupo e comigo. Podemos oferecer ajuda também – o prefeito respondeu.

Depois de várias sugestões de nomes, ficou decidido que Silas encabeçaria o grupo. Ele se levantou, com sua roupa distinta e o cabelo colado na cabeça por causa do suor.

– Aceito de bom grado. Que outros nomes sugerem?

Alana levantou a mão.

– Eu indico Yael.

O zum-zum-zum recomeçou. O sr. Miller, o comerciante mais rico da região, pediu silêncio.

– Apoio a indicação.

Alana olhou para a amiga, que tinha os olhos arregalados.

– Ninguém melhor do que você para o trabalho – ela sussurrou.

– Nem conversei com Calebe! – Yael olhou para o marido.

– Excelente indicação. – Calebe apertou a mão da esposa.

Um pouco antes do fechamento da reunião, o grupo foi definido com quatro nomes: Silas, Yael, o sr. Miller e um fazendeiro, Tobias.

O prefeito anotou os nomes e passou a palavra para o pastor. Alana correu o olhar na direção de Gabriel, que se mantinha quieto, de braços cruzados, no mesmo lugar à janela. O que mais Alana via no olhar dele à luz dos lampiões? Agitação? Angústia? Ela desviou o olhar, voltando-o para a cruz.

Algumas pessoas começaram a conversar entre si, trazendo Alana de volta à reunião. O pastor pediu silêncio. O prefeito prosseguiu:

– Tenho um anúncio também. Hoje à tarde, recebi uma carta oficial da Real Polícia Montada, em resposta ao pedido de envio de policiais para nossa região. – O prefeito tirou um envelope do bolso do paletó e puxou a carta. – Aqui eles dizem que estão enviando homens para pontos estratégicos da ferrovia, do Leste ao Pacífico, passando perto daqui. Felizmente escolheram Harmony como um desses pontos.

A voz do prefeito foi engolida por algumas palmas e muito falatório. O pastor pediu silêncio mais uma vez. O volume de vozes foi diminuindo.

– Sem dúvida, essa é uma ótima notícia – disse Silas.

Alguns participantes fizeram perguntas a respeito de quando o policial viria, onde ficaria, que trabalho faria. Para a alegria dos presentes, o homem chegaria em duas semanas, mas não tinha lugar para ficar. A delegacia era tão pequena, que só cabia um preso de cada vez.

Mari levantou-se e pediu a palavra.

– Eu e Silas vamos abrir nossa loja em dez dias, e temos espaço no fundo para o policial. Podemos construir uma parede e colocar uma cama. A loja fica ao lado da delegacia. – Mari olhou para o marido, que confirmou com um sorriso.

Decididos os detalhes da vinda do policial, o prefeito agradeceu a participação de todos e devolveu a palavra ao pastor, que deu a reunião por encerrada com uma oração. As conversas recomeçaram e os participantes foram saindo da igreja, cada um fazendo comentários sobre o que tinham ouvido. Alana, Yael e Calebe se despediram do pastor e saíram no ar fresco.

– Não acredito que aceitei participar desse grupo! – Yael levou as mãos ao rosto.

– Tenho certeza de que você fará um ótimo trabalho. Você é uma pessoa importante para nossa comunidade – disse Calebe, passando o braço pela cintura da esposa.

– Mas tenho um bebê, coisas da casa, oh meu Deus!

– Nathan queria mais responsabilidades, não queria? E Sara está ali para ajudar. – Calebe sorriu e levantou as sobrancelhas.

Alana ofereceu um sorriso encorajador à amiga.

– Você não vai fazer o serviço sozinha, e sabe que pode contar comigo também.

Yael apertou a mão de Alana.

– Uma coisa que vou abordar é a escola. São poucas as crianças que se aventuram a estudar em Belleville. É longe, e o trajeto é perigoso por causa da violência e do inverno. Precisamos da nossa própria escola.

– Se derem corda para minha mulher, ela vai transformar Harmony em uma grande cidade! – Calebe beijou a mão da esposa, recebendo de volta um carinho no rosto.

O coração de Alana encheu-se de afeto pela amiga e por seu marido. Os dois eram uma referência para ela. Uma pena que Gabriel não seguisse o exemplo de seus amigos. Ou talvez ele nem percebesse que relacionamentos próximos exigiam comunicação e atenção. *Por que fico patinando no mesmo assunto?* Alana interrompeu o pensamento, impedindo que a alegria de estar com os amigos lhe fosse roubada.

– Espero que o *mountie* faça um bom trabalho e traga um pouco de tranquilidade para nós.

– É preocupante a chegada de tanta gente para trabalhar na ferrovia. Vem muito aproveitador junto. – Calebe desamarrou a rédea de Misty de uma estaca e a puxou, trazendo a carroça.

– Algum tipo de proteção nós teremos – disse Alana, também desamarrando a rédea de Arrow. – Bem, vou indo na frente. Preciso buscar Dusk lá no seu sítio.

Despedindo-se, ela saiu a galope pela estrada.

O dia, que tinha começado estranho, terminou com uma nota de esperança. A Real Polícia Montada assumiria a segurança da região, e o grupo de assistência cuidaria das necessidades mais urgentes dos moradores de Harmony. Alana alegrou-se com as possibilidades e oportunidades que surgiriam. Talvez, com tanta novidade, sua mente não ficasse fugindo do controle, trazendo a lembrança de Gabriel.

Capítulo 10

Alana saltou de Arrow e assobiou. De dentro da casa, Dusk uivou. Ela sorriu, mas o sorriso desapareceu quando ouviu uma voz atrás de si.

– Alana.

Ela se virou. Na noite iluminada pelo luar, Alana examinou o rosto de Gabriel. Conhecia seus traços, mesmo com pouca luz. Eram bem-definidos, com o queixo quadrado, as sobrancelhas escuras combinando com a cor dos olhos, o nariz reto e os lábios grossos. Alana impressionava-se com a força dos ombros e dos braços de Gabriel sempre que ele puxava o arado. Ela o vira sorrir poucas vezes nesses quase dois anos, mas era um sorriso que iluminava seu rosto.

– Gabriel. – Ela mal ouviu a própria voz.

– Foi uma boa reunião hoje. – As palavras de Gabriel saíram roucas.

– Foi.

– Vai ser bom ter um *mountie* em Harmony.

Alana detectara uma nota de empolgação na voz dele? A porta da casa se abriu, e Dusk saiu, acompanhado de Nathan.

– Alana, Dusk achou um rato na cozinha. E adivinhe? Ele o matou com a pata.

Nathan narrou e encenou a história com animação, e o cachorro-lobo balançava o rabo peludo, participando da empolgação de Nathan.

Alana olhou para o vulto do menino, mas estava bem ciente da presença de Gabriel ao seu lado.

– Que divertido!

O som de rodas de carroça no chão de terra chamou a atenção de Nathan, que desapareceu no escuro, indo na direção da irmã e do cunhado. Dusk pôs-se de guarda, sentando-se ao lado da dona.

Gabriel passou o dedo indicador pelo braço de Alana como se fosse uma pluma de ganso. No entanto, o toque surtiu o efeito de mil raios correndo sob a pele dela. Por que Gabriel não abria sua vida para ela? Se ele tivesse problemas de aceitar o passado, os dois poderiam buscar soluções juntos. Além do mais, o pastor Samuel poderia ajudar. Calebe e vô Raini teriam palavras de sabedoria. Essas pessoas tementes a Deus estariam dispostas a ajudá-lo, nem que fosse para ouvir seu desabafo. Gabriel não parecia fugir de nada concreto, mas de fantasmas na alma. Alana poderia se abrir com o rapaz sobre suas angústias, na esperança de ele se abrir também. Talvez, se soubesse das vulnerabilidades dela, ele se sentisse incentivado a falar de seus medos.

Uma fagulha de ânimo acendeu-se em Alana. Talvez Gabriel a achasse tão forte, cavalgando em Arrow, caçando com o avô, domando cavalos, que se sentisse intimidado a compartilhar suas fraquezas. Levantando o rosto e buscando o brilho do luar nos olhos de Gabriel, Alana sussurrou:

– Eu entendo a sua...

Ela foi bruscamente interrompida por Nathan.

– Yael disse que vamos ter uma escola em Harmony!

A amiga logo surgiu da escuridão.

– Ainda não sabemos ao certo, Nathan.

Nathan ignorou o comentário de Yael e entrou na casa, chamando Sara, berrando a novidade.

Para alívio de Alana, Yael lhes desejou boa noite e disse que precisava ver o bebê Zach.

– Você dizia... – Gabriel falou e foi interrompido por Calebe.

– Tudo certo por aqui?

– Tudo.

A resposta de Gabriel foi um recado claro para o patrão de que sua atenção estava em outro lugar. Calebe se despediu do rapaz e de Alana, entrou em casa e fechou a porta.

– Eu estava dizendo que entendo sua hesitação em se aproximar mais de mim.

Os olhos dele brilharam.

– Impossível eu ser mais próximo de você do que sou agora.

– Próximo de mim? Você é distante – respondeu Alana, enfiando os dedos no pelo sedoso do pescoço de Dusk.

– Alana, nenhuma pessoa que conheço ou conheci me encanta tanto, me faz sentir totalmente envolvido.

Para Alana, o som da voz de Gabriel era mais sedoso do que o pelo do cachorro-lobo. As palavras, porém, eram sempre dissonantes de suas atitudes.

– Eu não entendo.

– Preciso proteger você.

– De quê?

– De mim.

Alana não acreditava que ele fosse violento. Já tinha descartado essa ideia. Mas e se isso fosse só um desejo bobo do seu coração, contrário à dura realidade dele?

– Gabriel, você fala em enigmas. Você matou alguém?

Os segundos de silêncio que se seguiram apertaram o nó no estômago da jovem. Ela deu uns passos para trás, puxando Dusk para mais perto.

– Não matei ninguém. Só não sou a pessoa que você acha que sou.

Alana cerrou os punhos e esticou os braços rentes ao corpo. Seus ombros tremiam.

– E que pessoa você é? Diga-me, então, e não me faça sofrer!

Gabriel a segurou pelos pulsos.

– Não protegi Lucy como deveria. Quem garante que vou proteger você?

Dusk levantou-se em alerta, orelhas para trás. Alana se soltou das mãos de Gabriel de modo brusco.

– Eu não preciso de proteção. Não estou buscando um vigilante.

– Eu sei, mas meu papel de homem é proteger as pessoas que Deus confia a mim – disse ele, correndo os dedos pelo cabelo grosso.

– O que está dizendo?

Alana tinha plena noção de que sua voz estava carregada de angústia. Dusk uivou. Ela respirou fundo, tentando controlar o tremor do corpo, como se o inverno tivesse chegado de repente.

– Não sei o que aconteceu na emboscada que tirou a vida da sua esposa, mas sei que esses ataques são violentos e perigosos. Não se culpe.

Gabriel aproximou-se dela e parou quando Dusk se colocou entre eles.

– Alana, quero abrir meu coração para você, dizer o quanto significa para mim; mas não posso me oferecer a você com minhas fraquezas.

Alana estendeu as mãos na direção dele, mas não o tocou. Seu coração rasgou ao meio.

– Então me fale das suas fraquezas.

Por um instante, os dois pareceram suspensos no ar. Alana parou de tremer. O calor do olhar de Gabriel se espalhou pelo seu corpo como se os raios do sol a pino a aquecessem. Alana levantou a mão, que cortou a escuridão. Com as pontas dos dedos, tocou o rosto de Gabriel, sentindo a barba rente. Desejou puxá-lo para si, enlaçar os braços dele em sua própria cintura e encostar o rosto em seu peito forte.

— Decepcionar você é o que mais me dói — sussurrou ele, apertando a mão dela.

— Não estou decepcionada; estou angustiada — respondeu ela no mesmo tom.

— Preciso me dar a você por inteiro.

Ele virou a palma da mão de Alana para cima e correu o dedo indicador pelas linhas delicadas da sua pele.

Alana sentia os pés flutuando.

— E o que o impede de fazer isso?

— É que hoje sou um homem em pedaços.

— Eu o ajudo a juntar os pedaços.

— Não seria justo com você — respondeu ele, soltando a mão de Alana.

— O pastor Samuel pode ajudar, Calebe também.

Observando Gabriel abaixar a cabeça, Alana soltou um grunhido, assobiou para Dusk e correu para Arrow.

Gabriel correu atrás dela e segurou-a pelo braço, fazendo com que Dusk rosnasse. Ele a soltou.

— Alana, por favor...

O queixo de Alana tremeu. O frio voltou, trazendo mais inverno para sua alma. Ela puxou a corda da estaca, apoiou o pé no estribo e montou no cavalo, saindo em disparada, com Dusk atrás, na poeira deixada pelos cascos de Arrow.

No escuro, Alana ouviu Gabriel a chamar várias vezes, até que o som da voz dele foi engolido pelo do galope. Ela tomou o caminho de casa, os olhos ardendo, o coração em mais pedaços do que ela jamais conseguiria contar.

Capítulo 11

Alana mergulhou de cabeça em suas obrigações e distrações nos dias seguintes. Estava decidida a eliminar Gabriel dos pensamentos. Mais uma vez. Talvez assim, ela conseguisse arrancá-lo de seu coração. A flecha machucava e precisava ser retirada. Por mais que ele tivesse falado que tinha fraquezas e que não poderia protegê-la, algo dentro de Alana dizia que Gabriel era um homem de honra. No entanto, isso já não importava mais, visto que ela via sua esperança evaporar-se cada vez que se encontrava com ele.

Passando parte das manhãs no galpão de ervas de vó Nita, Alana lia as anotações que ela fazia sobre os tratamentos naturais em um caderno de capa e folhas duras. Havia desenhos de plantas, para explicar as utilidades delas. Plantas secas estavam prensadas entre várias páginas.

Alana colocou uma cadeira ao lado do fogão, seu canto preferido do galpão, de onde inalou os vários cheiros das misturas. Era ali que estudava as anotações da avó e o livro de anatomia deixado por dr. Carl. Os cheiros das fervuras enchiam a jovem de vigor e determinação. Nesses momentos, ela acreditava que o milagre viria e que a realização do sonho de estudar enfermagem aconteceria em breve. Em seu lugar seguro, ela fazia planos.

Alana fechou o livro de anatomia e o deixou em cima da cadeira. Mexeu a mistura no fogão com uma colher de pau e foi até a bancada, onde estavam os vidros com os preparos. Dusk entrou no galpão, acompanhado de Aurora. Alana abaixou-se e abraçou os dois animais.

– Por que a vida tem que ser tão complicada?

Dusk e Aurora responderam com leves uivos e lambidas no rosto da moça. Alana levantou-se quando sua avó entrou.

– Mari precisa de mais óleo para as costas. Pode levar?

Vó Nita já se pôs em frente ao balcão, escolhendo uns vidros com misturas.

– Posso.

Alana aproximou-se da avó e pegou um saquinho de estopa.

– Ah, vocês estão aqui. – A conhecida voz rouca falou.

As duas mulheres viraram-se para a porta. Vô Raini entrou, segurando um envelope.

– Alana, uma carta do dr. Carl para você. – O homem de trança fina caindo pelo ombro esticou a mão calejada para a neta.

Alana olhou do avô para a avó e pegou o envelope. Abriu-o com cuidado. Suas emoções ficaram revoltas como um rio que se aproximava de uma queda d'água.

– Veio com uma carta da Escola de Enfermagem.

Ela leu o conteúdo.

– Dr. Carl fez uma recomendação do meu nome, e eles estão me oferecendo uma vaga para estudar.

Ela continuou a leitura. Logo dobrou o papel e o guardou de volta no envelope.

– O que foi? – Vó Nita aproximou-se da neta e a segurou pelo braço.

– O valor. Eles me ofereceram um desconto parcial, mas, mesmo assim, o valor é alto.

Vô Raini estendeu a mão para a neta.

– Deixe-me ver.

Alana passou o envelope para o avô, e ele leu a carta. O coração da jovem disparou. Um milagre. Era disso que precisava.

– De fato, uma quantia ainda alta. – Vô Raini olhou para a esposa, dobrou a carta e a devolveu ao envelope. – Mas tenho fé.

Uma grossa lágrima escorreu pelo rosto de Alana, e ela a jogou para o chão com um movimento súbito do dedo indicador.

– Preciso arrumar uma forma de conseguir essa quantia.

Assobiando para Dusk, Alana pegou o saquinho de estopa com os remédios de Mari e foi na direção da porta. Parou por um instante e virou-se para os avós.

– Vou pedir um emprego para Mari. Eles vão abrir a loja em três dias.

Alana saiu em disparada, chamando o nome de Arrow. Dusk correu atrás de sua dona.

* * *

Por que não pensei nisso antes? Claro, fico sonhando acordada com um homem travado! Não vou permitir que ele atravanque minha vida. Era isto. Um emprego poderia ser a resposta. Se conseguisse a vaga, quanto Mari pagaria e de quanto tempo precisaria para juntar a quantia necessária para a Escola de Enfermagem? *Bom,* Alana sacudiu com vigor a rédea de Arrow, *não importa. Vou conseguir nem que leve um longo tempo. Pelo menos tenho um alvo para perseguir, diferente de ficar esperando indefinidamente Gabriel lidar com seus conflitos.*

Entrando na casa de Mari, Alana foi assaltada por aromas irresistíveis. No entanto, ela recusou a fatia de torta de morango, indo direto ao assunto.

– Emprego?

A mulher tirou mais uma forma com pão fresco do forno, colocando-a na mesa do centro da cozinha.

– Isso. Preciso de dinheiro para a Escola de Enfermagem.

Alana contou à amiga sobre a carta que tinha recebido do dr. Carl.

– Ah, muito nobre da sua parte. Vou falar com Silas. Ainda não pensamos em contratar alguém. Íamos fazer o trabalho sozinhos, mas – ela esfregou as costas com as mãos – essa dor não me ajuda, e estou sobrecarregada.

Alana se encheu de ânimo.

– Posso aprender a fazer pães e tortas e ajudar no que for.

Mari apoiou-se na mesa.

– Não é má ideia.

Alana saiu da casa de Mari, depois de fazer-lhe uma massagem, e voou para o sítio Hebron. Precisava contar a novidade a Yael.

Passando a galope por Gabriel, que serrava madeira do lado de fora do celeiro, Alana olhou-o de relance, mas não retribuiu ao aceno de mão dele. Por que compartilharia seus planos com ele? Sua ideia era tirá-lo da cabeça e do coração. Não daria de si para Gabriel.

Alana entrou na casa da amiga, que amassava pão. Sara brincava com Zach no chão da sala.

– Que cara de felicidade é essa?

Yael jogou um punhado de farinha na mesa e rolou a massa por cima da camada branca.

Mal contendo sua animação, Alana falou à amiga sobre a carta e o possível emprego com Mari.

– Decidi que preciso tentar de tudo para ir à escola. Inclusive, minha ida vai me ajudar a deixar aquele outro assunto para lá.

Alana fez um sinal com a cabeça na direção da porta.

– Você está falando de Gabriel? – Sara levantou-se do chão com Zach no colo, encaixando as pernas gordinhas do bebê no seu quadril.

— Sara, já disse para não se meter nessas conversas. — Yael bateu a massa de pão na mesa.

— Hum... Está bom. Mas podemos falar do *mountie* que vai chegar na semana que vem? — Sara riu de orelha a orelha.

— Você é incorrigível... — riu Alana.

— Vou descobrir mais sobre ele se eu for trabalhar na loja da Mari.

— Não dê corda para ela.

Yael fez um sinal com a mão branca de farinha para a irmã se afastar.

As duas amigas conversaram mais um pouco sobre os planos de Alana e logo mudaram o assunto para Gabriel. Alana contou à Yael sobre a conversa estranha que os dois tiveram na noite da reunião.

— Desisti de entender os conflitos dele. Não sou adivinha.

Alana pegou uma fatia de pão de um cestinho na pia e puxou um pedaço com os dedos.

— Calebe andou sondando, mas não descobriu muita coisa. Na opinião dele, Gabriel se sente responsável pela morte da esposa.

— Foi o que ele deixou transparecer. Vocês acham que ele esconde alguma coisa grave? — perguntou Alana, enfiando um pedaço de pão na boca.

— Calebe acha que não. Gabriel só é retraído. Quando está no quarto, lê a Bíblia. Vez por outra, caminha sozinho perto do rio. O único lugar que frequenta é a igreja. Essa é a rotina dele desde que chegou aqui. Não me parece ter planos para o futuro.

— Muito estranho. Será que ele não tem ambição?

— E por isso ele acharia que é indigno de você? — Yael passou o rolo pela massa.

Alana olhou para a amiga com olhos arregalados.

— Não pensei nisso. Por que então ele não se mexe, não compra um sítio, alguma coisa assim?

Yael balançou a cabeça.

– Esquisito. Ele não tem gastos aqui. A alimentação é parte do acordo de trabalho. Imagino que já tenha algumas economias.

Por mais que Alana tentasse se convencer de que aquela poderia ser uma resposta para o comportamento estranho de Gabriel, ele tinha deixado claro que era um homem aos pedaços. Isso significava que a questão da honra realmente era o que mais pesava para ele.

Ao sair do sítio, Alana passou novamente por Gabriel. Dessa vez, ela acenou de volta, mesmo que timidamente. Ele deixou o serrote de lado e enfiou as mãos nos bolsos da calça remendada, seguindo Alana com os olhos.

Arrow tomou velocidade ao pegar a estrada sob o sol quente do início da tarde. Sim, Yael poderia ter razão em parte. Talvez a questão da honra fosse um dos pedaços de Gabriel ao qual ele se referia. A esperança que sentiu durante a conversa logo se desfez. Era melhor ajustar o foco na nova ideia de trabalhar para juntar dinheiro. Isso, sim, teria futuro.

Capítulo 12

Montada em Arrow, Alana deu um grito e bateu palmas.
— Nem acredito. Obrigada, obrigada!
O cavalo relinchou como se celebrasse com a dona, jogando a cabeça para os lados.

Mari riu e abriu o portão da propriedade de Amelie. Alana tinha encontrado as duas mulheres na estrada, voltando da igreja a pé. Elas carregavam doações para Elsa e Lily. Montada em Arrow, Alana ofereceu-se para carregar os pacotes, o que as duas mulheres aceitaram de bom grado. Ela ouvia a conversa animada de Amelie e Mari, enquanto tentava controlar a impaciência do cavalo por ter que diminuir o trote.

Alana desmontou, devolveu os embrulhos para as mulheres e amarrou a rédea na estaca ao lado da casa de Amelie.

— E quando posso começar?

Mari ajeitou o cabelo castanho no coque e sorriu.

— Abriremos a loja depois de amanhã, sábado, mas amanhã preciso dar uns últimos retoques. Se puder começar já, aceito a ajuda.

— Claro que sim. Quando quiser.

Havia um tempo que Alana não se sentia tão entusiasmada. Assim que chegasse em casa, escreveria para o dr. Carl e para a Escola de Enfermagem, aceitando a bolsa parcial de estudos.

Diria também que precisava de tempo para arrumar o restante do dinheiro. Esperava que isso não fosse empecilho.

De qualquer forma, o ano letivo só começaria no outono, em setembro, com a opção de início mais tarde, no inverno. Precisaria se preparar para a viagem de duas horas de carroça e mais quatro de trem até Edmonton. Ficar longe de casa, de Harmony, de seus amigos (tentou não pensar em Gabriel, mas ele foi o primeiro da lista) seria doloroso, mas, a seu tempo, voltaria e assumiria os cuidados de quem precisasse de seus serviços. O plano parecia simples, mas, para Alana, cada passo era um desafio em si. Porém, estava decidida a encará-los um de cada vez, sem afobação.

Amelie convidou as duas amigas para a cozinha. Ela colocou uma chaleira com água para ferver e se sentou à mesa com Alana e Mari. Os embrulhos de papel, agora em cima de uma cadeira, eram as bênçãos que vinham semanalmente para o cuidado das meninas, segundo Amelie explicou. Alimentos, roupas e até brinquedos chegavam até as duas irmãs, que aos poucos iam se ajustando à nova vida.

– Espero que o *mountie* possa ajudar nas investigações do paradeiro dos pais de Elsa e Lily.

Amelie levantou-se e jogou um punhado de ervas na chaleira. Depois serviu três xícaras, voltando a se sentar.

– E se o pior tiver acontecido? – Alana lembrou-se da tragédia que havia tirado a vida dos pais de Yael, Sara e Nathan.

Amelie deixou a xícara no pires.

– Conversei com Joaquim. Pensamos em adotar as irmãs, se for o caso. Ainda estamos com esperança de que um ou outro esteja vivo.

Tantas tragédias, tantas crianças órfãs. Os habitantes de Harmony passavam por adversidades, mas, mesmo assim, agarravam-se à esperança de dias mais tranquilos.

Amelie chamou as duas meninas, que brincavam no quarto com brinquedos doados pelo sr. Miller, segundo explicou a dona da casa. Elas entraram na cozinha e cumprimentaram as visitas. O coração de Alana encheu-se de compaixão. Ela se via na pele de Elsa e Lily. Se não fosse por seus avós, ela própria estaria na casa de estranhos. Por mais amorosos que Amelie e Joaquim fossem, eram desconhecidos das meninas.

Elsa e Lily sorriram quando Amelie abriu os pacotes, revelando dois vestidos. Elas passaram as mãos nos tecidos coloridos.

– Podemos usá-los agora? – Elsa perguntou.

Amelie pegou os vestidos de volta.

– Que tal usá-los domingo, na igreja?

Lily balançou a cabeça, concordando, e Elsa fez um pequeno bico.

Alana observou o momento especial. A inocência das meninas ao se distraírem com os presentes era comovente. Amelie entregou os vestidos para as irmãs, pedindo que os guardassem no armário. As duas saltitaram em direção ao corredor, tagarelando sobre as roupas. Alana bebericou o resto do chá ainda quente, mas o calor que sentia no coração tinha outra origem. Amava as pequenas recém-chegadas, assim como amava as duas mulheres que conversavam sobre uma receita de broa. Harmony tinha esse poder de aproximar as pessoas, passassem elas por montanhas ou vales.

Montada de volta em Arrow, Alana controlou o animal para que não saísse a galope. Em vez disso, ela preferiu o trote confortante no percurso, ideal para pensar e planejar sua nova vida no trabalho da loja de Mari. Esse era seu presente naquele dia. Alana não era tão inocente quanto Elsa e Lily, mas se permitiu a distração do planejamento. Cada dia de trabalho representaria um passo na direção do seu sonho, que, se realizado, daria a ela as habilidades necessárias para cuidar das pessoas que amava e de tantas outras que cruzariam seu caminho.

* * *

Alana selou o envelope e apertou-o no peito.

– Deus, é um passo de fé para mim. Tome essa carta como meu grão de mostarda.

No meio do quarto simples, com uma cama coberta com uma colcha de retalhos e um gaveteiro, Alana inspirou profundamente. Dusk soltou um leve bocejo e se deitou aos pés da dona.

Ela deixou o envelope em cima do gaveteiro e começou a se trocar para dormir. Seus dias eram cheios de emoções, e as noites, repletas de pensamentos sobre Gabriel, por mais que ela tentasse repeli-los.

Alana tirou a saia-calça e a jogou em cima de uma cadeira, vestindo, em seguida, a camisola branca. Não aceitaria mudar costumes, como suas vestimentas, para agradar a Gabriel. Várias vezes ela cogitou se seu jeito diferente também contribuía para afastá-lo. Mas a declaração de amor que ele tinha feito a ela dias antes foi tão profunda e doída, que Alana duvidava de que um detalhe como roupas o impedisse de se aproximar dela. Ele disse que não conseguira proteger a esposa. Lucy tinha sido aventureira como Alana, deixando Gabriel mais receoso ainda de se comprometer com uma mulher semelhante? Aquilo era uma conjectura, mas, sem informações concretas, os pensamentos de Alana iam em todas as direções, buscando explicações plausíveis para os medos de Gabriel.

A leve batida na porta do quarto ajudou Alana a reajustar o foco. Havia coisas mais urgentes na vida do que saciar o desejo romântico do seu coração.

– Entre – disse Alana.

Vó Nita entrou e beijou a cabeça da neta.

– Fiz esse sachê de lavanda para ajudar no seu sono. Você precisa descansar para começar o trabalho com disposição.

Alana tinha compartilhado a boa notícia com os avós na hora do jantar. Eles comemoraram com a neta, e vô Raini disse que milagres vinham em várias formas, como um emprego.

A jovem pegou o sachê e o enfiou debaixo do travesseiro. Era a essência preferida da sua mãe. Quando sentia esse cheiro, sempre se lembrava de momentos significativos com Lua: as duas nadando no riacho, plantando a horta, costurando e bordando, rindo, deitadas na campina, olhando as nuvens e contando histórias com os personagens que se formavam no céu azul.

– Somos tão insaciáveis, não é, vó Nita?

Alana correu a mão pela colcha de retalhos.

– Muito.

A bondosa mulher olhou para a neta com seus olhos sábios e perspicazes.

– Uma hora queremos algo, logo inventamos outras coisas que achamos que precisamos.

– Essa é a natureza humana, a de correr atrás do vento.

– E como sabemos se aquilo que queremos é justo ou só vento? – Alana jogou o corpo para trás, apoiando a cabeça no travesseiro.

– A medida deve ser o amor. Geralmente fazemos o que fazemos por amor-próprio, que não é a melhor medida. – Vó Nita sorriu. – É melhor dar do que receber. Esse deve ser o padrão.

– Mas somos egoístas; queremos receber – respondeu Alana, examinando as ripas do teto.

A avó bateu de leve na mão da neta.

– Identificar esse pecado é essencial para começar a tratá-lo.

Alana voltou os olhos para a avó.

– Amo a senhora. Obrigada por cuidar de mim e me ensinar o que nunca aprenderia na escola. – A jovem sentou-se e abraçou a avó.

– Você é meu presente do céu.

Vó Nita saiu do quarto, enquanto a neta ponderava sobre as sábias palavras. Arrumando o cabelo em uma trança, Alana se enfiou debaixo da colcha leve. A janela aberta trazia o cheiro de terra molhada que a pancada de chuva mais cedo produziu. *Amanhã é um novo dia. Uma nova fase da minha vida*, ela pensou, deitando a cabeça no travesseiro. *Quero aprender a dar.*

O sono foi chegando, trazendo uma sensação de que algumas novidades estavam para acontecer e pegariam Alana de surpresa. Ela esperava que sim. Talvez seus milagres fossem se cumprir de uma vez.

Capítulo 13

A abertura da nova loja de Mari e Silas foi o grande evento da região naquele verão. Os pães, os bolos e as tortas atraíam muitos fregueses, inclusive de Belleville. Alana sorria e os recebia, mostrando-lhes as prateleiras fartas de mercadorias variadas. Quatro mesas redondas e pequenas estavam dispostas ao longo das duas janelas, onde os clientes com mais tempo podiam tomar um café e comer um lanche rápido. Alana tinha encerado o chão no dia anterior e, no fim da manhã, ele já estava sujo de poeira dos pés dos homens, mulheres e crianças que vinham comprar ou só bisbilhotar.

– Você está fazendo um ótimo trabalho – Silas disse a Alana depois que ela entregou mais um pacote de biscoitos a uma mulher com três filhos.

– É tudo tão lindo, que nem parece ser um trabalho de verdade.

Silas riu e entrou no escritório nos fundos da loja. Em uma das mesas, uma criança sentada com seus pais derrubou leite no chão. Alana correu ao depósito e voltou com um pano. A mãe pediu desculpas e a jovem sorriu, abaixando-se para limpar a sujeira. Seus olhos foram atraídos por um par de botas de couro bem engraxadas que se aproximaram dela. Alana foi elevando o olhar pela calça escura com uma faixa amarela nos lados e depois para o casaco vermelho, terminando no chapéu marrom. O rosto barbeado lhe sorriu, os olhos castanho-claros sorrindo junto.

Alana colocou-se de pé e amassou o pano úmido de leite nas mãos. O *mountie* segurava uma maleta de couro escura.

– Boa tarde. Oficial Julian Collins, ao seu dispor.

Ele fez uma continência.

O homem sentado à mesa ao lado gritou:

– A lei chegou a Harmony.

O oficial olhou ao redor quando as palmas começaram. Ele tirou o chapéu e fez um sinal com a mão para que eles parassem.

– Obrigado pela recepção calorosa.

Alana, ainda segurando o pano sujo, deu um leve sorriso.

– Vou chamar o dono da loja. Suas acomodações ficam ali atrás do balcão. – Ela apontou.

O homem balançou a cabeça e a seguiu em meio ao burburinho que começou entre os fregueses e curiosos que entraram na loja, atraídos pelo barulho.

Mari surgiu do escritório, o marido logo atrás.

– Ah, finalmente podemos descansar. – Ela aproximou-se do oficial e o examinou de cima a baixo. – Mas que moço bonito!

– Mulher... – Silas colocou a mão no ombro de Mari, o semblante bem-humorado. – Isso é forma de receber nosso hóspede? – Ele estendeu a mão ao *mountie*. – Estávamos ansiosos com sua chegada.

Julian Collins, com as costas eretas, agradeceu aos anfitriões pelo quarto.

– Estamos acostumados a dormir ao relento ou em aposentos confinados nos fortes. Um quarto só para mim é um luxo!

Alana olhava de um para outro, prestando atenção à conversa. Ela sabia do trabalho difícil da Real Polícia Montada. O porte do oficial era o de um cavalheiro acostumado às coisas boas da vida, mas suas mãos fortes tinham calos e um dedo torto.

Mari ajeitou o avental polvilhado de farinha.

— Então aproveite o luxo para descansar. Aqui você vai ter muito trabalho.

Silas balançou a cabeça, confirmando.

— Infelizmente é verdade.

Ele pegou a maleta do oficial e o levou ao seu novo quarto.

Mari deu uma cotovelada de leve em Alana.

— Gabriel que se cuide!

O rosto da jovem queimou. O coração de Alana não tinha lugar para outro homem. *Se ele se sentir ameaçado pelo guarda, que assim seja*, ela pensou, logo se repreendendo ao se lembrar da conversa sobre egoísmo, que tivera com a avó.

Não querendo prolongar a conversa, Alana pediu licença à amiga e patroa, e foi para o depósito. Lavou o pano sujo de leite em uma tina de água, torceu-o e o pendurou no varal ao lado da janela. Molhando mais a mão, Alana correu os dedos úmidos pela testa. Soltou uma risada. Sara ficaria curiosa em conhecer o *mountie*, e Laura Miller não perderia tempo para atacar sua nova vítima.

* * *

— Ele é lindo, então? — Sara rodopiou pela sala, a saia mídi girando. Zach, sentado no chão, olhava maravilhado o tecido azul, a baba escorrendo pelo queixo e pescoço.

Alana riu, e Yael balançou a cabeça. As duas amigas tiravam a mesa do jantar.

— Eu não disse que ele era lindo. — Alana pegou uma tigela de ensopado com apenas uns pedacinhos de batata no fundo. — Foi a opinião de Mari. Ela disse que ele era bonito.

Yael tentou prender a risada, sem sucesso.

— E você não viu problema nenhum em repetir o comentário dela com entusiasmo.

Alana arregalou os olhos.

– Entusiasmo? – Seu rosto ficou vermelho.

Sara sentou-se ao lado de Zach, mas seus olhos estavam em Alana.

A jovem levou as mãos ao rosto:

– A cozinha está quente.

Yael apertou o braço de Alana e deu uma piscada.

– Está mesmo quente aqui. – Olhando para Sara, ela disse: – Troque a fralda de Zach, por favor.

– Troquei agora há pouco – Sara resmungou.

– Estou sentindo um cheiro. – Yael fez um sinal para a irmã ir para o quarto.

– Entendi. Querem conversar sozinhas. Por que nunca posso participar? – A menina pegou o bebê e fez uma careta.

– Você não precisa ficar sabendo de tudo.

Yael apontou o dedo para o quarto. Sara obedeceu, mas foi resmungando algumas palavras abafadas.

– Como foi seu primeiro dia de trabalho? – perguntou Yael, começando a lavar a louça.

– Gostei muito. Mari vai me pagar por semana. Espero conseguir juntar dinheiro.

Alana olhou para a porta do quarto e viu Sara encostada no batente.

Yael virou-se para a irmã:

– Sara, ponha Zach para dormir. – A porta bateu com força. Yael suspirou e voltou o olhar para a amiga. – Se você for embora para Edmonton, como fica sua relação com Gabriel?

Relação? Não temos relação.

– Fica como está. Sem futuro.

Um silêncio estranho entre as amigas tomou conta do ambiente da cozinha. Apenas os sons de louça, panelas e água podiam ser ouvidos. Nathan entrou, disse que estava com sono e sumiu para o quarto. Calebe veio em seguida, passando um pano na testa suada.

— Que calor! — Ele olhou para Alana e a esposa. — Aconteceu alguma coisa? Por que esses rostos preocupados?

— Nada de mais.

Yael olhou por cima do ombro.

— Engraçado. Gabriel também está muito estranho e calado hoje. Mais do que o normal — disse Calebe, olhando de relance para Alana.

O coração da moça a traiu, como sempre fazia, lembrando-a de que seus sentimentos por Gabriel estavam mais vivos e fortes do que nunca. Não tinham um relacionamento, mas o vínculo era forte. Pelo menos da parte dela.

— Como assim? — Yael colocou uma panela molhada na pia e enxugou a mão no avental. Alana fingiu que estava ocupada, passando pano na mesa.

— Às vezes tenho a impressão de que ele está a ponto de explodir. Eu disse que o oficial da Polícia Montada tinha chegado, e vi seu rosto ficar vermelho como um daqueles pimentões da horta aí atrás. As veias da testa dele pulsaram.

De repente, o assunto Gabriel tornou-se exaustivo para Alana, e ela largou o pano sobre a pia.

— Já vou indo. Amanhã tenho que chegar cedo à loja.

— Acha que ele tem algum problema com a lei? — Yael parou no meio da cozinha com uma pilha de copos.

— Nunca achei isso. Gabriel teria reagido mal quando o prefeito anunciou que o *mountie* viria. Na verdade, ele pareceu animado no dia seguinte ao anúncio, mas hoje a reação foi oposta.

Calebe olhou para Alana, que suspirou. Yael e o marido trocaram olhares.

— Bom, vou pegar mais um pouco de água no poço e já volto.

Alana acenou para Calebe, que saiu. Yael deixou os copos em uma prateleira e aproximou-se da amiga.

— Cedo ou tarde, essa situação se ajeita.

Não se dependesse de Gabriel. Alana massageou os próprios ombros.

– Quando acho que sim, vejo que não.

Yael balançou a cabeça e lançou um olhar compreensivo para a melhor amiga. O choro irritado de Zach atravessou a porta do quarto, chegando às duas mulheres. Alana suspirou e despediu-se de Yael, deixando-a com suas responsabilidades de mãe e esposa.

Montando em Arrow, Alana assobiou para Dusk, que veio logo atrás. O calor da noite que caía lhe tirava um pouco do calafrio. Da janela do quarto de Gabriel, uma luz fraca cintilava. Alana segurou a rédea de Arrow e fixou o olhar na janela. Viu Gabriel passar rapidamente e sumir no canto do quarto. Alana bateu as botas nas ancas do cavalo e tomou a estrada.

Capítulo 14

Alana teria voado no doutorzinho de cabelo engordurado se não fosse por consideração a Noélia. Não era uma pessoa violenta e dada a ataques físicos a ninguém, mas o sangue lhe subiu à cabeça quando ele disse que ela e sua avó enganavam as pessoas da comunidade com suas poções mágicas.

– Não sou bruxa nem curandeira. O que eu e minha avó fazemos é por amor.

Alana posicionou-se atrás de Noélia, que estava sentada à mesa da cozinha com cheiro de comida queimada. Logo cedo, um dos filhos da mulher tinha batido à porta da casa de Alana, pedindo ajuda. Ela e o médico se encontraram na cozinha; ele justificava que Ted, o marido de Noélia, o tinha chamado.

O médico ajeitou a gravata-borboleta e tirou um frasquinho marrom da valise preta.

– Este remédio vai ajudar a aliviar sua dor, sra. Noélia.

O homem ignorou o comentário de Alana, olhando para a paciente, que passava um pano úmido no pescoço inchado.

Um choro fraco veio do único quarto do casebre. A filha mais velha, de rosto encardido, saiu de dentro.

– Mamãe, acho que o bebê está com fome de novo.

A mulher soltou um longo suspiro.

– Só de pensar em me levantar, tenho vontade de chorar.

Alana apertou de leve os ombros de Noélia.

– Pode deixar que eu ajudo com o bebê.

– Agora cuida de crianças também? – Dr. Maldo deu um meio sorriso e bateu o frasco de remédio na mesa. – *Eu* vou examinar a criança.

A raiva de Alana transformou-se em profunda tristeza, e ela resignou-se. Aquele doutor ensebado não se importava realmente com seus pacientes. Não tratava Noélia com decoro. Era bruto, apesar de sua estrutura corporal de galho seco. Que engano achar que ele poderia ajudar Alana a estudar. Pelo desprezo dele, seria capaz de sabotar seus planos. Alana desconhecia o lugar de origem do médico. A prefeitura de Belleville tinha feito o contato. De qualquer forma, independentemente de onde o médico tinha vindo, sua atitude era a mais soberba possível, muito diferente do dr. Carl.

Alana ajoelhou-se ao lado da mulher e segurou suas mãos de dedos suados e inchados.

– Vou ficar um pouco para ajudar você na cozinha. E olhe, tenho uma boa notícia. Yael está determinada a começar uma escola em Harmony. Seus filhos vão poder estudar.

Uma fagulha de sorriso apareceu no rosto da mulher. Logo, seus olhos ficaram pesados.

– Ted nunca vai deixar nossos filhos irem para a escola. Eles precisam trabalhar.

Levantando-se, Alana puxou um pano encardido de um ganchinho e começou a limpar a mesa cheia de farelos e manchas.

– Então, vamos precisar convencê-lo.

Um choro alto veio do quarto. A menina apareceu na porta com olhos arregalados. Alana jogou o pano na mesa e marchou em direção a ela.

– O que houve?

– Acho que o doutor machucou o Lelo.

Alana afastou a menina da porta e entrou no quarto, que cheirava a urina. Dr. Maldo apertava a barriga da criança, que soltou um grito agoniado. Ele olhou para Alana e fez um sinal de espantar galinhas com a mão. Ela aproximou-se mais da cama sem lençol, com manchas escuras.

– Você está apertando demais a barriga do bebê.

Alana sentiu-se como se fosse Dusk, pronta para avançar no médico. Por pouco não o fez. Lembrou-se do conselho de vó Nita e controlou o impulso de proteger a criança das mãos rudes. Um ato de violência colocaria a perder o respeito que ela e sua avó tinham conquistado.

O médico continuou o exame, os olhos fixos no bebê, o tom de voz ríspido.

– Agora vai querer me dar aulas de medicina?

– Não estou dando aulas. Só usando o bom senso.

O bebê chorou mais alto. Em dois largos passos, Alana aproximou-se da cama e pegou a criança no colo, acalentando-a.

– Shh, shh, estou aqui.

Ela beijou a testa do bebê, que cheirava a leite azedo.

Horrorizado, o médico se levantou, com a testa franzida e a cara longa enrijecida de raiva.

– Você não tem o direito de interferir nas consultas. – A voz dele saía como um som sibilante de cobra.

Alana imitou o som de serpente.

– Tenho todo o direito de interferir quando alguém causa dor em outra pessoa, principalmente uma criança.

Alana balançou o bebê, que foi acalmando o choro, soltando apenas alguns gemidos leves.

– Estou fazendo o meu trabalho. Sou médico, não ama de leite. – Dr. Maldo esticou os braços, pedindo o bebê de volta.

Alana virou-se de costas para ele, olhando por cima dos ombros.

– O que o senhor aprendeu na escola de medicina? Que gente não tem sentimentos, que é só um amontoado de órgãos?

– Menina, você é petulante. Vou denunciar você às autoridades! – O som de cobra cortou o ar do quarto.

A porta semiaberta foi escancarada com um movimento violento, batendo na parede descascada de madeira. Era Ted.

– Alana, o que faz aqui? Eu chamei o dr. Maldo porque aquela imprestável – ele apontou para a cozinha – ainda está com dor. Suas poções mágicas não servem de nada.

Alana segurou o bebê com carinho.

– Estou aqui para ajudar sua esposa e Lelo.

– Pois não precisamos mais da sua ajuda. – Ted, com as roupas rasgadas e sujas de terra, apontava para fora. – É melhor você ir embora.

As lágrimas queimaram os olhos de Alana, mas ela não daria àqueles dois brutos o prazer de vê-las rolando. Ela engoliu em seco e foi para a cozinha com o bebê, colocando-o no colo da mãe.

– Noélia, me mande um recado quando o médico e seu marido não estiverem por perto. Vou limpar sua casa e trazer algumas coisas para vocês.

– Biscoito, Alana? – a menina de cara suja perguntou.

– Sim, Mila, prometo trazer biscoitos também.

Alana apertou os ombros da mulher desolada sentada à mesa, e saiu da casa. Ela não se importava com os cheiros ruins e muito menos com a grosseria de Ted. Sua vontade de ajudar estava muito além do seu próprio desconforto. Falaria com Yael, Mari, Amelie e Violeta. Teriam que se unir e limpar a casa, preparar comida e trazer roupas para as crianças. Com os últimos casos de violência nas estradas ao redor de Harmony, a comunidade acabou deixando de lado o cuidado com os de casa.

Alana montou em Arrow e cortou os campos à frente, as duas tranças grossas voando ao ar fresco da manhã. Lembrou-se de trazer à memória o que lhe dava esperança: seu avô estava indo à agência de correios para enviar uma carta para o dr. Carl e para a Escola de Enfermagem. Esperava que a escola aceitasse sua proposta de começar as aulas em janeiro, se ela conseguisse o restante do dinheiro para o curso.

As cenas na casa de Noélia, com o doutor do mal, voltaram à mente de Alana. A jovem nunca tinha passado por humilhação semelhante. O médico insinuara que ela e a avó eram bruxas. Isso não poderia estar mais longe da verdade. O que elas faziam era por amor e por um chamado que Deus lhes deu, usando seus talentos.

Alana balançou a rédea de Arrow, direcionando-o à estrada. Ela enfiou os dedos na crina do animal e tombou o corpo para frente, sentindo o calor dos músculos do cavalo.

– Deus, sinto-me fraca e impotente! Não só isso; também me sinto humilhada.

Ao se aproximar da rua principal de Harmony, ela endireitou o corpo. Não iria começar seu segundo dia de trabalho com o rosto pesado. Precisava ser uma boa atendente para ajudar o negócio de Mari e Silas a crescer. Seu futuro dependia disso.

Capítulo 15

Alana considerou um sucesso sua primeira semana no novo emprego. Os fregueses da loja entravam com olhar de interesse e surpresa com a variedade de produtos. Também gostavam de conversar com Alana. Muitos deles a viram crescer. Outros já tinham recebido cuidado dela e de sua avó. Entre um papo e outro, os clientes compravam uma rosca, uma torta e ingredientes diversificados, que Mari e Silas encomendavam de Edmonton. A notícia chegou até Belleville e, aos sábados, novos rostos apareciam no estabelecimento.

Faltando uma hora para Alana dar a semana de trabalho por encerrada, *mountie* Julian entrou, tirou o chapéu e se sentou em uma das mesas ao lado da janela. Mari tinha contratado uma mocinha das redondezas para atender às mesas dois dias depois da inauguração da loja, já que o movimento era maior do que ela e Silas imaginaram. Alana correu os olhos pelo ambiente e não encontrou Leah, com seu cabelo vermelho como ferrugem. Terminando de embrulhar uma broa para um senhor distinto de chapéu preto, Alana recebeu o dinheiro do homem e o jogou na gaveta do caixa. Ela saiu de trás do balcão, passando a mão pelo avental, e foi até a mesa.

– Boa tarde. Vamos fechar em uma hora.

Mountie Julian tirou os olhos do menu impresso em uma folha escura e olhou para Alana.

– Ah, só vim mesmo comer um sanduíche. Ainda tem?

– Preciso ver na cozinha. Não sei onde Leah está.

Sempre que podia, Julian tomava café na loja à tarde, e Leah ficava inquieta quando a hora se aproximava. Ela olhava pela janela, ia até a porta. Quando o oficial finalmente chegava, a moça escancarava um sorriso e, na opinião de Alana, só faltava estender-lhe um tapete vermelho.

– E então? – Julian deixou o menu na mesa.

Alana se deu conta de que o encarava.

– Ah, sim, o sanduíche. Vou ver.

Ela saiu apressada e deu um encontrão com Leah.

– Onde você estava? Seu cliente preferido está com fome.

O rosto de Leah ficou tão vermelho quanto o cabelo.

– Mari pediu para eu fazer uma entrega.

A jovem ajeitou o avental e, dando as costas para Alana, correu até a mesa do *mountie*. A sala comprida esbarrava nas cadeiras.

Alana deu de ombros e voltou para o balcão, onde um menino despejava algumas moedas e pedia balas. O movimento foi diminuindo, e Silas chegou para fechar a loja. Alana pegou a vassoura e começou a varrer o chão de madeira, todo cheio de marcas de sapatos empoeirados.

Mountie Julian terminou o café e passou umas moedas para Leah, que ria como se tivesse ouvido uma piada. Alana olhou a cena de rabo de olho, a vassoura indo de um lado para o outro, levantando pó. Na sua distração, ela esbarrou em alguém que entrava apressado.

– Gabriel.

Ela parou de varrer e segurou o cabo com força. Ele tirou o chapéu e o abraçou no peito.

– Vim saber se quer companhia para ir para casa.

Que novidade era aquela? Alana não o via desde a última conversa na porta da casa de Yael e Calebe, que, como todas as outras, tinha acabado em pura frustração.

Julian passou por Alana e lhe desejou boa tarde. Cumprimentou Gabriel e saiu. Este seguiu o oficial com o olhar, até que ele desapareceu ao dobrar a esquina. Alana achou a atitude peculiar. Eles já se conheciam de algum lugar? Calebe tinha dito que Gabriel reagira mal ao saber da chegada do *mountie* à vila, embora tivesse demonstrado aprovação quando o prefeito anunciou sua vinda.

– Você conhece o *mountie*?

No fundo, Alana quis provocá-lo com a pergunta. Porém, não esperava a reação dele. O rosto ficou vermelho, e os olhos, úmidos.

Gabriel enrijeceu o maxilar. Inspirou fundo.

– Não o conheço. – Ele voltou a atenção à Alana. – Então, quer companhia?

Era claro que Gabriel não estava apenas preocupado com a segurança de Alana. Quase ninguém a alcançaria se saísse em disparada em Arrow. Por que o convite inesperado?

– Pode ser. Preciso de uns quinze minutos para fechar a loja.

– Espero você debaixo da árvore, atrás do ferreiro.

Ele colocou o chapéu, fez um gesto com a cabeça e saiu.

Alana guardou a vassoura e, com movimentos rápidos, passou a embrulhar os poucos pães e tortas que sobraram. Aos sábados, Mari e Silas saíam pela vizinhança para doar os produtos, que certamente estragariam ou seriam a festa dos ratos no fim de semana.

Colocando os embrulhos em cima do balcão, Alana tirou o avental, pendurou-o no gancho na parede e correu para a porta do escritório, avisando a Silas que ela já estava saindo.

Arrow agitou-se quando a exímia cavaleira se sentou na sela. Alana saiu em disparada, mas logo puxou a rédea para o cavalo diminuir o passo. Não. Não sairia apressada, como se estivesse desesperada para se encontrar com Gabriel.

Todos os dias, Alana desistia dele. Todas as noites, reconsiderava. Naquele momento, seu coração batia rápido, a curiosidade aumentando a cada metro percorrido na rua.

Passando em frente à barbearia fechada, ela acenou para *mountie* Julian, que conversava com Tobias, o fazendeiro da região que participava do grupo de assistência com Yael. Os dois homens retribuíram o aceno, e Alana seguiu em frente.

Depois da ponte de madeira, ela direcionou Arrow para a beira do rio. Debaixo da árvore de longos galhos e folhas abundantes, Gabriel esperava agachado, jogando pedrinhas na água, seu cavalo pastando ao lado. Ele se levantou e fez um aceno tímido para Alana.

Ela desmontou devagar, deixando Arrow solto. Gabriel veio ao seu encontro e sorriu, mas seu olhar não demonstrava alegria. Alana soltou um leve suspiro.

– Quer se sentar? Deve estar cansada da semana de trabalho. – Ele apontou para um grosso galho na beira do rio.

Alana balançou a cabeça e tomou seu lugar na ponta do tronco, deixando um espaço entre ela e Gabriel. A distância lhe permitiria observar seu rosto e tentar ler o que ele não falava, mesmo estando consciente de que era péssima leitora das expressões faciais e gestos de Gabriel.

– Parece que a loja está indo bem, pelo que ouvi falar. – Ele jogou uma pedra no rio.

– Está, e espero que continue assim. Mari e Silas merecem. E eu preciso. – Alana correu os dedos pelas grossas tranças negras.

Gabriel arregalou os olhos.

– Precisa? Como assim?

Alana arqueou uma sobrancelha. Por que o espanto de Gabriel? De onde ele vinha, as mulheres não precisavam trabalhar pela sobrevivência?

– Como todos em Harmony, eu e minha família temos limitações financeiras.

– É pela Escola de Enfermagem?

Alana olhou surpresa para Gabriel. Não se lembrava de ter-lhe contado sobre seu sonho. Aliás, eles nunca compartilharam seus desejos para o futuro. Tudo era limitado. Truncado.

– Como você sabe? – Alana perguntou.

– Ouvi sem querer uma conversa de Yael e Calebe.

Uma onda quente subiu pelo pescoço da jovem de olhos escuros.

– Não acha estranho saber dos meus sonhos por outras pessoas?

O que ele queria, afinal? Brincar com seus sentimentos? Alana colocou-se de pé. Arrow, que pastava à beira do rio, olhou para ela. Alana fez um barulho com a boca, e o cavalo voltou a comer.

Aproximando-se da beira do rio, ela cruzou os braços. O sol quente da tarde penetrava sua camisa, queimando-lhe a pele. Gabriel parou ao lado dela. Os dois olharam na mesma direção, para algum ponto na floresta do outro lado do rio.

– Quando eu e Lucy fomos atacados, não muito longe de Belleville, fiquei me sentindo o pior dos homens. Eram seis assaltantes. – A voz de Gabriel saiu como se ele estivesse fazendo uma força tremenda para falar.

Alana olhou de relance para ele e voltou o olhar para o rio. Seu coração palpitava. Queria que os passarinhos cessassem de cantar, para não distraírem Gabriel do seu propósito de se abrir. Ela aguardou, todos os sentidos ligados no homem ao seu lado.

– Era noite. Eu já tinha desatrelado os dois cavalos da carroça. Lucy tirava as latas de mantimento de uma caixa. Um homem a agarrou. Os outros me imobilizaram. Gritei como nunca. Os urros de Lucy me atormentam até hoje. Eu não pude fazer nada para salvá-la. Não fui digno da promessa que fiz a Deus, de cuidar da minha esposa. – A voz dele falhou.

Alana ficou paralisada. Tinha medo de se aproximar de Gabriel. Não queria intimidá-lo com pena. Lentamente, ela se virou e ficou de frente para ele. Relaxou os ombros. Examinou os olhos dele.

Gabriel tossiu e inspirou como se tivesse voltado à superfície do rio depois de um longo mergulho.

– Eles roubaram tudo da carroça e atearam fogo nela. Àquela altura, Lucy parecia uma boneca de pano nas mãos dos homens. – As lágrimas escorreram pelo rosto de Gabriel. Ele apertou os olhos com os dedos.

Alana sentiu-se tentada a enxugá-las. Porém, não era o momento. Ele precisava desabafar, arrancar do peito o tumor de dor e culpa que tinha se formado.

Gabriel fungou e enxugou os olhos e o nariz na manga da camisa xadrez.

– Eu quis morrer. Eles levaram Lucy para algum lugar. Acho que os assaltantes não me surraram porque não viram necessidade. Eu era um morto-vivo. Perdi os sentidos com uma pedrada na cabeça. Quando dei por mim, a carroça estava em cinzas. Eu não sabia onde Lucy estava. Ainda hoje está tudo confuso em minha mente. Perambulei pela estrada. Devo ter desmaiado, porque tudo escureceu e acordei na carroça de Tobias. Ele me levou para a igreja. O pastor e Violeta cuidaram de mim, até que fui trabalhar para Calebe.

Ele enxugou os olhos com as costas da mão.

– Acharam o corpo da minha esposa no mato. O pastor e Tobias a enterraram no cemitério atrás da igreja.

Alana deixou suas lágrimas escaparem.

– Eu desconhecia esses detalhes.

Sua voz era um sussurro. O barulho da água corrente a lembrou dos cursos inesperados da vida, muitas vezes trazendo tragédias como o rio trazia entulhos em época de inundação.

– Calebe e Yael me acolheram. Senti que ali, com eles, eu poderia apagar da mente o horror daquela noite. Mergulhei no trabalho. Ele amenizou minha dor. Soube por alto da história de Yael e desejei que eu também tivesse o coração curado.

Ele aproximou-se de Alana e segurou seus ombros.

– Mas como posso desejar cura para mim, quando Lucy passou tudo aquilo por minha causa? Como posso me livrar dessa culpa que me persegue?

Alana não tinha uma resposta naquele momento. De qualquer maneira, sabia que as perguntas de Gabriel não teriam uma resposta que saísse da boca de uma pessoa, qualquer pessoa.

A cura de que ele precisava viria do alto, e apenas do alto.

Capítulo 16

O barulho constante das águas do rio preenchia o silêncio que se formou entre Alana e Gabriel. Ouvindo a história de horror que ele e Lucy viveram, Alana foi confrontada com uma realidade de perdas que ela também conhecia. Porém, ela não se sentia culpada pela morte dos pais, isso se seu pai estivesse mesmo morto. Ainda assim, o peso era muito grande no seu coração. O luto trazia consigo uma infinidade de emoções. *No início*, Alana considerou, *vivemos alguns dias com a impressão de que a morte da pessoa amada é irreal. Aos poucos, a rotina aponta o dedo, mostrando que a pessoa não está presente às refeições. Suas roupas permanecem nas gavetas. A correspondência acumula, sem ninguém para abri-la. Os dias se arrastam. As noites são lavadas pelas lágrimas. O ritmo de vida nunca mais é o mesmo.* Sim, Alana conhecia muito bem a dor da perda e a confusão que ela gerava no dia a dia. O rosto de Gabriel trazia tanto essa dor quanto a confusão.

Sentado no tronco caído da árvore, ele quebrou um graveto seco e jogou os pedaços no rio. A correnteza os levou embora, engolindo-os mais à frente. Alana observava a força da água com os dedos entrelaçados. O quanto seria possível nadar contra a correnteza de infortúnios da vida? Contra a morte não existia antídoto. Ela vinha como uma serpente, mordia sua vítima e colocava um ponto-final às histórias que poderiam acontecer.

Mesmo receando parecer uma acusação, Alana disse:

– Você parecia mais contente antes, nos primeiros meses em Harmony.

Na verdade, Alana também queria entender por que ele lhe dava mais atenção no início, mas com o passar do tempo foi se distanciando. Culpa por se interessar por outra mulher?

Gabriel correu os dedos calejados pelo cabelo.

– Acho que, como toda situação de luto e de tragédia, tentamos nos agarrar a uma esperança frágil. Depois, parece que vamos acordando para a dura realidade da culpa que persegue. Ela tem garras fortes.

– Não sei se entendi. – Ela queria uma explicação clara, sem enigmas.

Gabriel olhou fixamente nos olhos de Alana e esboçou um sorriso, que foi sumindo conforme ele falava.

– Quando vi você pela primeira vez, meu coração pareceu reviver. Passei uns dias pensando que eu teria a chance de reconstruir minha vida, de formar uma família. Via Calebe e Yael, e a esperança crescia. Então a culpa começou a aumentar com dedo acusador. Eu me recriminava. Minha consciência, ou o diabo, não sei, me acusava, dizendo que falhei com Lucy e falharia com qualquer outra mulher. Você não merece um homem fraco.

Alana balançou a cabeça.

– Eu deveria decidir quem mereço, não acha?

– Sim, mas precisa conhecer a verdade completa sobre essa pessoa, sobre quem ela é.

O que mais ele guardava? Se não era problema com a lei, por que tinha uma atitude estranha a respeito de *mountie* Julian?

– Você conversou sobre isso com Calebe ou com o pastor?

Alana olhou para aquele homem, e seu coração cresceu no peito. Queria poder fazer alguma coisa para amenizar sua dor. No entanto, ela sabia que só algo sobrenatural poderia cancelar a culpa de Gabriel.

Ele balançou a cabeça negativamente.

– O que eles vão pensar de mim? Que não sou homem de verdade. Não salvei minha própria esposa.

– Eles já sabem da sua história.

– Mas não sabem que fui covarde antes mesmo dessa viagem que acabou em tragédia. Por isso acabou em tragédia. – Ele se levantou e apertou a testa com os dedos.

Alana ficou de pé e segurou o braço de Gabriel.

– Covarde antes de quê?

Gabriel virou-se para ela.

– Desisti de ser o homem que sonhei ser.

Um grito ficou preso na garganta de Alana. O homem à sua frente ficava dando voltas e mais voltas. Talvez por ela ser mulher, ele não quisesse dizer o que era ser o homem que sonhou ser.

– Se não quer me contar, converse com o pastor e com Calebe.

– Calebe é forte. Sei que não desistiu de Yael. Quanto a mim, deixei-me levar pela fraqueza. – Ele pegou uma pedra e a jogou na água.

Alana caminhou até a beira do rio. Virou-se para Gabriel.

– Cada um tem sua história. Não se compare com Calebe. Todos temos fraquezas passadas, presentes e teremos também no futuro.

– Não gostaria de levar certas fraquezas para o futuro.

– Não as leve. Tome um caminho diferente. – Ela arrancou um tufo de mato e deu para Arrow, que cutucava seu braço. – Minha avó diz que, quando erramos, buscamos o perdão de Deus e mudamos de direção para fazer o que é certo.

Gabriel coçou o queixo. Parecia ponderar as palavras de Alana.

– Quanto mais tempo levamos para mudar essa direção, mais difícil fica.

Ela o segurou pela manga da camisa.

– Mas não impossível.

– Eu poderia fazer isso por você. – Gabriel passou os dedos na mão dela.

– Não por mim. Faça por você. Eu o apoiarei.

Ele sorriu.

– Você é sábia, Alana.

Foi a vez de Alana sorrir.

– Tento aprender as lições que minha avó me ensina. Na verdade, acho tudo muito complicado. Falho constantemente. É como correr atrás do vento.

– E tudo tem seu tempo determinado, não é assim?

– Talvez tenha chegado o seu... para fazer aquilo que deveria ter feito antes.

Gabriel balançou a cabeça, concordando.

– Você acha que eu e você temos alguma chance, que teremos nosso tempo?

Alana segurou no pulso de Gabriel.

– Acho, mas não antes de entendermos um ao outro. Não sem nos conhecermos de fato.

– Eu quero conhecer você.

Era o que Alana mais desejava. Aquela conversa poderia ser um ponto de partida.

– E eu quero conhecer você também.

– E se você se decepcionar?

Alana entrelaçou os dedos e os levou ao peito.

– Aceito o risco.

Ele deu um sorriso triste.

– Admiro sua força.

– Sou fraca também.

Era bom ver o semblante de Gabriel suavizando.

– Não consigo imaginar em quê, mas acredito – disse ele, passando a mão em uma das tranças dela.

– E agora?

– Agora podemos nos conhecer mais.

Gabriel apertou as mãos de Alana.

– Eu gostaria disso.

As mãos dela tinham encontrado o lugar perfeito, aninhadas nas dele.

Os dois seguiram pela estrada, montados em seus cavalos. Lado a lado, aproveitavam o silêncio e a companhia um do outro. A fagulha de esperança reacendeu em Alana. Aquela conversa seria mesmo um sinal de que poderiam se acertar? Ela desejava que sim. Esperava não se decepcionar. Esperava que o tempo deles tivesse chegado, trazendo aproximação de verdade. Daria ao homem o tempo que ele tinha pedido para organizar seus pensamentos e sentimentos. Era vã sua tentativa de esquecê-lo.

Alana sentia, porém, que o segredo que Gabriel trazia do passado, sobre não ter sido o homem que deveria, precisava ser esclarecido. No fundo, ela tinha um pouco de angústia em relação a isso. Esperava que a revelação do segredo não colocasse mais um obstáculo no relacionamento dos dois. Porém, tinha empenhado sua palavra de que estava disposta a conhecê-lo melhor. Correndo riscos ou não.

Capítulo 17

Vô Raini balançou as mãos no ar de modo frenético. Alana apertou os calcanhares no lombo de Arrow, que disparou a galope. Cavalo e cavaleira pararam ao lado do homem, levantando poeira. Gabriel chegou logo atrás, seu cavalo soltando baforadas pelo nariz.

– Sua avó correu para a casa de Amelie e Joaquim. Uma das meninas se machucou. Parece grave.

Dusk e Aurora uivaram, como se confirmassem a urgência na voz de vô Raini.

Alana balançou a cabeça e conduziu a rédea de Arrow com firmeza, tomando a direção da campina.

– Vamos cortar caminho! – gritou ela para Gabriel.

Sacudindo os braços, com as costas eretas, Alana estimulava o cavalo preto e branco a correr. Em sua visão periférica, a jovem só via uma nuvem de poeira. Nem sinal de Gabriel. Era difícil competir com Arrow. E com sua própria perícia em montaria.

Ela cruzou a campina, o vento batendo no rosto. Alana imaginava o que teria acontecido de tão grave. Um instinto de cuidado pulsou em seu corpo. Ela não era bruxa nem curandeira, mas alguém que aprendeu a se importar com o bem-estar dos outros, observando sua avó. Essa era a natureza de Alana.

Alana avistou a casa de Amelie e Joaquim. Deu alguns gritos de comando para o cavalo, e ele ganhou velocidade no último trecho. Logo, ela saltava de Arrow, a saia-calça cortando o ar. Entrou na casa sem bater, com Gabriel logo atrás, sua respiração nitidamente acelerada.

Amelie veio apressada no corredor e fez um sinal com a mão para Alana se aproximar.

– Foi Elsa. Ela subiu em uma árvore e caiu.

Alana virou-se para Gabriel e colocou a mão no peito dele, fazendo-o parar.

– Espere aqui.

Ela entrou no quarto, ao mesmo tempo que ouviu Amelie convidando-o para um café.

A janela aberta trazia um frescor para o quarto. Vó Nita passava um pano nas pernas e nos braços de Elsa, que usava uma camisola branca de tecido grosso. Um cheiro de erva chegou às narinas de Alana.

– Como ela está?

Vó Nita levantou-se da cama e olhou de Elsa para a neta.

– Acho que quebrou o braço esquerdo. Ela só dorme. Tem um galo grande na cabeça.

A mulher apontou para o lado esquerdo da testa da criança.

– As primeiras horas vão determinar a gravidade da pancada.

Alana ajoelhou-se ao lado da menina imóvel e pálida. Passou os dedos pelo rosto dela.

– Fique bem, Elsa. – Olhando para a avó, Alana franziu a testa. – E o braço?

– Vou imobilizá-lo. – Vó Nita indicou umas tiras de pano em cima de uma cadeira.

Alana levantou-se.

– Onde está Lily?

— Entrou em pânico quando viu a irmã caída e desacordada. As duas estavam brincando quando aconteceu. Amelie a levou para a vizinha.

— O que fazemos agora?

Nada causava mais apreensão do que um paciente desacordado. Uma pancada na cabeça poderia ser algo simples ou muito perigoso. Alana já tinha cuidado de pessoas nesse estado – tudo era incerteza. Com uma criança, a preocupação era ainda maior.

— Amelie disse que cuida dela hoje. Amanhã ela e Joaquim têm um compromisso na igreja, antes do culto.

Alana interrompeu a avó.

— Então venho e fico com Elsa.

Vó Nita sorriu, as linhas de expressão aprofundando-se.

— Espero que ela acorde e fique alerta até amanhã.

— Senão?

Alana sentou-se na beira da cama, o medo espalhando-se pelo seu corpo.

— Não sei. – Vó Nita olhou para a menina com preocupação.

Um bolo seco subiu pela garganta de Alana. Sua determinação em cuidar de Elsa intensificou-se. Ela balançou a cabeça apenas. Juntas, avó e neta imobilizaram o braço de Elsa com as tiras. A menina permaneceu imóvel durante o procedimento, aumentando a ansiedade de Alana.

Um som de vozes altas chamou a atenção das duas mulheres, que se entreolharam e se viraram para a porta fechada. O som aumentou, vindo pelo corredor. Amelie abriu a porta e enfiou o rosto na fresta. Antes que a dona da casa anunciasse o dono da voz, ele empurrou a porta e entrou no quarto.

— Vocês de novo! – disse dr. Maldo, com um tom de sentença de juiz da humanidade.

Alana cerrou os punhos. Sua avó a segurou pelo braço.

— Digo o mesmo: você de novo? E acrescento: grosso como sempre.

Gabriel apareceu na porta, atrás de Amelie. Pedindo licença à mulher, ele entrou e se colocou de frente para o médico.

– Algum problema, doutor?

Alana surpreendeu-se com a autoridade na voz de Gabriel. Seu coração deu um salto. Aquele homem ali não parecia o mesmo que tinha conversado com ela durante horas na beira do rio, mais cedo. O homem que mostrava grande fragilidade. Aquele que dizia não ter sido um homem de verdade, que carregava a culpa pela morte da esposa.

O médico ajeitou os óculos e empinou o queixo pontudo, olhando para Gabriel.

– Sou médico. Essas curandeiras estão pondo a vida dos meus pacientes em risco.

Gabriel aproximou-se da cama e olhou para Elsa. Alana levou a mão ao peito. Ele voltou-se para o médico, o semblante sério, a voz baixa, mas firme.

– Não vejo ninguém correndo risco. Aliás – ele olhou para avó e neta –, não vejo curandeiras, mas duas mulheres preocupadas com o bem-estar dessa garotinha. Mulheres que se doam para a comunidade.

O médico espremeu os olhos, pronto para o contra-ataque.

– Elas não têm preparo para cuidar de ninguém. Não têm conhecimento de medicina.

Gabriel aprumou o peito.

– O cuidado que Dona Nita e Alana oferecem não se aprende na escola. Ele vem do amor que elas têm pelas pessoas.

Dr. Maldo soltou um som abafado de desprezo. Gabriel apontou para Elsa.

– Se você me mostrar onde está o perigo que essas duas mulheres oferecem à paciente, eu mesmo me encarrego de tirá-las daqui.

Amelie, agarrada à porta, suspirou. Alana esperou a reação do médico, os olhos fixos no rosto longo e pálido. A tensão cresceu no quarto. Gabriel pareceu ter ganhado vários centímetros em sua altura quando alinhou os ombros e as costas. Ganhou estatura em dignidade, no conceito de Alana. Dr. Maldo cerrou os lábios.

– Cuide da paciente, mas não destrate os que estão saudáveis. – Essa foi a sentença de Gabriel.

Alana tentou controlar o queixo, que tremia. Segurou no braço da avó, que sorriu para ela.

Colocando a valise em cima de uma cadeira, o médico a abriu e tirou alguns instrumentos de exame. Aproximou-se de Elsa e olhou para a plateia à sua volta.

– Preciso de um pouco de privacidade – disse ele, a voz não tão firme quanto antes.

– Vocês todos podem sair. Eu fico – afirmou vó Nita, e o médico não contestou.

Alana seguiu Amelie e Gabriel. Por trás, ela apreciou o pescoço queimado de sol do homem, as costas eretas de quem tinha autoconfiança. A curiosidade intensa corria as entranhas de Alana. Quem era ele, além de um viúvo angustiado? Aquele tom de autoridade, as palavras claras, as frases polidas e bem-formuladas, qual a origem de tudo aquilo? O homem que ele dizia querer ser estava ressurgindo por baixo da camada de culpa? Alana desejou apressar a remoção dessa camada, mas o trabalho não era seu.

O Gabriel da beira do rio tinha ficado para trás. Em seu lugar, veio um Gabriel firme, seguro de si. Um que fazia o coração de Alana martelar com muito mais força.

Capítulo 18

Alana jogou-se na cama como se fosse uma tora de cedro que acabou de ser arrancada pela raiz por uma tempestade. De braços abertos, ela olhou para o teto. O que via não eram ripas de madeira, mas o rosto forte, o cabelo escuro e os olhos negros de Gabriel. A autoridade de sua voz ressoava em seus ouvidos, mandando faíscas de emoções para todos os cantos de seu corpo.

Foi bom ver o doutor ensebado engolir o orgulho. Melhor ainda foi observar Gabriel colocando ordem no quarto da pequena paciente. Vó Nita acompanhou o exame e, quando o médico saiu, de cabeça baixa, ela explicou o diagnóstico à neta, à Amelie e a Gabriel. O braço de Elsa não estava quebrado, mas precisava ser imobilizado, como Alana e a avó tinham feito. A pancada na cabeça poderia ser algo grave, se Elsa não acordasse nas primeiras vinte e quatro horas. Amelie confirmou que passaria a noite com a menina. Cedo, no dia seguinte, Alana assumiria a responsabilidade.

A jovem se virou na cama e enfiou os dedos no pelo alto de Dusk, que estava sentado no tapetinho de crochê.

– Quem é Gabriel? – ela perguntou ao animal, as tranças pendendo da cama e tocando o chão. Em resposta, o cachorro-lobo lambeu sua mão.

O desabafo de Gabriel horas antes gerara ainda mais perguntas na cabeça de Alana. O modo como ele olhou para *mountie* Julian na loja deixou outro grande ponto de interrogação. Alana se sentia em uma corredeira, sendo jogada de um lado para o outro, sem ter onde se agarrar. Precisava de tempo, muito tempo a sós com Gabriel, para colocar tudo às claras. Ela queria contar a ele sobre os seus planos de estudo. Mas quando esse tempo surgiria? Não no dia seguinte, seu dia de folga. Ela estaria com Elsa. De qualquer forma, quando colocasse a cabeça no travesseiro e fechasse os olhos, Alana repassaria a cena no quarto da menina, até gravar na memória todos os detalhes da conduta de Gabriel.

Levantando-se, Alana pegou a camisola e os itens de higiene. A noite quente a convidava a um banho do lado de fora da casa. Ela e seus avós não tinham o luxo de um banheiro dentro de casa, como Amelie e Joaquim, mas vô Raini garantia que sempre houvesse água na tina de banho no celeiro durante a estação quente do ano.

Dusk acompanhou sua dona, que gastou um bom tempo lavando e desembaraçando os longos cabelos. De volta ao quarto, ela pegou o livro de anatomia e abriu no capítulo sobre o esqueleto humano. Seu grande problema era fixar a atenção nas páginas. Sua memória insistia em trazer outra anatomia para sua mente: o rosto, o pescoço e as costas firmes de Gabriel. Os músculos do desenho do livro pareciam tomar vida e se transformar no homem que a defendera, enfrentando o médico. Alana queria um livro de anatomia de Gabriel, para poder estudar seu coração e sua cabeça. Por enquanto, ela tinha que se contentar com os fragmentos dele, que iam surgindo aos poucos.

Uma batida na porta fez com que Alana fechasse o livro e desistisse de esquadrinhar Gabriel.

– Entre.

Vó Nita entrou, segurando uma bandeja.

– Você se esqueceu de comer? Deixei seu prato no fogão. Quando voltei do galpão, ele estava intocado.

A mulher entregou a bandeja para a neta.

– Ah, tomei banho e me distraí com os estudos.

Ela pegou a grossa fatia de pão com manteiga e deu uma mordida.

– Seu amigo agiu bem hoje.

Vó Nita sentou-se na beira da cama. Alana sentiu o rosto queimar.

– Verdade.

– Estão se entendendo melhor?

– Começando.

– Muitas perguntas, não é? – A mulher mais velha bateu na mão da neta.

– Elas se multiplicam.

– Tenha paciência. As pessoas têm histórias. – Vó Nita apontou para o livro ao lado de Alana. – Assim como você não consegue absorver todo o conhecimento desse livro de uma só vez, também não deve se apressar em conhecer Gabriel. Aprecie cada capítulo que ele abre do seu livro da vida. Tente entender, e abra o seu para ele também.

Alana deixou o pedaço de pão no prato.

– Gabriel é um mistério. O que vi hoje na casa de Amelie, quando ele enfrentou o médico, é diferente do que conhecia até então.

– Cada ser humano é uma caixinha de surpresas. Uns se mostram mais rápido, outros levam anos para se revelar.

– Tenho pressa em conhecer Gabriel – disse Alana.

A avó fixou o olhar na neta.

– E por quê?

Por quê? Alana não sabia a resposta. Apenas tinha pressa em saber mais sobre ele. Curiosidade, paixão.

– Acho que é porque gosto um pouco dele.

– Se você se apressar muito, vai entender as lições de forma equivocada e vai formar uma imagem dele que não é a real. – Vó Nita pegou o livro de anatomia. – Imagine passar as páginas deste livro com rapidez. O quanto vai guardar? Não só isso: o quanto vai apreciá-las de verdade?

Alana soltou um suspiro. De fato, ela era apressada para tudo.

– Gabriel se sente culpado pela morte da esposa.

– Isso mostra dignidade. – Vó Nita deixou o livro na cama e pegou a mão da neta.– A luta interna dele deve ser grande. Tenha paciência.

– Mas a culpa não foi dele. Os bandidos deram uma pancada na cabeça dele.

Alana parecia correr atrás do próprio rabo, como Dusk e Aurora faziam.

– Para quem está de fora do problema, as soluções parecem evidentes. Para quem está sendo levado pela corredeira, a confusão é grande. Por isso é tão importante caminhar com a pessoa que passa por dificuldade, experimentar um pouco da sua dor. Nem tudo é tão simples como imaginamos.

Alana abaixou a cabeça.

– Ele disse que não foi quem deveria ter sido. Antes mesmo do ataque.

– Quando algo terrível acontece, as pessoas precisam olhar todos os ângulos da situação. Nessas horas, elas percebem seus pontos fracos. A culpa dele é uma forma de dizer que precisa mudar.

– Mas gosto dele do jeito que é.

– Você mesma disse que não sabe como ele é.

Alana não tinha um grão de sabedoria da avó.

– Preciso esperar que ele abra os capítulos da sua vida?

Vó Nita balançou a cabeça, concordando.

– Voltamos ao ponto de partida.

– O que faço, então?

– Permita que ele abra os outros capítulos para você. Esteja ao lado dele, sem julgamento, sem precipitação. Conforme ele apresenta sua história, você vai saber se é hora de prosseguir ou pegar outro caminho.

Tomar outro caminho? Não! Alana não queria pegar outro caminho. Mas e se o que descobrisse sobre Gabriel a obrigasse a tomar tal decisão? *Haja o que houver, quero estar ao lado dele.*

– Obrigada pelo conselho, vó.

A mulher saiu do quarto, deixando a neta com a cabeça girando e a comida esfriando. A afobação era sua inimiga e, talvez por isso, Deus lhe tivesse dado esse difícil teste da espera.

Capítulo 19

Alana virou vagarosamente a colher com água nos lábios ressecados de Elsa. Com paciência, ela repetiu o movimento várias vezes. Hidratação, dissera o dr. Maldo, mal-humorado e mal-educado. No que dependesse de Alana, a menina teria o melhor cuidado possível.

Amelie, Joaquim e Lily tinham saído para a igreja minutos depois da chegada de Alana. Segundo a dona da casa, Elsa tentou abrir os olhos nas primeiras horas do dia, mas voltou a dormir. Lily choramingou, perguntando quando a irmã acordaria, mas logo se animou em ir para a igreja de vestido novo.

Ninguém tinha uma resposta sobre o real estado de Elsa, nem o próprio dr. Maldo. Era preciso esperar. Uma espera angustiante para Alana, como todas as suas esperas. As meninas já tinham passado por tanta coisa. O que os pais delas diriam se estivessem vivos e soubessem do estado de Elsa?

Abrindo a janela e convidando o som dos passarinhos a entrar, Alana deu uma ajeitada no quarto, que tinha caixas com doações empilhadas em um canto. Para se distrair, ela separou as coisas: roupas, itens de higiene, brinquedos e avulsos. Amelie tinha separado duas gavetas da cômoda para as irmãs, já que tudo indicava que a permanência delas na casa seria por tempo indeterminado. Alana guardou o que coube e usou uma das caixas para arrumar o restante. Como seria bom ter alguém de quem ela pudesse cuidar. Ter filhos. Um marido primeiro, claro.

Era inevitável que Gabriel invadisse sua mente mais uma vez. Sua vontade de ir até ele, passar um tempo em sua companhia e conversar era grande, mas sua responsabilidade era ainda maior. Ela precisava admitir: Gabriel lhe causava admiração. Seu jeito de menino perdido, quando falava da tragédia com Lucy, e o seu lado forte, como quando confrontou o médico, deixavam Alana fascinada.

Sua avó tinha dito, com grande sabedoria, que a paciência era fundamental ao conhecer melhor uma pessoa. Cada página da história da vida, uma lição. Por mais que Alana quisesse chegar aos capítulos finais, ela sabia que precisava se controlar para apreciar os que iam sendo desvendados. O livro da vida de Gabriel parecia ser bem grosso, com vários capítulos dramáticos. Se Alana sonhava em escrever outros novos com ele, teria que exercitar a paciência.

Gabriel também desconhecia a história de Alana. E ela estava ansiosa para abrir seu livro da vida. O que ele acharia de seu passado, da perda dos pais, e dos planos futuros?

Alana pegou uma colcha de retalhos da caixa e começou a dobrá-la lentamente, a cabeça em algum outro lugar, um lugar onde Gabriel estaria. No momento seria a igreja.

Um ruído fez Alana se virar para a cama. Era uma leve tosse. Deixando a colcha dobrada dentro de uma caixa, se aproximou de Elsa.

– Elsa, estou aqui.

Alana ajoelhou-se ao lado da menina e passou um pano úmido em seus lábios.

Os olhos fechados de Elsa mexeram. As pálpebras tremeram como se fizessem força para abrir. Alana levantou a cabeça da menina com cuidado.

– Mã, mã, mã...

— Estou aqui – Alana sussurrou.

— Ma-mãe...

Os olhos abriram lentamente.

— Sou eu, Alana.

Elsa piscou várias vezes. Franziu a testa.

— Lana... sede...

A voz era fraca, e o corpo permanecia imóvel. O braço enfaixado repousava em um travesseiro.

Segurando a cabeça de Elsa, Alana levou a caneca aos seus lábios. Suspirou aliviada quando a água acabou.

— Vou pegar mais.

A jovem se levantou e encheu a caneca com água de uma jarra em cima da cômoda. Elsa bebeu toda a água, dessa vez mais depressa.

— Muito bem.

Alana mal conseguia controlar sua vontade de sair correndo, ir até a igreja e anunciar que Elsa tinha acordado.

Na hora seguinte, a menina comeu um pouco de sopa e bebeu mais água. Alana a recostou nos travesseiros e lhe fez algumas perguntas fáceis, para ajudá-la a se reconectar com as coisas ao seu redor.

— Qual o seu nome?

— Elsa.

— A cor da colcha?

— Amarela.

— Qual o nome de sua irmã?

— Lily. – Elsa soltou um soluço. – Meus pais... não estão aqui.

Sim. Elsa lembrava-se de tudo. Lembrava-se da tragédia ainda sem solução. Onde estariam seus pais? Alana foi tomada pela urgência em procurar *mountie* Julian. O quanto ele sabia, e o que estava fazendo para ajudar?

Quando Amelie, Joaquim e Lily voltaram da igreja, eles se amontoaram ao lado da cama, todos falando ao mesmo tempo, felizes com a recuperação de Elsa. Lily lhe mostrou o vestido novo, dando várias rodadas com os dedos em pinça, segurando a saia plissada. Quando Elsa demonstrou cansaço ao fechar os olhos devagar, eles saíram de fininho, deixando-a aos cuidados de Alana.

Dr. Maldo fez uma visita rápida e garantiu que Elsa se recuperaria e que aquele sono era o seu corpo guardando energia. A pequena paciente precisaria de tempo e cuidados. Ele não fez nenhum comentário maldoso, mas seu olhar era de desprezo.

Alana foi a convidada da família para o rápido almoço de carne assada e batatas. Ela deu uma última verificada em Elsa antes de ir embora. A garota dormia tranquilamente. Amelie garantiu que cuidaria de sua hóspede, e Alana saiu apressada, montando em Arrow e tomando a estrada para Harmony. Precisava cobrar de *mountie* Julian uma resposta sobre o desaparecimento dos pais das meninas.

* * *

Alana deu outra volta em frente à delegacia, uma estrutura quadrada de madeira que lembrava um caixote. Ela bateu na porta mais uma vez. Nem policial, nem presos. Nenhum som saía do lugar.

Impaciente, ela andou de lá para cá na passarela de madeira que servia de calçada, atenta à chegada de *mountie* Julian. As poucas pessoas que circulavam a pé ou a cavalo pela rua principal de Harmony olhavam com curiosidade para a moça inquieta. Finalmente, um cavalo trazendo o homem de jaqueta vermelha e chapéu atravessou a ponte de madeira. De longe, Julian acenou para Alana. Ela esperou à porta, o salto de um dos sapatos batucando na passarela.

– Boa tarde, Alana.

Ele desceu do cavalo negro e amarrou a rédea na estaca de madeira ao lado da delegacia.

– Boa tarde. Podemos conversar?

– Uma emergência?

– Sim e não.

Com um olhar de curiosidade, ele balançou a cabeça afirmativamente e abriu a porta da delegacia. Fez um gesto para ela entrar. Era a primeira vez que Alana botava os pés naquele lugar escuro, empoeirado e malcheiroso. Ela correu os olhos pelo ambiente, enquanto o oficial abria a janela pequena e solitária na lateral do recinto. Com a luz, Alana pôde ver os poucos móveis da área de trabalho: uma escrivaninha, duas cadeiras e um armário. No canto, uma cela com grade de ferro e uma cama estreita lembraram Alana de que o mal e a violência poderiam estar em qualquer lugar.

Mountie Julian fez um sinal para que Alana se sentasse. Ele tomou a outra cadeira, pegou um papel e uma caneta-tinteiro.

– Por que não me conta o que aconteceu?

Alana explicou o motivo da visita.

– Impossível que ninguém tenha notícia dos pais de Elsa e Lily.

– O que me passaram foi que as investigações continuam, mas é muito difícil saber ao certo. Essa é uma região enorme. Não temos pessoal suficiente para tratar de todos os casos.

– E qual é seu papel aqui então? – Alana não escondeu a impaciência na voz.

Julian deixou a caneta de lado.

– Patrulhar a região em nome da lei.

– Tenho a impressão de que a procura dos pais das meninas é igual à procura de agulha no palheiro. Como fazemos?

Alana não teve dúvidas sobre a frustração de Julian, que largou a caneta no papel, fazendo uma mancha de tinta.

– Assim que eu souber qualquer informação, você será uma das primeiras a saber. Prometo.

Não era suficiente. Alana queria mais. E se os pais de Elsa e Lily estivessem mortos, como saberiam? E se alguém quisesse adotar as meninas?

Alana se levantou.

– Pior do que receber uma notícia ruim é não ter notícia alguma.

Ela agradeceu e virou as costas. Deu de cara com Gabriel nos degraus da frente da delegacia.

– Gabriel, o que faz aqui?

Julian apareceu na porta. A mudança na expressão de Gabriel ao ver o *mountie* não passou despercebida à Alana. O rosto de Gabriel era como o céu quando se armava uma tempestade. Julian o cumprimentou, seu semblante inalterado. Se havia alguma coisa errada, era da parte de Gabriel.

O rapaz segurou Alana pelo braço e mostrou um sorriso forçado no rosto.

– Silas me pediu para deixar umas coisas na loja. Vi Arrow aqui fora e vim ver o que estava acontecendo.

Ela desceu os degraus de madeira em direção ao cavalo.

– Vamos dar uma volta? – perguntou Alana.

Gabriel balançou a cabeça ligeiramente.

– Não posso.

Alana desamarrou a rédea de Arrow da estaca. Não era um bom dia para arrancar informações de Julian ou Gabriel. Ela precisava de respostas, e nenhum dos dois as tinha.

– Vou conversar com o pastor agora – disse Gabriel.

Uma boa notícia, afinal. Alana cutucou uma cutícula.

– Faz bem.

– Podemos nos falar depois? – Gabriel olhou de Alana para a porta da delegacia, onde Julian permanecia encostado, observando o casal.

Alana balançou a cabeça, concordando. Gabriel saiu a cavalo pela rua. Montando em Arrow, a jovem acenou para o *mountie*, que devolveu o aceno. A frustração de Alana crescia como capim na plantação. Afinal, arrancar capim era uma tarefa cansativa, que exigia cuidado para que as plantas não viessem junto.

Mountie Julian, na opinião de Alana, deveria ter uma atitude mais ativa. *Ele nem parece que trabalha! Só fica perambulando de um lado para outro na cidade, bebendo café à tarde e cavalgando. Não é à toa que as pessoas desaparecem.*

Balançando a rédea de Arrow, ela seguiu pela estrada. Quem visitasse Harmony, aparentemente tão pacata, nunca imaginaria a desordem sob a superfície plácida. A chegada do oficial não trouxera qualquer alívio ou resposta. O que mais precisaria acontecer para que ele mostrasse serviço?

Capítulo 20

— Em que está pensando? – Yael encostou-se na cerca da horta, que, àquela altura do verão, exibia folhagens de pés de abobrinha, vagem e verduras diversas.

— Minha cabeça parece um galinheiro. Os pensamentos são como as galinhas alvoroçadas quando aparece uma raposa. – Alana passou as mãos pelas tranças. – Cada pergunta que tenho se multiplica como penas voando no galinheiro. Tudo muito confuso.

Yael colocou a mão no ombro da amiga.

— Algumas fases na nossa vida são mais tumultuadas que outras. E é quando crescemos ou desanimamos.

Alana balançou a cabeça com vigor.

— Desanimar nunca.

Yael sorriu.

— Nunca imaginaria você desistindo de alguma coisa. Isso tudo vai fazer com que fique mais forte.

Com um longo suspiro, Alana arrancou um tufo de capim que ameaçava invadir o cercado da horta, exatamente como as dúvidas invadiam sua cabeça. Segurou o tufo, balançando-o de um lado ao outro.

— Não é justo que tudo caia no meu colo de uma vez só.

As duas amigas deram-se os braços e caminharam pelo sítio. Alana contou a Yael sobre como Gabriel tinha se posicionado a favor dela e da avó, diante do médico. Suas palavras saíram carregadas de orgulho da atitude dele.

– Não sei o que ele quer dizer com se sentir menos homem antes da morte de Lucy.

Yael acenou para Calebe, que saiu de casa na direção do poço.

– Os homens querem ser respeitados. Talvez alguma coisa no passado de Gabriel o levou a achar que era fraco.

– No relacionamento dele com a esposa?

Alana jogou o tufo de capim no cercado dos cavalos, atraindo a atenção dos três animais.

Yael soltou o braço da amiga e se colocou de frente para ela.

– É uma coisa que você precisa descobrir para poder apoiá-lo no futuro.

– Apoiar? Você acha que ele precisaria do meu apoio?

Alana passou a mão na testa de Misty, que soltou uma leve baforada, balançando os beiços.

– Se seu relacionamento com ele está se aprofundando, ele vai precisar de você para enfrentar aquilo que o angustia.

Alana perguntou-se se ela teria conhecimento e sabedoria suficientes para oferecer a Gabriel esse apoio. Desejava ter.

* * *

Na volta para casa, Alana considerou passar pela igreja para ver se Gabriel estava lá na conversa com o pastor. Desistiu da ideia. Não iria fiscalizá-lo. Deixaria que ele a procurasse para contar como foi o encontro. Seria um sinal de que confiava nela e buscava esse apoio que Yael mencionara.

Aproveitando o balanço de Arrow e o som cadenciado do trote, Alana inspirou o ar de verão. Deixou que sua mente buscasse ordem nas questões que se acumulavam. No entanto, seu coração tomou conta do processo mental. O calor que começou no peito espalhou-se pelo rosto. Alana se deu conta de que queria muito mais do que apoiar Gabriel. Queria demonstrar o amor que brotava como flor na primavera.

Se Alana tinha dúvidas do que era o amor de uma mulher por um homem, os últimos encontros com Gabriel revelaram sentimentos antes desconhecidos para a jovem. A cada página do livro que ele abria para ela, o desejo de fazer parte da história daquele homem aumentava, em momentos alegres ou tristes. Alana tinha certeza de que isso era mais que uma empolgação. Vários momentos ao dia ela se pegava imaginando formas de animar o único homem que teve acesso ao seu coração de mulher.

* * *

Revirando-se na cama, a janela aberta como um quadro revelando a arte que a noite pintara, Alana contou estrelas. Ela ouvia os sons noturnos, tentando descobrir sua origem: lobos, coiotes, corujas e insetos. Os momentos de sono foram breves, e logo o galo cantou.

Alana embalou seu tenro amor recém-nascido como quem embalava um bebê nos primeiros minutos de vida. Ela amava Gabriel. Sua mente se resignou aos sentimentos que explodiam e não permitiam pensamentos coerentes.

Abraçando o travesseiro, a moça colocou-se de barriga para cima e fixou os olhos no teto. Um leve sorriso no rosto amassado da noite maldormida foi rasgando seu semblante até que ela soltou uma risada. Dusk surgiu no parapeito da janela, com as enormes patas peludas e unhas longas, na madeira descascada. Ele latiu.

– Estou bem – disse Alana ao animal, que mexeu as orelhas de um lado para o outro.

O cachorro-lobo desapareceu da janela, e Alana cobriu o rosto com o travesseiro. O sono ameaçou derrubá-la, mas o cheiro de café a obrigou a se levantar. Suas tarefas de casa não entrariam em recesso por causa da noite em claro. Alana lavou o rosto na bacia de louça em cima da cômoda, fez as duas tranças com agilidade nos dedos e trocou de roupas, escolhendo uma blusa branca, que geralmente usava em ocasiões sociais especiais.

Alana e a avó trabalharam lado a lado no preparo do café da manhã e logo se sentaram à mesa. Os olhos da avó examinavam o rosto da neta, entre um gole de café e outro. Vô Raini terminou a refeição, alheio aos olhos pesados de Alana, e saiu para cuidar dos animais.

– Noite maldormida? – Vó Nita levou a caneca aos lábios, os olhos fixos na neta. Ela não esperava uma resposta, Alana sabia. A neta conhecia aquele tom.

O que Alana diria? Que descobriu o amor, e os problemas das semanas anteriores pareceram diminuir de tamanho?

– Tive uma boa conversa com Yael.

Não era mentira. A conversa tinha feito Alana pensar e chegar à conclusão de que queria estar ao lado de Gabriel na alegria e na tristeza.

Vó Nita levantou-se com a caneca vazia e o prato cheio de migalhas.

– Quando quiser me contar, estou aqui.

Alana contaria, mas não naquele momento; não quando ela desejava embalar um pouco mais seu jovem amor, como uma mãe que só tinha devoção ao bebê. Ela correu com o restante das tarefas da casa e saiu a galope para Harmony.

Assim que entrou na loja, a jovem logo percebeu que sua atenção teria de se desviar daquilo que a fazia flutuar. A realidade a chamava.

Mari andava de um lado para o outro, arrumando as prateleiras com pães frescos, antes de abrir a loja. Alana lhe deu bom-dia e correu para a cozinha, enquanto amarrava o avental, que puxou do gancho na parede. Da fresta da porta do escritório, avistou Silas debruçado sobre uma pilha de papel.

Às oito horas, Alana abriu a porta dupla da loja e se deparou com *mountie* Julian.

– Bom dia. – O olhar dele deixou Alana incomodada. Ele sempre a olhava com interesse. Ou seria outra coisa? Mari diria que era outra coisa. – Já saiu café?

Ele bem sabia que sim. A rotina do oficial não mudava quando tudo estava calmo em Harmony – o que, pela tranquilidade dele, parecia ser o estado constante da vila. Ele acordava cedo, saía do quarto nos fundos da loja, fazia a ronda na cidade e arredores, e voltava para o café. *Será que ele ainda não percebeu os perigos que nos cercam?* Alana soltou um muxoxo pouco discreto.

O cheiro inconfundível do café estava no ar. Onde estava Leah? Ela nunca perdia a oportunidade de servir o tranquilo (ou acomodado) *mountie*.

– Vou buscar.

Alana deu as costas e passou por Mari no balcão, onde ela atendia aos primeiros fregueses.

Ao voltar com uma caneca fumegante em uma bandeja, Alana soltou um suspiro irritado quando viu que Julian não estava mais sozinho. Laura, a filha do sr. Miller, dono da maior loja de Harmony, girava sua sombrinha branca de renda, enquanto falava alguma coisa com o *mountie*, jogando charme para cima dele. A roupa da moça não poderia ter contraste maior com a da funcionária. Listrado de branco e azul, o vestido era tão engomado, que Alana tinha certeza de que ele nem precisaria de cabide para ficar de pé no armário. A larga fita azul na cintura de Laura terminava em um laçarote nas costas. Alana imaginava se alguém estendia um tapete na frente da jovem rica quando ela caminhava pelas ruas empoeiradas de Harmony. Seu sapato bege brilhava.

Laura olhou por cima do ombro para Alana, que chegava com a bandeja.

– Ah, bom dia. – O tom da moça perdeu o gracejo ao falar com a jovem de tranças.

– Bom dia.

A falta de entusiasmo na resposta refletiu a de Laura. Alana deixou a caneca na mesa de Julian, que pareceu se esquecer da beldade à sua frente, a fim de sorrir para a atendente.

Laura deu um tapinha no ombro do oficial, fazendo com que ele despregasse o olhar de Alana.

– O que foi aquilo? – perguntou Mari à jovem, quando ela voltou ao balcão.

– Laura é impertinente – respondeu Alana, pegando um cesto de pães coberto por um pano branco.

Mari riu.

– Não estou falando de Laura. Dela não espero nada além de flertar com os homens bonitos da cidade.

Alana olhou para a mulher, com uma interrogação no olhar. Mari continuou:

– Estou falando do interesse dele em você.

– É impressão sua. – A boca de Alana secou. O rosto esquentou.

– Minha filha, o olhar dele voa para você como abelha em açúcar, toda vez que ele aparece por aqui. Nem parece que tem serviço para fazer, uma cidade para patrulhar.

Alana balançou a cabeça e apontou para os fundos da loja.

– Ele mora aqui.

Mari deu uma gargalhada, que chamou a atenção de Julian e Laura.

– Certo, ele mora nos fundos da loja, mas escolhe a cadeira virada para o balcão e leva muito mais tempo para beber um café do que deveria.

Alana lançou um olhar furtivo para o *mountie*. Na hora errada. Ele a encarou ao mesmo tempo e sorriu para ela. Alana desviou o olhar.

Um freguês entrou na loja e, antes de atendê-lo, Mari inclinou-se próximo ao ouvido de Alana.

– Conheço os homens.

Outros clientes entraram e saíram com pacotes, uns com sorriso e agradecimento, outros com movimentos ligeiros e breve bom-dia. Frustrada com a pouca atenção de Julian, Laura saiu girando a sombrinha branca, o nariz empinado. A última olhada que ela deu na direção de Alana veio acompanhada de uma careta. *Muita classe*, Alana pensou, ao ver a moça descendo os degraus da loja com uma imponência totalmente inadequada ao cenário empoeirado do lado de fora. O que ela tinha vindo fazer na cidade tão cedo? Seria possível ela ter se aprontado toda, mal o sol raiara, para correr atrás do *mountie*? Em se tratando de Laura e os homens, tudo era possível.

Julian permanecia à mesa. Ele não tinha bandidos para prender, áreas imensas para patrulhar e papel para preencher? Por qual motivo ficava ali, seguindo Alana com os olhos? Para o alívio da jovem, que naquele momento recebia o pagamento de uma freguesa, Leah entrou esbaforida e, antes de se preocupar com o próprio trabalho, correu até a mesa dele. O oficial se levantou rapidamente, quase derrubando a mesa, que estabilizou com as mãos. Alana balançou a cabeça e soltou um suspiro.

– A coitadinha acha que tem a atenção do nosso *mountie*. – Mari inclinou a cabeça e levou as mãos à cintura.

Decidida a sumir da vista de Julian, Alana deu de ombros e entrou na cozinha, onde se ocupou em lavar louça. Meia hora depois, as formas de pão estavam lavadas e secas, acondicionadas em uma caixa de madeira, prontas para serem transportadas de volta à casa de Mari.

Mountie Julian não voltou para o café da tarde. Melhor assim. Que ele se concentrasse no trabalho de procurar os pais de Elsa e Lily.

A rotina de Alana seguiu sem contratempos, bem como os dias seguintes. Julian devia ter percebido a falta de interesse de

Alana em trocar olhares porque, nas manhãs seguintes, ele tomou o café de pé no balcão, para logo sair. Leah não gostou da mudança de hábito do *mountie*, que também desapareceu do café da tarde. Na hora em que ele costumava aparecer, ela saía da loja e começava a varrer a calçada. A calçada nunca estivera tão limpa. Mas o trabalho era em vão.

Aliviada com o distanciamento de Julian, Alana pôde acalentar seu amor por Gabriel, apesar do sumiço dele nos últimos dias. Na sexta-feira, porém, Julian entrou na loja minutos antes do fechamento. Alana guardava as canecas no armário próximo ao balcão. Ele a cumprimentou e perguntou se ela tinha uns minutos antes de ir para casa. Leah já tinha saído, e Mari estava no escritório com Silas.

– Algum problema?

Alana fechou a porta de vidro do armário. Seu coração acelerou, temendo que ele a convidasse para fazer alguma coisa juntos. Talvez ele quisesse acompanhá-la até em casa. Ela ensaiou uma das possíveis desculpas de uma lista mental não muito longa.

– Tem a ver com os pais das meninas.

O rosto dele estava sério. Ele segurava o chapéu debaixo do braço.

O incômodo de Alana transformou-se em medo. *Mountie* Julian não trazia boas notícias em seu semblante. O que seria de Elsa e Lily?

Capítulo 21

O coração já acelerado de Alana disparou, fazendo sua respiração ficar entrecortada. À sua frente, o *mountie* aguardava uma resposta da jovem. A notícia que ele trazia poderia mudar drasticamente o destino de Elsa e Lily.

Alana ainda tinha que deixar a loja arrumada antes que pudesse sair e conversar com Julian.

– Pode me dar dez minutos? Vou avisar Mari.

– Espero você na delegacia.

Ele fez um leve movimento com a cabeça e saiu, as botas batendo no piso de madeira.

Quinze minutos depois, Alana estava sentada à frente de Julian na delegacia. O abafamento do ambiente era maior do que na primeira vez. O corpo de Alana parecia ferver, na expectativa da notícia que ouviria.

Mountie Julian pegou um papel dobrado e o entregou à Alana.

– Este telegrama chegou agora à tarde.

Com mãos trêmulas, Alana leu as seguintes palavras:

> Confirmada morte sr. Jones.
> Esposa desaparecida.

– O pai de Elsa e Lily...

Alana abaixou a folha de papel, colocando-a na escrivaninha. Seus dedos correram pelo papel e pararam na palavra "morte". Olhou para Julian.

– O que pode ter acontecido com a mãe?

O oficial pegou o telegrama de volta e dobrou-o.

– Qualquer coisa é possível. A situação na região piorou bastante com a chegada das obras da ferrovia. Conversei com o prefeito de Belleville, e ele confirmou vários outros casos de ataques aos viajantes e aos trabalhadores. Não temos pessoal suficiente para patrulhar nossa área.

Alana balançou a cabeça como se entendesse, mas sua mente girava. Não era justo que pessoas de bem se sentissem constantemente ameaçadas. Os pais das poucas crianças que ainda planejavam voltar à escola no outono em Belleville começavam a duvidar de que seria uma boa ideia. Quanto mais a violência aumentava, mais os moradores de Harmony prendiam seus filhos em casa. No caso de Elsa e Lily, a violência tinha deixado marca permanente.

Alana lembrou-se de Yael e de como ela ficara sozinha na estrada depois da morte dos pais, com os irmãos desaparecidos por várias semanas.

Havia esperança. A mãe de Elsa e Lily ainda poderia estar viva. Talvez alguma pessoa de boa índole a tivesse encontrado e a protegido. Por que então ela ainda não tinha aparecido? De qualquer forma, havia uma fagulha de esperança. Mas como contar para as irmãs que o pai tinha morrido?

– Sinto muito, Alana.

O tom de *mountie* Julian era suave; o olhar, compassivo.

Alana engoliu em seco e se levantou.

– Obrigada por me informar.

Ela virou as costas, e ele a chamou.

Julian colocou-se de pé. Deu meia-volta na mesa e aproximou-se da jovem.

– Desculpe-me pela ousadia, mas queria saber se posso acompanhá-la até sua casa. Isto é, se estiver indo para lá... quer dizer, se não estiver indo para outro lugar.

Alana não conseguiu se lembrar das palavras ensaiadas para o caso de Julian lhe fazer esse pedido.

– Ah, me acompanhar... – Onde estavam as palavras? – Pode.

Ele abriu um sorriso e colocou o chapéu, trancando a porta da delegacia. Alana caminhou ao lado dele até Arrow, que arrancava tufos de mato do terreno baldio ao lado da loja. *O que fui fazer? Por que não recusei a oferta educadamente?* Tarde demais. *Mountie* Julian montou em seu cavalo negro e acompanhou Alana pela estrada.

A mente da jovem era um campo de batalha. Pensava freneticamente em uma forma de contar para as meninas sobre a morte do pai e sobre a incógnita do paradeiro da mãe. Ao mesmo tempo, tentava escolher palavras para dizer a Julian que não estava interessada nele. Além disso, buscava lembranças dos momentos com Gabriel, para acalmar o coraçao. E onde ele estaria?

Com sua semana corrida, trabalhando na loja, limpando a casa de Noélia e fazendo novas misturas com a avó, Alana mal tinha visto o tempo passar. Por um lado, essa distração era positiva, porque mantinha sob controle a saudade de Gabriel. Mas, naquele momento, ao lado de Julian, a vontade de estar perto daquele que tinha seu coração lhe causava dor.

O sol de verão brilhava alto e forte naquela tarde. Arrow estava inquieto. A cavaleira precisava tanto de uma boa disparada quanto o animal. Julian certamente percebeu a inquietação do cavalo de Alana, porque sacudiu a rédea do seu cavalo, que tomou velocidade. Quando a jovem se deu conta, ela já tinha ultrapassado o *mountie* e seu imponente animal, até que parou a metros da entrada de sua propriedade.

– Impressionante – disse Julian quando a alcançou, a voz entrecortada.

– O que é impressionante?

Alana controlou a agitação de Arrow com a rédea.

– Como você cavalga. Duvido que entre os *mounties* exista um que domine um cavalo tão bem.

– É uma pena que as mulheres não possam fazer parte das tropas. Quem sabe um dia? – respondeu Alana, jogando as tranças para trás.

Julian arregalou os olhos.

– É um trabalho muito duro para mulheres.

– Mas temos outras habilidades que poderiam ser úteis. Como esta.

Alana levantou a rédea, tentando provocá-lo. Era bom que Julian soubesse que ela não se enquadrava no padrão típico das outras mulheres. Talvez assim ele a deixasse em paz.

– Tenho certeza de que você seria uma excelente *mountie*. – Ele sorriu.

– Bom, obrigada pela companhia. Já vou indo. Minha avó me espera para o jantar.

Mountie Julian levantou o chapéu em um cumprimento.

– Espero fazermos isso mais vezes.

Alana não esperava. Ela sacudiu a rédea de Arrow e seguiu em frente. Seu coração deu um salto quando Gabriel surgiu no seu campo de visão. Alana desmontou de Arrow e correu até o homem de rosto sério. O olhar dele seguia Julian, que sumia na poeira da estrada.

Alana tocou no braço dele.

– Que bom ver você aqui.

Gabriel voltou o olhar para ela.

– Espero não ter atrapalhado seus planos.

– Planos? Que planos?

– Com o *mountie*.

– Não tenho plano nenhum com ele. – Alana balançou a cabeça. – *Mountie* Julian me informou que o pai de Elsa e Lily está morto e a mãe, ainda desaparecida.

– Ele veio trazer a notícia pessoalmente?

Alana sentiu os olhos queimarem. Será que ele não tinha ouvido o que ela falou sobre os pais das meninas?

Arrependido, Gabriel pegou na mão da jovem:

– Desculpe, Alana. Não foi minha intenção ser rude e insensível. Quero saber dos pais de Elsa e Lily. Depois, preciso lhe contar algumas coisas.

A voz da avó interrompeu a conversa.

– Alana, vou servir o jantar em quinze minutos. Convide seu amigo. – Vó Nita acenou da porta.

Dusk e Aurora apareceram de trás da casa e vieram cumprimentar Alana. Ela se agachou e brincou com os dois cachorros-lobos por um instante. Levantou e olhou para Gabriel.

– Fique para jantar. Podemos conversar depois.

A curiosidade sobre o que Gabriel lhe contaria serviu para acalmar o aborrecimento que sentiu pela atitude indelicada dele. Será que ele não via que seu ciúme do *mountie* era infundado?

Depois de se lavarem no balde de água fresca na entrada da casa, Alana e Gabriel sentaram-se à mesa com vó Nita e vô Raini. A conversa girou em torno de caça, e Gabriel pareceu genuinamente interessado nas habilidades de caçadora de Alana. Vô Raini contou várias histórias, e ela achou graça das caras de surpresa que Gabriel fazia.

A sobremesa, uma torta de pêssego (especialidade de Mari), terminou rapidamente, apenas algumas migalhas sobrando nos pratos. Com a louça já lavada e guardada, Alana puxou Gabriel para a beira do rio, sempre acompanhada de Dusk e Aurora.

O sol ainda estava alto, mas os dias já estavam ficando mais curtos, avisando que logo o verão se despediria e daria lugar à escuridão. Alana inspirou o ar quente e procurou um lugar ao sol para sentir seu calor, que logo se dissiparia. Os raios refletiam no riacho de águas de geleira, que desciam das Montanhas Rochosas. Alana escolheu um lugar no gramado e se sentou.

Gabriel colocou-se ao lado de Alana. A proximidade dele, do seu calor, trouxe conforto à moça.

– Mais uma vez, quero me desculpar por ter sido insensível com você agora há pouco. – Gabriel puxou um matinho e o girou nos dedos.

– O que você tem contra *mountie* Julian?

Gabriel apoiou os antebraços nos joelhos.

– Nada – respondeu ele, desviando o olhar de Alana.

– Não parece. Reparei como você olha para ele.

Gabriel virou-se para Alana.

– Não tenho nada contra, mas ele me lembra uma história que ficou no passado.

Um frio intenso gelou o estômago de Alana.

– Você deve alguma coisa à justiça?

Gabriel soltou uma risada, virando-se para ela. Seus olhos tinham uma mistura de tristeza e de outra coisa que Alana não identificou. Nostalgia, talvez?

– Não devo nada. Pelo contrário.

A moça inclinou a cabeça com uma interrogação no olhar. Ele raspou o bico da bota no gramado.

– Um dia sonhei ser *mountie*.

Alana o imaginou de farda azul e vermelha e de chapéu. Combinaria com ele, com seu porte alto e distinto.

– E nunca foi atrás do sonho?

Ele correu as mãos pelo cabelo.

– Fui e desisti.

Seria esse o motivo de Gabriel se achar menos homem? Alana lembrou-se da autoridade polida dele quando enfrentou dr. Maldo. Ele seria um bom *mountie*.

– Quer conversar sobre isso?

Ele a encarou.

– Quero, mas não agora. Primeiro, preciso lhe dizer que falei com o pastor Samuel. Foi uma longa conversa, mas muito boa. Tenho bastante coisas para pensar, e muito o que fazer. – Ele segurou a mão de Alana. – Se tiver paciência comigo, vou encontrar a paz de que preciso para honrar meu amor por você.

Alana tinha ouvido aquilo mesmo de Gabriel? Que ele a *amava*? Queria pedir-lhe que repetisse a frase, caso seus ouvidos a tivessem traído. Sentiu as mãos quentes e ásperas de Gabriel apertando as suas.

– Alana, você me ouviu?

Ela soltou um suspiro engasgado.

– Eu... eu tenho paciência. Tenho, sim... – Alana queria dizer a ele que o amava, mas... e se ela tivesse ouvido errado?

Gabriel segurou no queixo dela.

– Eu amo você.

A boca de Alana ficou paralisada, a língua travada. Seu peito ardia. Dusk correu para seu lado. Lambeu seu rosto. Como se tivesse acordado do torpor, ela deitou a cabeça no ombro de Gabriel.

– Amo você também.

Sim, era isso. O peso do coração de Alana se dissolveu com a confissão de Gabriel. Dissolveu-se também com a realidade da frase que ela, com muito custo, conseguiu formular. Era algo que não tinha volta. Gabriel arrancara a flecha do seu coração, e a dor foi embora. Os problemas, porém, não sumiriam. Com a certeza do amor de Gabriel por ela e do seu por ele, os dois poderiam navegar em águas turbulentas até que encontrassem descanso.

Juntos, Alana e Gabriel assistiram ao pôr do sol por trás das montanhas. A cabeça da jovem não deixou o ombro dele nem um minuto. Precisava aproveitar aquele momento inesquecível. Seu amor recém-nascido teria a chance de amadurecer.

Capítulo 22

Gabriel beijou a mão da sua amada. Alana suspirou. De braços dados, os dois caminharam de volta à casa dela, Dusk e Aurora acompanhando-os. Os barulhos da noite eram a música de Alana. O céu tinha recrutado a lua cheia e as estrelas para iluminarem o caminho do casal.

– Ainda quero saber de Elsa e Lily. O que *mountie* Julian falou?

A voz profunda de Gabriel descia dos ouvidos de Alana para o resto de seu corpo feito um bálsamo morno. Ela não estaria mais sozinha na busca de respostas, como o paradeiro da mãe das crianças.

– O pai faleceu. A mãe está desaparecida.
– Alguma pista?
– Nenhuma, mas tenho esperança.

Gabriel apertou a mão dela.

– *Temos* esperança.

Alana sorriu e percorreu o restante do caminho com a cabeça no ombro de Gabriel. Os dois tinham esperança.

Chegando à porta da casa, Alana virou-se para ele.

– Tenho muita coisa para falar com você. Meus planos, meus sonhos...

Gabriel correu a mão por uma das tranças dela.

– Temos tempo. Meu desejo é estar incluído nos seus planos e sonhos.

– Verdade?

Ele beijou sua mão.

– Se me permitir, serei o homem mais feliz do mundo.

– Não sei se posso fazer de você o homem mais feliz, mas quero tentar. – Ela sentiu o rosto queimar. Sim. Era exatamente aquilo que desejava.

Gabriel passou os dedos pelo rosto de Alana.

– Sabe, eu tenho alguns sonhos também. Estou mais convicto do que nunca de que quero realizá-los. Quero que tenha orgulho de mim.

Capítulos de vida. Era isso que vó Nita tinha falado sobre aproveitar cada capítulo que Gabriel lhe revelava. Ainda que Alana não soubesse do que viria pela frente, acreditava em um final feliz. Não perfeito, mas feliz, com Gabriel ao seu lado.

– Eu já tenho orgulho de você – ela sussurrou.

Quando Gabriel tomou o caminho de volta para casa, Alana correu para o aconchego da sua própria. Assim que entrou, percebeu o rosto sonolento do avô iluminado pelo lampião. Ele estava sozinho à mesa. O ar quente estava carregado do aroma do café, que ele sorvia. Alana amava o aconchego daquele lugar.

– Vô, por que ainda acordado?

Sentado à mesa, vô Raini empurrou um envelope na direção da neta.

– Chegou esta carta para você.

Alana correu os olhos pelo papel. A luz amarelada do lampião mostrou a letra conhecida. Ela arrastou o envelope na mesa, pegou-o e puxou a carta de dentro. Ela leu o conteúdo, as mãos tornando-se frias.

– Dr. Carl diz que posso começar em janeiro.

– É uma boa notícia, não é? – O avô segurou a caneca com as duas mãos.

– É, sim, vovô.

– Então, que cara triste é essa?

– O que recebi pelo meu trabalho no fim da semana passada não foi tanto quanto pensei. Tenho dúvida se vou conseguir a quantia que a escola pede. – Alana apertou a carta contra o peito.

– Fé, minha neta. É tudo o que temos, com certeza.

– Sim, vovô. Preciso sempre ser lembrada disso.

O homem levantou-se e beijou a cabeça de Alana.

– O melhor a fazer é descansar. Descansar agora para acordar bem-disposta para o trabalho, e descansar em Deus.

Deixando o envelope sobre a mesa, Alana entrelaçou os dedos e se sentou. O avô lhe deu boa noite e foi para o quarto.

Fé era o que ela tinha. Do tamanho de um grão de mostarda, era verdade, mas que poderia crescer – diferentemente do dinheiro, que não brotaria em um passe de mágica. Se a quantia não viesse toda do seu trabalho, Deus poderia operar um milagre para que isso acontecesse. Vó Nita sempre dizia que o sustento vinha do céu, passando por fontes inesperadas. Com os cotovelos na mesa, Alana abaixou a cabeça, apoiando-a nos dedos entrelaçados. Restava-lhe a oração.

* * *

Nos dias seguintes, Alana lutou contra o desânimo. Não conseguiria a quantia que a escola pedia, nem que trabalhasse muitas horas a mais por dia. Arrumar outro emprego estava fora de cogitação. Sua fé, que ela imaginava poder crescer, diminuía de tamanho conforme a realidade dos obstáculos ficava mais clara à luz do dia.

O abatimento juntou-se à grande tristeza quando ela e vó Nita contaram às meninas que o pai tinha morrido. Lily agarrou-se à irmã, enquanto Elsa ficou parada com os olhos arregalados. A mais velha estava se recuperando bem da queda, mas algo dentro dela mudara. A apreensão era maior. A impressão de Alana foi que a expressão de inocência da menina tinha rachado, como uma máscara de gesso, trincando e se desfazendo. Por trás, surgiu outra, de alguém que acordou para a dureza da vida.

Alana sentou-se no chão ao lado da cama e chorou com Elsa e Lily. Ela sabia o que era aquela dor; uma dor misturada ao medo do desamparo. Amelie abraçou as meninas e disse, com a voz mais doce do mundo, que elas sempre teriam uma casa, até que a mãe aparecesse. Alana engoliu em seco. E se a mãe não estivesse viva?

O culto do domingo seguinte foi solene. Uma nuvem de tristeza desceu sobre os congregantes. Alana, ao lado de seus avós e Gabriel, ouvia a mensagem do pastor Samuel sobre o socorro que vinha de Deus. Alguns derramaram lágrimas quando ele orou pelas meninas.

No fim do culto, Alana abraçou Yael, que chorou muito por reviver a tragédia que acometeu sua família. A constante sensação de violência desceu sobre a igreja e seus membros como uma pedra que ameaçava abalar a estrutura das pessoas. Os tempos de vale traziam desânimo, mas também a vontade de se fortalecer na fé e na perseverança. Alana lembrou-se dos versos bíblicos que diziam que os tempos difíceis produziam paciência, a paciência, experiência e a experiência, esperança. Aquele era o momento de exercitar a paciência.

Por mais que desejasse pular esse tempo de aprendizado, Alana agarrava-se à possibilidade de que todos sairiam experientes e esperançosos. Não era fácil. A moça via-se com constantes altos e baixos. Agradeceu a Deus pela fé de sua avó. A sábia mulher sustentava a neta quando ela deslizava pela ladeira da desconfiança de que milagres eram possíveis.

Nem mesmo Laura estava imune ao clima de contrição e compaixão. Ela deixou *mountie* Julian em paz para dar pirulitos a Elsa e Lily. Alana observou a cena de longe. A moça rica, que parecia viver em um mundo irreal, abaixou-se em frente às meninas e lhes entregou os doces. O vestido de renda fina arrastou no chão empoeirado, mas Laura não pareceu se importar. Ela recebeu um beijo de Lily como agradecimento.

A nuvem de tristeza permaneceu nos dias seguintes, e até o céu chorou, derramando pesadas chuvas. O verão fez uma pausa, mas os moradores de Harmony continuaram os afazeres. Na percepção de Alana, seus amigos e vizinhos pareciam trabalhar dobrado. Ela não sabia se para amenizar a dor ou para ter a sensação de estar contribuindo para dias melhores. De qualquer forma, o trabalho sempre trazia bons frutos.

No meio da semana, deitada na cama com o livro de anatomia no colo e Dusk a seus pés, Alana ouvia a chuva bater na janela e pensava sobre o que viria pela frente. Nessas horas, sentia-se muito vulnerável. Seu sonho de se tornar enfermeira era como correr atrás do vento. Aliás, sua vida toda poderia ser um capítulo do livro de Eclesiastes da sua Bíblia, que ficava na mesa de cabeceira. Quanto ela deveria lutar, já que não havia nada de novo debaixo do céu?

E o céu, naquele momento, desabava com uma tempestade.

Desistindo da leitura, ela apagou o lampião, empurrou Dusk para o chão e se enfiou debaixo das cobertas. O verão se despedia. O outono já dava seus sinais nas folhas das árvores, que amarelavam. O que a nova estação traria?

Capítulo 23

Os vales e montanhas de Alana se aplainaram por um tempo. O curso da vida tornou-se ameno. O verão cedeu lugar ao outono, que desnudou as árvores. Seus galhos seguravam algumas poucas folhas ressecadas, que eram facilmente arrancadas por qualquer brisa. Alguns animais se preparavam para o clima frio, trocando a pelagem rala pela mais densa, como era o caso das lebres.

A mudança de estação, como sempre acontecia em Harmony, foi comemorada com o tradicional piquenique da igreja. Membros e não membros levavam o evento a sério. A produção de comidas com os frutos da terra era intensa.

No primeiro fim de semana de setembro, logo após o culto, o campo ao lado da igreja transformou-se: mesas, cadeiras, tendas e brinquedos tomaram seus lugares para receber as comidas e os participantes. Aquele era um momento especial de desfrutar do trabalho árduo da primavera e do verão, do plantio e da colheita. O inverno traria, a seu tempo, outro tipo de trabalho, que não era sequer celebrado por ser a estação da apreensão, com o espalhar de doenças e a dificuldade de locomoção. Justamente por todos na região estarem cientes do que viria em algumas semanas, tanto mais se divertiam.

As crianças chegaram com bolas e sacos de corrida. Um espaço foi separado para a gincana que aconteceria em algum momento da celebração. Seus pais lhes faziam recomendações, as quais não eram cumpridas. Porém, ninguém se importava. Contanto que todas chegassem ao fim do dia intactas, sem arranhões ou algo pior, os pais ignoravam a desobediência das crianças durante a festa.

Alana nunca tinha trabalhado tanto quanto na semana anterior. Mari faria seu *debut* como padeira e confeiteira no evento mais importante da região. Como era tradição, os participantes traziam a comida para compartilhar. Além disso, os comerciantes podiam também vender seus produtos, no intuito de ajudar a igreja com parte do lucro das vendas e suprir as famílias com a diversidade da produção do verão. Os invernos rigorosos do sopé das Montanhas Rochosas limitavam o trânsito das pessoas. Por isso, os alimentos tinham que ser estocados em porões escavados na terra, tanto para protegê-los dos animais quanto para preservá-los. Uma frente fria com tempestade de neve poderia prender as famílias em casa, e elas só sobreviveriam se o estoque de alimentos durasse o tempo do seu confinamento devido ao clima inclemente.

No dia anterior, vô Raini tinha saído para caçar com vários homens, entre eles Calebe, Gabriel e até Nathan. O menino era bom de pontaria e matou seu primeiro coelho. As carnes eram preparadas, salgadas e defumadas, para durar o inverno, sendo eventualmente trocadas por outros produtos, como trigo, açúcar e tubérculos. Nada era desperdiçado.

Os homens guardavam suas sementes no celeiro para a primavera seguinte, abrigavam os animais vulneráveis e armazenavam o feno em grandes rolos. As mulheres faziam conservas com os produtos mais frágeis da horta e guardavam o restante no porão frio ao lado da casa. As roupas de verão voltavam para os baús depois que as de inverno cediam seu lugar. Era um tempo de preparo para os dias difíceis.

As carroças e os cavalos congestionaram a área reservada ao lado da igreja. Os participantes do evento tomavam seus lugares debaixo das árvores quase despidas e estendiam toalhas coloridas, esperando pela oração do pastor Samuel. Finalmente, ele ficou de pé no meio do campo e orou, agradecendo a Deus pela colheita abundante. Quando ele disse amém, como um exército de formigas, as famílias descarregaram os quitutes de suas carroças.

Alana ajudou Mari na preparação de uma mesa para a venda dos pães e das tortas. Seu coração flutuava com a companhia de Gabriel, que a ajudava a levar os produtos da carroça para a mesa. A rotina intensa de trabalho de fim de verão e início de outono não permitia que o jovem casal se visse com frequência, mas nem por isso o amor de Alana por Gabriel deixou de crescer. Ele o nutria com encontros rápidos para entregar à sua amada uma flor do campo ou ajudá-la com algum trabalho na loja.

– Alana.

Yael aproximou-se da amiga com Zach em seu quadril.

– Acabei de receber um bilhete do prefeito de Belleville. Conseguimos uma professora.

Alana, equilibrando uma torta na mão, deu um abraço desajeitado em Yael.

– Que notícia boa! Podemos anunciar a novidade no piquenique.

Calebe aproximou-se das duas.

– Essa minha mulher não iria sossegar até encontrar uma professora.

– E onde ela vai morar?

Alana perguntou.

– Tia Amelie ofereceu um quarto na casa dela.

Yael entregou o bebê Zach para Calebe, que saiu para cumprimentar alguns visitantes.

– Mas a casa está cheia, com Elsa e Lily.

– Tia Amelie disse que, quanto mais gente no inverno, melhor. A casa fica mais aconchegante. – Yael riu.

– Seus tios são maravilhosos. Não deixam ninguém passar dificuldade.

Nessas horas, Alana sentia aumentar a responsabilidade de cuidar da comunidade. Ela queria participar mais, levando bem-estar aos amigos e vizinhos.

– A casa deles está sempre aberta. Só espero que a professora não se incomode com a falta de privacidade.

Yael enganchou o braço no de Alana.

– Como a encontraram?

As duas foram caminhando lentamente em direção à movimentação de pessoas no campo.

– O prefeito Wally enviou um anúncio a alguns conselhos escolares em várias cidades grandes, e a única resposta veio dessa professora de Montreal – Yael explicou.

Alana arqueou as sobrancelhas escuras.

– Montreal? Acho que o maior problema da professora não vai ser a falta de privacidade na casa de sua tia, mas o choque que terá com nossa realidade.

– Foi o que pensei, mas o prefeito disse que ela deixou claro que está disposta a aceitar o que lhe for oferecido.

Yael cumprimentou Violeta, a esposa do pastor, que passava com um cesto cheio de frutas.

– Deve ser uma mulher corajosa – disse Alana.

– Sem dúvida, uma mulher determinada e audaciosa.

– Então ela vem para o lugar certo. Nada melhor do que um tempo em Harmony para testar nossa determinação.

As amigas riram. Yael falou:

– Vou visitar os pais dos alunos que saíram da escola por causa da distância e do perigo, e incentivá-los a matricularem os filhos. Espero que ainda considerem essencial a educação dos filhos.

– Estou tão orgulhosa de você! Sei que trabalhou muito para que isso acontecesse.

– Silas e Tobias me ajudaram. A oferta do pastor, de usarmos a igreja como escola durante a semana, foi muito importante para a decisão final do prefeito.

Yael puxou a amiga para o gramado.

– O próximo desafio será construirmos uma escola de verdade. Sinto que Harmony ainda vai crescer muito.

As duas pararam ao lado de uma tenda com uma mesa cheia de doces.

– E quando chega a professora? – Alana perguntou.

– Na próxima semana. Ela se chama Jane E.

– Jane E.?

– Jane E. Bell. A carta diz claramente que ela gosta de usar esse "E", mas não explica o motivo. Questão de família, deve ser. – Yael deu de ombros.

– E Sara? Deve estar eufórica.

Alana riu e vasculhou o campo à frente com o olhar, procurando a menina. Ela brincava de roda com outras de sua idade. Estava se tornando uma bela moça.

– Ela nem dormiu. Aliás, não anda dormindo mesmo. – Yael levou a mão à boca e abafou uma risada.

– Como assim? – Alana arregalou os olhos.

– Sonhando de olhos abertos com *mountie* Julian.

Alana olhou à sua frente e viu o oficial conversando com Laura, que girava uma sombrinha amarela. A conversa dos dois foi interrompida por Sara e suas amigas, que o cercaram para lhe fazer uma pergunta. Laura fechou o semblante e a sombrinha quando as meninas caíram na gargalhada com a resposta de Julian.

Alana e Yael riram com a cena e logo se separaram, cada uma assumindo uma mesa, para coordenar as filas que se formariam com as pessoas famintas. Quando o pastor avisou que já podiam se servir, as crianças correram às mesas como gafanhotos, pegando o máximo de comida que coubesse nos pratos. As mães tinham pouco controle dos esfomeados, mas a fartura era tanta, que ninguém ficaria de barriga vazia.

Durante a sobremesa, Mari deu uma folga para Alana, que procurou Gabriel no meio da multidão. Os dois mal se falaram no almoço, mas trocaram olhares e sorrisos.

Alana desviou-se de vários grupos de crianças que participavam da gincana organizada pelo pastor e por Violeta. Olhou de um lado a outro, as tranças balançando de lá para cá. Avistou as costas de *mountie* Julian, de casaco vermelho, os braços gesticulando. Aproximou-se devagar, curiosa para ver com quem ele falava com tanta veemência. Para sua surpresa, Alana viu Gabriel. O que de tão importante Julian falava com ele? Gabriel também gesticulava. Ela deu uns passos para trás e se encostou em uma árvore à beira de um laguinho. Do seu esconderijo, observou a conversa dos dois homens. O som que ouvia era de risadas e gritos das crianças misturado ao do riacho. Ela deu um pulo quando alguém segurou seu braço.

– Alana, o que foi? – Era Yael.

A jovem apontou discretamente para os dois homens, que ainda conversavam.

– Atrás daquela tenda.

Yael esticou o pescoço.

– O que está acontecendo?

– Não sei, mas estou preocupada. Gabriel sempre tem uma atitude estranha quando *mountie* Julian está por perto.

– Será que eles se conheceram no passado?

Alana balançou a cabeça negativamente. Não achava que deveria contar à amiga sobre Gabriel um dia ter sonhado em ser da Real Polícia Montada. Talvez a conversa dos dois homens fosse sobre isso. Em resposta, Alana deu de ombros.

As duas mulheres observaram a conversa acalorada dos dois homens, até que eles se dispersaram. Calebe chamou Yael, que saiu apressada.

Alana correu para uma das mesas, fingindo estar ocupada. Empilhou alguns pratos já vazios e espanou as migalhas da mesa, fazendo a festa dos passarinhos. Pelo canto do olho, viu Gabriel se aproximar do pastor, sussurrar alguma coisa em seu ouvido e acompanhá-lo à igreja. O alívio de Alana foi grande por Gabriel ter buscado Samuel para conversar. No entanto, ela esperava que ele lhe contasse por que conversava com o *mountie* de forma tão acalorada. Aquele era um capítulo da vida de Gabriel que deixava Alana intrigada.

Capítulo 24

Nos dias seguintes, a euforia em Harmony com a chegada da nova professora distraiu Alana da preocupação e curiosidade com a conversa exaltada entre Gabriel e Julian. A preparação da escola no prédio simples da igreja tomava muito tempo de Yael, e Alana não conseguia arrumar uma brecha para desabafar suas frustrações com a amiga.

Gabriel, por sua vez, estava ocupado com o transporte da colheita do sítio Hebron para Belleville. Era ali que todos os produtos da região eram vendidos e trocados por outros. A aproximação do inverno não permitia descanso. Para Alana, isso significava ajudar Mari e Silas a trazer mais farinha e açúcar de Belleville e a guardar os produtos de forma a protegê-los dos roedores, que faziam seus ninhos nas moradias e lojas onde a temperatura era agradável e a fartura de comida, grande.

No meio da semana, Alana estava varrendo a passarela de madeira em frente à loja, quando uma charrete puxada por dois cavalos subiu a rua e parou rente à passarela. O condutor desceu do banco alto na frente da charrete, amarrou a rédea na estaca ao lado da loja e abriu a portinha. Alana escorou-se na vassoura e esperou.

Mari parou ao seu lado.

– É a nova professora, Jane E. Bell. Um nome de gente da alta sociedade.

Se Alana e Mari esperavam uma cópia de Laura, enganaram-se. A mulher que desceu da charrete era alta, com um cabelo ruivo preso em um apertado coque. Ela usava uma boina simples em vez de chapéu, algo muito comum entre as mulheres sofisticadas, como Laura e sua mãe. O vestido marrom sisudo dava a ela um ar de rigidez; no entanto, seus movimentos eram harmoniosos e suaves.

– Eu não esperava um vestido desse para um nome tão pomposo – Mari cochichou no ouvido de Alana.

De fato, Alana estava intrigada com a discrepância entre o traje e a aparência da mulher. Talvez, ao aceitar um emprego no Oeste, ela tivesse refeito o guarda-roupa para não chamar atenção. Alana tinha a impressão de que a recém-chegada era mais jovem do que a roupa deixava mostrar.

– Espero que ela não se espante com nossos modos. – Alana apertou o cabo da vassoura.

O condutor pegou as duas malas e um baú do topo da charrete e os colocou ao lado de Alana e Mari. Fez um aceno e subiu de volta ao seu assento.

Mari desceu os degraus de madeira e estendeu a mão para a mulher.

– Prazer, eu sou Mari e esta é Alana.

A mulher tirou as luvas e apertou a mão que Mari lhe oferecia. Olhou com curiosidade para Alana e apertou sua mão também.

– Fui avisada para parar aqui.

Mari segurou no cotovelo da mulher.

– Sim, sim. Eu e meu marido vamos cuidar de você e depois levá-la para a casa de Amelie e Joaquim, os seus anfitriões. Entre um pouco, para se recompor da longa viagem.

Mari chamou Silas, que saiu do escritório, apresentou-se à professora e apanhou a bagagem dela.

– Alana, peça à Leah para trazer um lanche para a nova professora – disse Mari, indicando uma mesa para a recém-chegada.

Alana fez o que foi pedido e se colocou atrás do balcão para atender um freguês. Curiosa, ela olhava de relance os gestos contidos e polidos da professora. Alana só conhecia uma pessoa com gestos assim: seu pai. Talvez, pessoas instruídas fossem todas daquele jeito, seus movimentos elegantes e controlados.

Alana embrulhou o pão do cliente e recebeu o pagamento. Encostou-se no balcão, apoiando-se nos cotovelos. Mari deixou a mulher à mesa e voltou para o escritório.

Leah chegou com uma bandeja e colocou uma xícara e um prato na frente de Jane E. Ela agradeceu e segurou a asa da xícara com delicadeza, levando-a aos lábios bem delineados.

Era uma mulher bonita, Alana observou, mas seus olhos pareciam distantes. Talvez pensasse em Montreal e comparasse a grande cidade ao lugarejo sem graça que era Harmony. Alana perguntava-se como uma mulher fina igual àquela tinha ido parar ali. Montreal ficava a dias de viagem e, pelo pouco que Alana sabia, era um lugar de pessoas poderosas e instruídas.

A jovem de tranças abafou uma risada, imaginando-se em uma charrete voltando a Harmony com gestos elegantes depois de terminar seus estudos em Edmonton. Não. Aquela mulher ali à frente não era assim por causa dos estudos. Como o pai de Alana, ela deveria vir de uma família de posses e influência, daquelas que criam os filhos no rigor da etiqueta.

Seu pai lhe contava histórias das famílias irlandesas cujos filhos eram criados por governantas. Havia regras de quais talheres e pratos usar, regras de que roupas vestir, de que assuntos tratar. Em Harmony, as famílias tinham poucos talheres e poucas roupas. Não havia muita escolha. Os assuntos giravam em torno de família e comunidade.

Duas mulheres entraram e pediram alguns ingredientes especiais para bolos. Alana atendeu-as, mas sem desviar a atenção da professora. *Mountie* Julian entrou, tirou o chapéu, fez um cumprimento à Alana e foi se sentar. Ao ver a professora, ele parou e se apresentou. A mulher fez um movimento leve com a cabeça, mas logo a abaixou.

Leah correu para atender o *mountie*. A nova professora virou o rosto para a janela.

— Vou levar Jane E. para a casa de Amelie e Joaquim — disse Mari, colocando as luvas.

Alana pôde ver a nova professora piscando, tentando manter os olhos abertos.

— Ela veio de tão longe. Está exausta.

— Muito interessante que alguém como ela tenha aceitado um emprego aqui. Espero que não desista.

— Segundo Yael, ela foi informada das condições em Harmony e, mesmo assim, aceitou a oferta de emprego. Ela deve ser determinada. Ou está correndo de alguma coisa — afirmou Alana.

Mari olhou para Alana.

— Pode ser. Nós, mulheres, às vezes nos vemos em situações nas quais fugir é nossa única opção.

Alana nunca precisara fugir de nada. Era difícil imaginar-se fugindo de pessoas.

— O tempo dirá.

Mari deu uns tapinhas na mão de Alana e foi em direção à mulher. Logo, as duas subiram na carroça que Silas tinha puxado para a frente da loja.

Alana foi até a porta com a vassoura e acompanhou a carroça com os olhos.

— As crianças ficarão felizes com a nova professora.

Alana virou-se. Era Julian que estava ao seu lado, olhando na mesma direção.

— Sim, sim.

Ela começou a varrer a passarela limpa. A aproximação de Julian sempre lhe causava certa ansiedade. Primeiro, foi por causa de seus olhares e sorrisos de flerte. Depois, pela relação estranha com Gabriel. Alana esperava que seu amado se abrisse sobre o motivo do comportamento arredio. Seria uma prova da confiança que ele tinha nela. Mais uma página de seu livro aberta.

– Alana, queria dizer que estamos intensificando as buscas pela mãe de Elsa e Lily. Tivemos algumas pistas que não renderam nada. Estamos seguindo outras promissoras.

A jovem soltou um breve suspiro.

– Se ela está viva, precisamos encontrá-la antes do inverno.

– Um motivo a mais para termos pressa.

Alana segurou a vassoura com firmeza e olhou para o céu. Nuvens pesadas aproximavam-se rapidamente, trazendo um vento cortante. Não havia dúvidas de que o inverno chegaria com grande força.

– Nem imagino como seria estar em uma tempestade de neve sem abrigo e sem roupas apropriadas.

– Essa é uma questão de honra para mim, minha prioridade: descobrir o paradeiro de Sheila Jones. – *Mountie* Julian colocou o chapéu, fez um gesto de despedida com a cabeça e foi para a delegacia ao lado.

Alana voltou para o balcão. Leah a observava do outro lado da loja, onde servia um lanche para quatro homens. Dando de ombros, Alana voltou ao trabalho de atender os fregueses que entravam na loja para se proteger do vento frio que se intensificava.

No fim do expediente, Alana vestiu o pesado casaco, montou em Arrow e seguiu para casa. As últimas folhas secas das árvores dançavam ao vento e caíam ao chão, formando um tapete amarelo na estrada. Um nó no estômago a acompanhou por todo o percurso.

Precisavam encontrar a mãe de Elsa e Lily antes que as garras gélidas do inverno descessem sobre a região e a mantivessem cativa por vários meses.

Capítulo 25

— Soube que ela é uma mulher muito distinta e elegante. — Vó Nita parou com o pilão na mão.

Neta e avó trabalhavam no galpão, amassando e fervendo ervas, o cheiro silvestre invadindo o ambiente.

— Eu a vi. Ela é alta e tem o cabelo ruivo. O jeito dela me lembrou o papai.

Alana chegou para mais perto do fogão a lenha, permitindo que os cheiros tranquilizadores se espalhassem pelo seu corpo.

Vó Nita amassou com agilidade algumas folhas

— Ainda tenho esperança de que James vai voltar.

— Vó, já se passaram quatro anos. Não acredito que ele tenha fugido de nós – respondeu Alana, mexendo o caldeirão com uma colher de pau longa.

— Ele não fugiu. Era... é um homem decente. Alguma coisa aconteceu que não permite que ele volte. — Vó Nita colocou mais força no braço, para macerar as folhas.

Alana soltou a colher, que bateu na borda do caldeirão, fazendo um barulho oco.

— Não sei o que me angustia mais: pensar que ele está morto ou imaginar que esteja doente, perdido, algo assim.

Vó Nita largou o socador do pilão e puxou a neta pelos ombros.

– Tenho orado sem cessar com seu avô. Vou persistir até que eu saiba o que aconteceu ao seu pai. Minha Lua querida o amava, e sei que esperaria isso de mim.

Alana agarrou-se à avó, seus braços fortes envolvendo a frágil mulher. Ela liberou as lágrimas.

– Vó, sinto tanta saudade dos meus pais.

– Eu sei, minha querida. – Vó Nita acariciou a cabeça da neta.

Dusk e Aurora entraram no galpão, soltaram um longo uivo e se sentaram aos pés das duas mulheres abraçadas. Logo, avó e neta voltaram ao trabalho.

– Como está Noélia? – perguntou Alana, voltando a mexer o caldeirão.

– Recuperou-se bem, e Lelo melhorou da tosse. Fui lá ontem, e o doutor chegou na mesma hora – respondeu vó Nita, soltando uma risada.

– Parece que ele adivinha aonde vamos, e quando. – Alana soltou um suspiro irritado.

– Pelo menos, ele parou de nos chamar de curandeiras.

– Mas o olhar dele continua sendo de desprezo.

Vó Nita passou a mistura de ervas para um vidro.

– Ele vê que nosso trabalho também é importante. O dele é fazer diagnóstico e prescrever tratamento, e o nosso é cuidar para que os pacientes façam tudo direito.

– De quebra, arrumamos a casa e cozinhamos para muitos deles. Queria ver o doutorzinho fazer isso. – Alana deu um meio sorriso.

– Por isso, ele não pode negar que somos importantes no processo de cura.

Cura. Alana pensou na carta que semanas antes tinha recebido do dr. Carl e da Escola de Enfermagem em Edmonton, confirmando o início das aulas para janeiro. Alana tinha três meses para juntar o resto do dinheiro, e nenhum milagre tinha acontecido. O que ela guardava do trabalho não chegaria nem à metade do total necessário.

Mais tarde, já na cama, Dusk servindo de cobertor extra para seus pés, Alana colocou o antebraço na testa e olhou para o teto. A luz do lampião piscava, fazendo jogos de sombras nas ripas de madeira. Se ela fosse mesmo estudar fora, Gabriel ficaria para trás.

O relacionamento dos dois caminhava a passos de tartaruga. Ele tratava Alana com carinho e consideração, mas ainda tinha dificuldade de se abrir. Ela já tinha contado sobre seus planos de estudar fora. Inicialmente, ele se retraiu com os detalhes. Nos dias seguintes, pouco conversou com ela. Depois, disse que queria ajudá-la com o pagamento da escola. Alana imaginou como. Ele era ajudante de Calebe no sítio Hebron. Certamente não tinha economias. De qualquer forma, Alana recusaria dinheiro de um homem que não fosse seu pai, avô ou marido. Seu pai estava desaparecido, seu avô era um caçador, e marido ela não tinha.

Virando-se para o lado, Alana apagou o lampião. O vento inclemente balançava a janela, como mãos decididas a arrancá-la. Dusk bocejou e aproximou o corpo peludo da dona. A noite barulhenta do vento de outono trouxe sonhos desconexos para Alana.

Ela sonhou com o pai deitado em uma cama, com a mãe de Elsa e Lily perdida em uma floresta, e com Gabriel. Ele trazia para ela um buquê de flores, que murcharam quando ela as tocou.

* * *

O sol nasceu tímido, mas dissipou parte do frio do dia anterior. Talvez por isso, Laura tivesse decidido estrear o novo modelo de inverno na rua principal de Harmony. Alana ajudava Leah a servir as mesas na hora do almoço, quando a viu descer da carroça do pai e entrar na delegacia. Obviamente, ela não tinha nenhuma ocorrência para registrar com *mountie* Julian. Talvez os dois estivessem de flerte. O oficial não olhava Alana como antes, desde que ela e Gabriel se acertaram. Laura, por outro lado, nunca perderia a oportunidade de rodear um bom partido como uma mosca em cima da comida. No entanto, Julian não parecia estar interessado nas investidas da jovem linda e rica.

Alana deu de ombros. Esse assunto estava fora de sua alçada. Sua própria vida amorosa já era difícil demais de entender.

Ela retirou os pratos usados de uma das mesas e disse ao homem bigodudo sentado no fundo da loja que já traria seu pedido. Quando a jovem voltou com a sopa e o sanduíche, seu sorriso se abriu ao ver a melhor amiga entrando na loja.

– Yael! O que faz aqui na cidade a uma hora dessas? – Alana deixou a comida na mesa do freguês e correu para a porta.

Yael deu um leve beijo na amiga.

– Vim comprar tecido para fazer roupas de inverno para Nathan e Zach. Juro, eles devem crescer vários centímetros durante o sono.

Alana riu e colocou a bandeja debaixo do braço.

– Elsa e Lily também precisam de roupas quentes. Da última vez que fui à casa de sua tia Amelie para visitá-las, dei uma mexida no armário. As mulheres devem estar ocupadas costurando para suas famílias, e não chegou nada quente para as meninas. Os vestidos novos são muito finos para o frio.

– Posso comprar um corte para fazer um vestido para cada. – Yael ajeitou a boina de lã.

Alana enfiou a mão no bolso da saia-calça.

– Não tenho muito dinheiro comigo, mas acho que isso dá para comprar o tecido – disse ela, passando as moedas para Yael.

Mountie Julian entrou na loja e ouviu o comentário de Alana. Ele tirou o chapéu e cumprimentou as duas mulheres.

– Estão recolhendo dinheiro para alguma campanha?

Alana olhou para Yael, que respondeu:

– Não exatamente. Elsa e Lily estão precisando de roupas, e vamos providenciar algumas.

Julian enfiou a mão no bolso do pesado paletó vermelho e tirou algumas moedas.

– Não sei quanto custam essas coisas de costura, mas acho que isso deve dar para alguma coisa.

Yael olhou a quantia, e Alana arregalou os olhos.

– Muito generoso da sua parte – disse Yael.

– Não tenho ninguém para cuidar, então nada melhor do que ajudar.

Alana notou o tom triste na voz do *mountie*, diferente do seu tom geralmente animado. Ele pediu licença, pegou uma mesa vazia e se sentou. Leah logo apareceu, com o sorriso bobo de sempre.

Alana inclinou o corpo na direção de Yael.

– Laura apareceu na delegacia, toda arrumada. Não sei o que aconteceu. Isso foi dez minutos atrás.

– Ela ainda vai arrumar um bom marido. Tenho esperança. – Yael seguiu Alana até o balcão.

Alana arqueou as sobrancelhas e passou para trás, deixando a bandeja no balcão. Depois, separou alguns bolinhos de uma cesta.

– O que ela fez a você foi grave e repercutiu pela região. A popularidade dela foi ao chão.

Yael apoiou os cotovelos no balcão.

– Foi grave, mas ficou no passado. Ela se arrependeu. Precisa viver sem o peso da culpa.

Embrulhando os bolinhos, Alana entregou-os à Yael.

– Um presente meu para Sara e Nathan.

A amiga tinha razão. De que valeria Laura carregar a culpa de suas maldades? Por causa de suas maquinações e do ciúme, quase causara a morte de Yael. Era verdade que a jovem tinha mudado bastante, inclusive ajudando a mãe a costurar para as famílias que sofreram violência nas estradas.

– Laura ainda é meio perdida. – Alana escorou o queixo na mão fechada.

– Ela vai encontrar a direção, cedo ou tarde.

Yael guardou o embrulho na cesta que carregava, despediu-se da amiga e saiu da loja.

Um freguês entrou e Alana o atendeu. Quando ele saiu, ela pegou um pano e começou a limpar os farelos no balcão, espiando *mountie* Julian e a outra mosca que o rodeava: Leah. Ele sorriu de forma polida ao receber a comida, mas logo virou o rosto para a janela. A jovem de cabelo cor de fogo saiu de perto com um leve beiço. Julian, que sempre fora sorridente, andava cabisbaixo. Obviamente, ele sabia de coisas das quais a população em geral não tomava conhecimento.

As últimas notícias que circulavam eram que havia um bando de homens atacando os empregados da construção da ferrovia. Alana e seus avós ouviram que um homem tinha sido baleado. Julian tinha a responsabilidade de proteger os moradores de Harmony. Olhando para ele, de farda e com o semblante preocupado, Alana sentiu uma pontada de culpa por tê-lo julgado mal. Seu trabalho não era fácil, e, se Harmony gozava de uma aparente tranquilidade, muito se devia ao trabalho do *mountie*.

Alana atendeu uma cliente, que saiu com dois embrulhos de pão e rosca. Julian comia devagar, o olhar do lado de fora. O céu fechado era o alerta do que viria pela frente nas próximas semanas. Com a aproximação do inverno, a locomoção era mais difícil, e as noites longas podiam esconder perigos.

Mountie Julian terminou a refeição, empurrando o pratinho para o centro da mesa. Ele passou pelo balcão e deixou a quantia devida ao lado da caixa registradora. A comunicação com Alana foi silenciosa, com um aceno da cabeça e um sorriso tímido. Ele colocou o chapéu e saiu, deixando uma sensação de apreensão a crescer no peito de Alana.

Capítulo 26

Alana deixou a tesoura de lado e mediu o tecido esticado e cortado na mesa. Tirou os alfinetes da boca e os enfiou na lateral do corte.

– Como está indo o vestido de Lily?

Yael, sentada na cadeira de balanço, puxou a agulha com a linha e deu mais um ponto no tecido azul-marinho.

– Falta costurar as mangas e depois fazer a bainha.

As duas amigas tinham tirado o fim da tarde e parte da noite para fazer vestidos de frio para Elsa e Lily. Calebe, Nathan e Sara tiveram que se contentar com um jantar corrido, à beira da pia. Zach dormia no quarto do casal, sob os olhos atentos do pai.

O ambiente da sala e cozinha era aconchegante, em contraste com o clima hostil do lado de fora. Calebe tinha colocado mais lenha no fogão, e o calor espalhou-se pela casa. No entanto, o vento inclemente batia nas janelas e na porta como se tivesse vida.

Depois de duas horas ininterruptas de trabalho, as duas amigas concordaram que seria melhor interrompê-lo.

Alana esfregou os olhos.

– Falta pouco agora – disse ela, bocejando e erguendo o vestido alinhavado.

– Seu dia foi corrido na loja. Amanhã eu adianto o trabalho com Sara. Ela anda costurando bem. – Yael deu um nó na linha e a cortou com os dentes.

A irmã entrou na sala de camisola, o cabelo longo escorrendo pelos ombros.

– Estão falando de mim?

– Só elogiando seu talento para costura. – Yael dobrou o vestido inacabado.

– Prefiro ler.

A moça encheu um copo de água.

– Eu também – disse Yael –, mas o trabalho vem primeiro.

– Animada com o início das aulas? – perguntou Alana, cortando uma ponta do tecido na mesa.

– Muito! Dizem que a professora vem de Montreal. – Sara andava nas pontas dos pés calçados com meias grossas, em uma tentativa de imitar alguém elegante.

– Espero que ela aguente os olhos e as bocas curiosas, no domingo.

Yael se levantou da cadeira de balanço, presente de Calebe, e alongou as costas.

– O nome dela é Jane E. Bell. O que será que significa esse "E"? – Sara inclinou o queixo. – Esmeralda, Ermengarda. Vai ver o nome é tão feio, que ela não quer que a gente saiba.

Yael balançou a cabeça.

– Essa minha irmã... além de curiosa, é criativa. Tenho pena da professora.

– Na certa será desafiada. – Alana dobrou o vestido em cima da mesa.

– Você pode descobrir o que significa o "E" do nome na segunda-feira – disse Yael.

– Vi como ela ficou sem graça quando *mountie* Julian a cumprimentou na loja – comentou Alana, juntando os alfinetes que estavam espalhados sobre a mesa.

– Tia Amelie disse que ela é muito quieta, mas educada.

Yael pegou a cesta de costura do chão e guardou a tesoura, as agulhas e as linhas.

– Eu quero ser professora! – falou Sara.

– Então trate de estudar – Yael respondeu.

– Não quando você fica me obrigando a fazer serviço de casa. – Sara fez um beiço.

– Quem não trabalha não come. Sem comer, você não estuda. – Yael fechou a tampa da cesta.

A moça deu boa-noite e foi para o quarto. Alana riu do resmungo de Sara.

– Bem, já vou indo.

– Dusk está aí fora? – Yael perguntou.

– Não. Ele pisou em espinhos e está em casa.

– Acho que está um pouco tarde. Quer que Gabriel a acompanhe? – Yael olhou pela janela da cozinha. – A luz dele ainda está acesa.

Alana vestiu o casaco.

– Não quero incomodá-lo. Está frio, e num instante chego em casa.

– Aconteceu alguma coisa entre vocês? – Yael franziu a testa.

Alana abotoou o casaco.

– Não. E é exatamente isso. Estamos nos acertando, mas não sei ainda para onde vamos.

– Isso a incomoda?

Alana deu de ombros.

– Vó Nita sempre repete que preciso ser paciente para ler os capítulos da vida de outras pessoas. Fico querendo adiantar a minha história com Gabriel.

– No amor, não dá para apressar as coisas.

Alana puxou o gorro do bolso do casaco e o vestiu, as tranças pendendo pelos ombros.

– Gabriel ainda não falou com meus avós sobre nosso relacionamento. Claro que vó Nita e vô Raini sabem, porque eu conto tudo para eles. Esperava que Gabriel tomasse a iniciativa de formalizar nossa relação.

– Talvez ele não saiba como essas coisas acontecem. Se quiser, eu peço a Calebe que dê essa dica.

– Impossível que ele não saiba. Já foi casado. – Nessas horas, Alana via que pouco sabia do passado de Gabriel.

– Nem sempre a situação é a ideal – Yael disse.

Alana suspirou. Yael tinha razão. A própria história da amiga com Calebe tinha sido longe da ideal. No entanto, agora eles viviam muito bem como casal. Talvez Alana estivesse querendo demais, fantasiando demais.

Elas se despediram, e Alana saiu na noite fria. Montou em Arrow e o direcionou à saída do sítio Hebron. A luz do quarto de Gabriel ainda brilhava.

Alana deu um suspiro e tentou se convencer de que as palavras de Yael faziam sentido. Cada casal tinha sua história, que nem sempre acontecia da melhor forma. Pensando bem, Alana tinha um exemplo na família. Seus pais fugiram de tudo o que era convencional em ambas as culturas, a europeia e a dos povos nativos. Mesmo assim, James e Lua viveram um grande amor até que a morte os separou.

Balançando a rédea, Alana tomou a estrada. O melhor era exercer a paciência que produzia experiência, e esta, esperança. Seu amor por Gabriel não mudaria.

O vento assobiava. Nem a lua, nem as estrelas apareceram no céu de veludo escuro. Arrow conhecia o caminho de casa, e Alana se sentia confiante por isso, já que via à sua frente apenas a escuridão. Ela levantou a gola do grosso casaco, protegendo o rosto das agulhadas frias.

Arrow relinchou e ameaçou parar.

– *Oooo, oooo...* – Alana teve a impressão de que o som de sua voz foi levado pelo vento.

O cavalo andou mais uns metros, relinchou e ficou pisoteando. Alana puxou a rédea de um lado e depois do outro, tentando controlar o animal. Arrow relinchou mais alto e levantou as patas da frente.

Sem se dar conta do que estava acontecendo, Alana se viu arrancada da sela e jogada no chão frio de terra. A voz ficou entalada em sua garganta. Mãos pesadas e enluvadas seguravam seus ombros, fincando-a na terra.

Arrow relinchou e saiu a galope. O som dos cascos foi diminuindo até se confundir com o assobio do vento.

Alana chutou várias vezes, seus pés acertando o ar e o chão. Finalmente, sua garganta se desobstruiu, e ela gritou o mais alto que seus pulmões aguentaram. A mão de luva tapou sua boca. Alana contorceu-se, tentando se desvencilhar. Um cheiro forte de álcool entrou por suas narinas, aumentando-lhe o pânico. *Flashes* de memória de sua vida, de seu pai, de Gabriel correram em sua mente.

Ao longe, o som de cascos de cavalo foi aumentando, aumentando. A pressão das mãos do agressor diminuiu e, aproveitando a oportunidade, Alana se contorceu e escapou. Correu com as mãos estendidas em frente ao corpo, tateando o caminho, as lágrimas quentes brotando dos olhos.

Ela ouviu gritos de homem e tomou velocidade. Seus pés resvalavam na terra úmida. Cambaleou para o lado, mas conseguiu se equilibrar. A escuridão a confundia. Para onde estava indo? O som do galope foi se aproximando, e o coração de Alana disparou a ponto de dar-lhe dor no peito. Em segundos, mãos fortes a levantaram para a sela de um cavalo, e braços musculosos a enlaçaram. Ela chutou, socou, até que ouviu a voz em seu ouvido.

– Sou eu, Alana! Você está segura.

Alana sentiu-se desfalecer, mas o vento frio a reanimou. Estava salva. Ela agarrou-se às mangas do casaco grosso de Gabriel e escondeu o rosto em seu peito, o tecido áspero raspando em seu rosto.

– *Shhh, shhh*, está tudo bem. Vou levar você para casa.

O balanço do cavalo, o cheiro de Gabriel e o alívio de ter sido arrancada do terror deixaram Alana bamba. Um tempo depois, Gabriel desceu do cavalo e pegou Alana no colo. Carregou-a até a porta da casa e chamou vô Raini, que a abriu imediatamente, dando passagem para a neta e Gabriel.

– Meu Deus, o que houve?

Vó Nita, de camisola e xale, correu até a neta, que foi delicadamente colocada no sofá. Dusk e Aurora entraram na sala e se colocaram de guarda ao lado de Alana.

– Ela foi atacada na estrada. Ouvi os gritos e corri. Não sei quem foi. – A fala de Gabriel estava entrecortada.

Vô Raini vestiu o casaco e pegou a espingarda.

– Vou dar uma olhada lá fora, com Dusk e Aurora.

Gabriel ofereceu-se para ir também, mas Alana o segurou pela manga do casaco.

– Por favor, fique.

Vó Nita cobriu a neta com uma manta de pele de urso e sumiu para a área da cozinha.

Gabriel passou os dedos no rosto de Alana, abaixou-se e colou sua testa na dela. Alana inspirou o hálito quente dele. De repente, ela sentiu seu rosto ficar úmido. Eram lágrimas, mas não as dela.

Gabriel soltou um gemido engasgado:

– Amo você, Alana. Não me deixe!

A jovem estava atordoada demais com o ataque e com a declaração. Seu queixo tremeu.

– Gabriel, nunca vou deixar você.

Os dois choraram juntos. A cabeça de Alana rodava. Separar-se de Gabriel equivalia a arrancar seu coração do peito. As emoções conturbadas e os pensamentos desordenados a deixaram zonza, como se ela flutuasse na sala.

Ir embora estudar, ficar; descobrir mais sobre Gabriel, entender sua relação com Julian, tudo era muito confuso. Ela fechou os olhos e enlaçou o pescoço de Gabriel. Ajoelhado ao lado de Alana, ele apoiou o peso do tronco dela sobre o seu próprio peito. Ela suspirou, sentindo-se segura, guardada, protegida.

– Alana, beba este chá. – A avó falou baixo, mas com autoridade.

Gabriel afastou-se, sentando-se na beira do sofá, aos pés de Alana. Ela se recostou no estofado, puxando a colcha de pele sobre si. Tirou as luvas e pegou a caneca, inspirando o cheiro tão conhecido da mistura de ervas da avó.

Vô Raini entrou com Dusk e Aurora. Guardou a espingarda atrás do armário e tirou o casaco.

– Está muito escuro para ver qualquer coisa, mas os cachorros não farejaram nada. Vou cedo à delegacia, para falar com o *mountie*.

O homem andou pela sala por um instante, acompanhado dos cachorros-lobos, deu um suspiro e foi para o quarto.

– Como você está? – perguntou a avó, aproximando-se de Alana. – Algum machucado?

– Não, vó. Talvez eu fique com hematomas nos ombros.

– Vou ao galpão para fazer um preparo para uma compressa – declarou vó Nita, chamando Aurora e saindo em seguida.

Alana terminou o chá e se aconchegou nos braços de Gabriel. O tremor do seu corpo recomeçou, e ele a cobriu com a manta.

– Eu poderia ter perdido você – disse ele, com a voz engasgada.

– Mas não perdeu.

– Se você estivesse mais longe, eu não a teria ouvido. Ouvi gritos e corri. Vi quando saiu da casa de Yael. Eu deveria tê-la acompanhado.

Alana descansou o rosto no peito de Gabriel, sentindo seu coração acelerado.

– Estou aqui, e você comigo. É isso que importa.

A porta abriu-se, deixando o vento frio entrar atrás de vó Nita. Gabriel esticou o corpo, arrumando-se na beira do sofá.

– Vamos, coloque essas compressas. – Vó Nita esticou o braço, a mão segurando dois saquinhos de estopa.

– Se a senhora me der licença, eu ajudo Alana – Gabriel disse.

Vó Nita entregou-lhe a compressa.

– Vou deixar vocês sozinhos. Se precisarem de mim, estarei no quarto.

Gabriel ajeitou as compressas no ombro de Alana, depois de ajudá-la a tirar o casaco e o gorro. Dusk e Aurora se aproximaram, como que para garantir a segurança da dona. Depois, eles se enroscaram ao lado do fogão à lenha.

Ao lado de Gabriel, Alana pensou que não estava preparada para se separar daquele homem, caso fosse estudar em Edmonton. No entanto, ela também não estava preparada para abrir mão de seu grande sonho. Como então conciliar as duas coisas que mais desejava?

Capítulo 27

— Meu Deus, minha querida, que susto foi esse? — Mari levou as mãos ao rosto quando Alana chegou atrasada ao trabalho e explicou que tinha passado na delegacia com o avô para dar queixa do ataque que sofrera na noite anterior.

— *Mountie* Julian recebeu queixas semelhantes nos últimos dias. Três outras mulheres sofreram ataques à noite. A mulher de Tobias foi uma delas. Ela estava saindo do celeiro quando foi atacada. A sorte foi que Tobias estava dentro do celeiro e ouviu os gritos.

Alana vestiu o avental e o amarrou na cintura.

Apesar do grande susto, Alana conseguira umas boas horas de sono depois que Gabriel foi embora na noite anterior. As palavras de carinho dele permaneceram em seus ouvidos, enquanto seu sono chegava.

A experiência de ser puxada do cavalo e agredida na noite fria e escura causou mais do que dor física. Alana nunca tinha se sentido apreensiva ao sair sozinha, fosse de dia ou à noite. Entendia melhor o que tantas pessoas passaram, incluindo Yael, Sara, Nathan, Elsa e Lily. Estes passaram por grande tormenta e sobreviveram, o que não aconteceu a Lucy. Alana podia compreender melhor a angústia de Gabriel. Uma tragédia dessa natureza não era facilmente esquecida.

Apesar dos ombros doloridos, Alana descartou a ideia de faltar ao trabalho. Precisava sair à luz do dia para tirar a impressão da experiência ruim da noite. Vó Nita ficou preocupada, mas vô Raini a incentivou, contanto que Alana levasse Dusk para onde fosse. O cachorro-lobo não deveria se desgrudar da dona nem um minuto, foi o conselho do avô.

Com tudo bem acertado com os avós, Alana saíra para o trabalho na companhia de vô Raini e de Dusk. A primeira parada tinha sido na delegacia. Julian anotara os detalhes do ataque, seu semblante mais pesado do que as nuvens cinzentas no céu. Sentada de frente para ele, Alana sentira uma tensão incomum. O que o *mountie* sabia, para deixá-lo tão apreensivo? Quando ele terminou de escrever o relatório, assegurou a Alana e a vô Raini que faria tudo para que os bandidos fossem presos.

A manhã foi passando, e a jovem se entregou ao trabalho, deixando as memórias traumáticas do ataque se diluírem com a distração. Mari tinha arrumado para Dusk o canto onde os produtos de limpeza ficavam guardados. Quando a apreensão ameaçava voltar, Alana olhava para o cachorro-lobo. Estaria segura.

Mais animada, a jovem dedicou sua atenção e energia ao atendimento dos fregueses e à organização da loja. Apesar do dia nublado, o movimento não diminuiu. Alana ouvia as conversas animadas dos clientes, compartilhando seus planos para a preparação para o inverno. Em um piscar de olhos, seria Natal e, duas semanas após, Alana poderia estar dentro de um trem em direção a Edmonton.

Quanto a Gabriel, pensar em uma separação era doloroso demais para Alana. Envolvida nos braços dele na noite anterior, ela teve a convicção de que precisava de sua companhia. Ainda podia sentir a pressão do corpo dele em seu peito, dando-lhe uma segurança que seu avô e sua avó não podiam dar. Por causa desses pensamentos, sua animação inicial do dia murchou como uma flor ressecada.

No fim do expediente, Alana foi para a casa de Yael, a fim de terminar os vestidos de Elsa e Lily, Dusk fazendo seu papel de vigilante com muita atenção. O animal parecia saber da grande responsabilidade, pois, no percurso para o sítio Hebron, ele rosnava até para as folhas secas que rolavam no chão de terra.

Yael recebeu a amiga na porta, com um abraço.

– Gabriel nos contou o que aconteceu com você ontem à noite.

– Foi um susto grande.

Ela narrou o que *mountie* Julian tinha dito sobre outros ataques, enquanto desabotoava o pesado casaco.

– Era um homem como o Abadon? – Sara perguntou, do canto da sala, onde brincava com Zach.

Alana pendurou o casaco no cabideiro e olhou da menina para Yael. Era inevitável a lembrança da violência sexual sofrida pela amiga, no passado.

– Abadon era um homem mau! – Nathan gritou do quarto.
– Era um gavetao!

Alana e Yael riram, quebrando a tensão que tinha se formado. Sara deu um suspiro, revirou os olhos e gritou de volta:

– Não é gavetão. É cafetão.

– Basta. – Yael deu por encerrado o diálogo inconveniente. Sara virou as costas para brincar com Zach, e Nathan se calou.

Pegando a cesta de costura, Yael espalhou as peças dos vestidos na mesa. Alana arrumou os cortes e pegou a agulha e a linha. A amiga foi para o canto da cozinha, a fim de preparar um café.

No fim da primeira hora, um vestido estava pronto e o outro, alinhavado. Os diálogos eram breves e se restringiam à costura. Um tempo depois, os vestidos foram parar no encosto de uma cadeira.

– Ficaram lindos.

Alana levou as mãos ao rosto.

– Elsa e Lily vão gostar, tenho certeza.

De mãos na cintura, as duas amigas avaliaram o produto do seu trabalho, puxando um fiapo de linha aqui e ali. Alana começou a retirar os materiais de costura da mesa, e Yael foi até o fogão, mexendo a comida que cozinhava no fogo baixo.

Yael girou a colher de pau na panela.

– Ouvi dizer de uma máquina que costura. Ela tem um pedal que movemos, fazendo a agulha subir e descer. A sra. Miller estava se gabando de que o marido vai trazer duas para vender na loja.

– Uma máquina que costura? Não consigo nem imaginar como seria – respondeu Alana, dobrando os vestidos e embrulhando-os em um papel pardo.

Yael deixou a colher ao lado do fogão.

– Já pensou quantas roupas poderíamos fazer com uma máquina assim?

Alana riu:

– Você nunca se cansa de arrumar serviço?

O assunto da máquina morreu, e o trabalho na cozinha se intensificou. Alana aproximou-se da porta de saída e tirou o casaco do cabideiro.

Yael colocou uma cesta de pão na mesa e puxou a amiga pelo braço.

– Fique para o jantar. Calebe caçou um veado, e vô Raini o ajudou a defumar a carne.

Alana devolveu o casaco para o gancho.

– Já estava me perguntando se você não iria me convidar. O cheiro está maravilhoso.

– E eu cacei um coelho! – Nathan saiu do quarto e fez um movimento de atirar com espingarda.

– Você usa a espingarda muito bem – disse Yael.

– Então por que não posso sair com *mountie* Julian para caçar esse homem mau que atacou Alana? – O menino alto e desengonçado apoiou as mãos na mesa.

Yael colocou as mãos na cintura:

– Porque procurar um bandido e caçar são duas coisas diferentes.

– Eu quero ser *mountie*. – Nathan fingiu dar outro tiro.

– Primeiro tem que ir para a escola.

Sara andou nas pontas dos pés como se estivesse de sapato de salto.

– Escola, escola. Você só fala disso.

O menino soltou um gemido exagerado e saiu de casa, dizendo que ia ajudar Calebe e Gabriel.

Alana contou para Yael sobre seus sentimentos conflitantes em relação a deixar Gabriel para estudar fora.

– Agora que estamos mais próximos, não sei como faria.

– Tomar decisão é difícil. Mas é um ou outro. Você e Gabriel precisam conversar e fazer planos.

Yael pegou os pratos e começou a colocar a mesa. Alana buscou os talheres e os copos.

– Aí é que está o problema. Mal conseguimos nos encontrar e, quando acontece, Gabriel permanece fechado. Ainda não sei qual é a relação dele com *mountie* Julian e por que ele não se considera um homem de verdade. Ele ficou muito estranho ontem, depois do ataque que sofri.

– Ele perdeu a esposa. Imagine o que passou pela cabeça dele quando ouviu seus gritos – respondeu Yael, voltando para o fogão.

Alana distribuiu os copos e os talheres na mesa. A amiga tinha razão em tudo. Não era estudar ou ficar com Gabriel para construir um relacionamento. Em circunstâncias normais, os casais deveriam conversar e fazer planos. Mas não era fácil em se tratando de Gabriel. De fato, ele reviveu com Alana um pouco do que passou com Lucy. *Mas estou bem. Ele não pode me prender em um cercado para que nada me aconteça.*

Gabriel, Calebe e Nathan entraram em casa, conversando sobre a carne de veado defumada e sobre quais outras iguarias poderiam defumar. Alana recebeu um sorriso de Gabriel, mas a atenção dele estava nos detalhes do processo.

Yael piscou para Alana. Sara, com Zach nos quadris, reclamava da matança dos bichos; e Nathan implicava com ela, dizendo que, se as pessoas não caçassem, morreriam de fome no inverno.

Alana encostou-se na cadeira, observando com prazer a dinâmica da família. Yael pegou Zach no colo e amarrou um babador no pescoço cheio de dobrinhas. Ela levou a colher à boquinha babada, enquanto passava o cesto de pão para Sara. Calebe comia, elogiava o gosto e explicava para a família como tirar o couro de um veado. Sara fazia caretas de nojo e Nathan a provocava, chamando-a de mole.

Gabriel olhou para Alana e piscou. Ela sorriu e balançou a cabeça em resposta. Desejou ter uma família grande e barulhenta como aquela à sua frente.

Quando o sol se pôs, Gabriel acompanhou Alana até sua casa. Os dois cavalos seguiam lentamente, e Dusk acompanhava no meio. Ele despediu-se dela com um beijo no rosto, para a decepção da jovem. Gostaria que ele entrasse um pouco e conversasse com seus avós. Para todos os efeitos, Gabriel ainda não tinha explicado ao vô Raini que tipo de relacionamento eles tinham. Em suas ações, o homem não deixava dúvidas de que caminhavam para algo sério; no entanto, em palavras e atitudes, deixava Alana na incerteza quanto ao futuro.

Capítulo 28

O culto do domingo seguinte aconteceu em um clima externo tipicamente de outono: aconchegante, com o sol morno, mas o prenúncio de que os dias agradáveis davam seus últimos suspiros até se renderem às garras polares.

Da mesma forma, o clima interno trouxe o calor da boa notícia da chegada da professora. Yael apresentou a mulher alta, contida e graciosa, para delírio de Sara, Elsa e Lily – estas duas exibindo seus novos vestidos de inverno. Outra notícia boa, compartilhada pelos fazendeiros, foi que seus celeiros e porões estavam abarrotados de comida. Vô Raini recebeu uma salva de palmas por ter ensinado vários fazendeiros a defumarem carne.

A cota de notícias desagradáveis foi dada pelo pastor e por *mountie* Julian. Os ataques continuavam, e nenhuma nova pista da mãe de Elsa e Lily tinha surgido.

Alana foi chamada à frente para alertar as mulheres sobre esses possíveis ataques. A notícia de que ela própria tinha passado por uma situação perigosa tinha se espalhado pela região. Célia, a mulher de Tobias, acrescentou que ninguém deveria andar sozinho depois do pôr do sol.

Pastor Samuel e Violeta oraram pelas duas mulheres e por todos que vinham sofrendo. A pregação enfatizou a necessidade de ações de graça pela colheita farta e pelas bênçãos sobre

Harmony. Segundo o pastor, a maior lição aprendida era a da esperança, e todos deveriam se lembrar da experiência que a comunidade adquiriu em meio à adversidade. Ao fim do culto, as famílias oraram juntas. Alana orou com seus avós, mas seu coração sentiu a falta de Gabriel, que estava sentado com Yael, Calebe e a família.

O amém era sempre a palavra-chave que desencadeava conversas, risadas e, não raro, choro de crianças famintas por causa do atraso do almoço. Porém, não só as crianças com barriga vazia ficavam de mau humor.

Alana percebeu o olhar de desdém de Laura para a professora, principalmente quando o *mountie* aproximou-se de Jane E. e puxou assunto. A conversa não durou mais do que uns minutos, e a professora logo saiu de perto, indo se juntar a Amelie e às meninas.

Julian parecia atrair-se por mulheres que não lhe davam atenção. Laura rodeou o rapaz, até que a professora se afastasse. A jovem, de vestido de veludo azul-marinho e luvas pretas, deu o bote em sua presa com o sorriso branco e os cachos perfeitos balançando. Ela recebeu de volta um cumprimento breve de *mountie* Julian, que logo se afastou.

Alana observava a cena e, estranhamente, se compadeceu da beldade. No entanto, guardou uma risada quando dr. Maldo fez sua investida, aproximando-se de Laura e puxando conversa. Alana ponderou que não era um bom dia para romance.

Jane E. corria de Julian, que corria de Laura, que corria do dr. Maldo. Quanto a ela própria, tinha o coração apertado pela impossibilidade de passar tempo na companhia de Gabriel.

As pessoas começaram a sair. Mães arrumavam as roupas quentes dos filhos, homens colocavam o chapéu e os jovens vestiam seus casacos, enquanto conversavam entre si. Bastaram, porém, algumas notas no piano para que a agitação começasse a diminuir e todos se virassem para ver quem era o artista.

Uma música maravilhosa encheu o ambiente. Jane E. arrancava melodias nunca ouvidas em Harmony. As conversas cessaram. Alana encostou-se em um dos bancos e observou a elegante pianista e a expressão de espanto dos presentes. Sara correu para o lado da nova professora. Alana quase riu da boca aberta da menina, que só faltava babar no piano. Até o bebê Zach, que resmungava, se calou.

Jane E. estava alheia a toda aquela atenção, absorta na partitura. Ela fechava os olhos entre um trecho e outro, e balançava a cabeça suavemente. O semblante da moça transformou-se. Ela parecia um ser imaterial. Nem o vestido escuro de gola alta lhe tirava a leveza.

Sara não era a única que admirava a mulher de boca aberta. Alana quase cutucou Julian, que parecia hipnotizado. O chapéu dele escorregou da mão e caiu no chão. Alana guardou o riso.

Quando a música parou, todos pareceram acordar de uma vez, batendo palmas e comentando sobre a melodia. *Mountie* Julian agachou-se lentamente e pegou o chapéu, os olhos fixos na mulher ao piano.

– Meus irmãos – o pastor falou alto –, como Deus é bom por nos abençoar com tamanho talento.

Violeta, a mulher dele, sorria ao seu lado e balançava a cabeça com veemência.

– Obrigado, senhorita – disse ele à professora.

Jane E. deu um sorriso acanhado e fez um gesto gracioso de agradecimento com a cabeça. Alana pensou que a professora fosse entrar em combustão, tamanha a vermelhidão do seu rosto. Jane E. começou a se ocupar, guardando as partituras e fechando o piano.

Laura cutucou o ombro do *mountie*, falou alguma coisa e saiu batendo os pés. Alana balançou a cabeça. Por mais que se irritasse com a atitude infantil de Laura, ela não trocaria aquela comunidade por nada. Doía-lhe o coração imaginar que se afastaria por um tempo. Todos eram parte de uma grande família, com alegrias, frustrações e conflitos, mas com boa intenção no coração.

Frustração. Alana suspirou. Gabriel aproximou-se, trocou umas palavras com ela e saiu acompanhando Yael, Calebe e o restante da família. Definitivamente Alana duvidou das suas faculdades mentais. Todos os homens eram assim como o céu cinza de frente fria? Sua vontade era sair atrás de Gabriel e arrancar os segredos dele como se espremesse um furúnculo. Sua paciência estava se esgotando a uma velocidade assustadora. Ela bufou e fechou os botões do casaco.

Uma a uma, as pessoas foram saindo, todas bem agasalhadas e afoitas para comerem uma refeição quente em casa, como disse Mari a Amelie, com seu tom de voz nada discreto, que reverberou pela igreja.

Alana guardava sua Bíblia na sacola de tecido quando Elsa e Lily se aproximaram com um desenho em uma folha de papel.

– Isto é para você. Fizemos um para Yael também. Obrigada pelos vestidos e por tudo que tem feito por nós – disse Elsa, e Lily balançou a cabeça, confirmando.

Amelie sorriu de longe e piscou para Alana. Os desenhos certamente tinham sido ideia da mulher.

Alana inclinou o corpo e pegou a folha de papel com uma paisagem bem conhecida, a das Montanhas Rochosas.

– Ah, que lindo. Obrigada!

Lily puxou a saia-calça de Alana.

– Você pode almoçar com a gente?

Amelie balançou a cabeça, afirmativamente. Vó Nita, que passava ao lado, falou:

– Pode ir se quiser.

– Aceito! – respondeu Alana, e as meninas bateram palmas.

* * *

O almoço foi agradável, na companhia de Elsa e Lily e da nova professora. Era bom ver Elsa bem recuperada da queda, embora ela estivesse mais quieta do que de costume.

Amelie fez um guisado de carneiro com um caldo grosso e suculento. Joaquim disse, orgulhoso, que os legumes eram frescos, recém-colhidos da generosa horta da esposa. Alana percebeu como as duas meninas tinham ganhado peso e seus rostos estavam corados. O som das risadas era uma melodia para Alana, tão linda quanto a do piano tocada por Jane E.

– Jane E. Que nome peculiar. O que significa o "E."?

Alana colocou o garfo no prato já vazio. Ela percebeu o olhar que Amelie e Joaquim trocaram.

– Minha mãe me deu esse nome. Ela sempre me chamou de Jane E.

A professora levou o garfo à boca com um pedaço de carne e mastigou lentamente, selando seus lábios.

Alana não teria sua resposta. Preferiu mudar de assunto.

– Você toca piano muito bem. Vai ser muito bom para as crianças terem música na escola.

Jane E. sorriu e limpou os lábios com o guardanapo de maneira graciosa.

– Gosto de ensinar música também. Tenho planos de formar um coral.

– Coral? O que é isso? – Lily perguntou, o rosto sujo de molho de carne.

Jane E. cruzou os dedos longos e olhou nos olhos da menina.

– É quando várias pessoas cantam juntas, cada uma com uma melodia diferente.

Lily olhou para a mulher de roupas sérias à sua frente e pareceu hipnotizada. Alana mal conhecia a nova professora, mas não conseguia despregar os olhos dela. Jane E. tinha um jeito diferente, um porte nobre. Não que Alana tivesse visto uma pessoa da realeza, mas imaginava que ela teria os gestos controlados, elegantes e a fala pausada e cortês.

– As pessoas cantam melodias diferentes? – Elsa indagou.

Amelie e Joaquim sorriram. Jane E. explicou:

– Na música, há várias notas e tons. Vou ensinar vocês quando as aulas começarem na próxima semana.

A mulher demonstrou algumas notas com sua voz melodiosa e afinada. Não foram só as duas meninas que arregalaram os olhos. Alana olhou para os tios de Calebe, e seus olhos estavam fixos em Jane E. Que mulher era aquela? Alana sentiu vontade de voltar à escola com as crianças. Talvez, se seu sonho de se tornar enfermeira não se realizasse, ela poderia pedir a Jane E. que a ensinasse a ser professora. Não! Não daria seu sonho por desfeito ainda. Enfermagem era sua prioridade.

Batidas fortes na porta interromperam a sobremesa e a conversa. Joaquim empurrou a cadeira e foi a passos rápidos para a porta. Cinco pares de olhos o seguiram. Alana se levantou assim que avistou o paletó vermelho do uniforme de *mountie* Julian. As meninas ameaçaram se levantar, mas Amelie fez um sinal para que elas ficassem onde estavam.

Alana aproximou-se de Joaquim e cumprimentou Julian, que fez um sinal para os dois irem para fora com ele.

– Temos uma pista da mãe das meninas, Sheila Jones – o oficial informou.

O coração de Alana fez uma pirueta no peito.

– Que pista?

Mountie Julian explicou:

– O ataque que você sofreu está ligado ao das outras mulheres. Comecei a investigar os casos. Conversando com o *mountie* de Belleville, eu soube de mais casos. Ontem saímos a cavalo e descobrimos um acampamento ilegal perto das obras da ferrovia. Pegamos algumas informações com os trabalhadores.

Os clandestinos estão criando conflito com eles. Talvez sejam os mesmos responsáveis pelos ataques na região.

– Como vocês só deram conta desses homens agora?

Joaquim perguntou.

– Eles viajam como nômades, procurando as melhores vítimas. Ao que parece, acham conveniente ficar perto dos canteiros de obra para roubar os salários. Também é mais fácil para eles se misturarem aos outros homens.

– E onde estaria a mãe das meninas?

Alana torceu os dedos.

– Alguns dos homens da obra nos disseram que viram mulheres em outro acampamento – disse Julian.

– Não poderiam ser as mulheres dos bandidos? – perguntou Joaquim.

Julian balançou a cabeça negativamente.

– A impressão dos trabalhadores é de que elas são prisioneiras. De qualquer forma, não é comum bandidos viajarem na companhia de mulheres, se é que me entendem.

O coração de Alana batia tão rápido, que ardia no peito.

– O que podemos fazer?

– *Mountie* Douglas, de Belleville, pediu reforços. Mais homens devem chegar amanhã. Aí, sim, podemos invadir o acampamento. – Julian demonstrava segurança na voz.

Naquele exato momento, Gabriel apareceu a cavalo. Seu rosto estava pálido. Alana sentiu a garganta secar quando ele encarou Julian. Joaquim agradeceu ao *mountie* e voltou para dentro de casa.

– Alana, pode nos dar licença? – Julian pediu.

Alana olhou para Gabriel, que mantinha os olhos fixos no *mountie*. Seu rosto queimava. Ela girou nos calcanhares e voltou para a casa, os punhos cerrados. Fechou a porta com mais força do que precisava.

Da janela, Alana viu os dois homens tendo outra conversa acalorada. Elsa e Lily chamaram a jovem para tomar café e, a contragosto, ela voltou para a sala de jantar.

A torta de pêssego não descia pela garganta. A curiosidade a corroía. Queria saber do desdobramento da conversa entre Gabriel e Julian. Joaquim guardou para si a notícia sobre a mãe das meninas. Elsa e Lily precisavam ser poupadas de falsas expectativas. Sem dúvida, era uma boa notícia, e Alana desejava ardentemente que Sheila fosse encontrada.

Ao se despedir dos anfitriões, das meninas e de Jane E., Alana se deu conta de que teria que voltar sozinha para casa. Sem seu cachorro-lobo e seu cavalo, Alana sentiu um fio de ansiedade subindo pela coluna. Considerou pedir a Joaquim que a acompanhasse, mas o homem bocejava. Certamente iria tirar um cochilo depois do farto almoço. Alana vestiu o casaco, saiu e acenou para as meninas, que a observavam da janela.

No meio do caminho, uma forte mão segurou seu braço. Ela soltou um grito e se preparou para correr. Logo suspirou de alívio ao ouvir a voz conhecida falar seu nome.

– Vou acompanhar você. – O tom de Gabriel era grave.

Alana caminhou ao lado dele, as mãos enfiadas nos bolsos e a sacola com a Bíblia balançando, pendurada em seu ombro. Gabriel mantinha a cabeça baixa e chutava uma pedrinha ou outra no caminho.

No último trecho do percurso, Dusk veio correndo, os dentes afiados à mostra. Alana deu um longo assobio, e o animal abanou o rabo. Ele fez festa para a dona e fez sua inspeção olfativa em Gabriel.

– Alana, gostaria de conversar com seu avô. Pode ver se ele me recebe? – O semblante de Gabriel tinha relaxado um pouco.

O coração da jovem disparou. Ultimamente ela andava com medo de que o coração fosse parar, com tantas emoções de toda natureza.

– Vou falar com ele.

Afastando-se, Alana chamou o cachorro-lobo e entrou em casa. Falou com o avô sobre a intenção de Gabriel, e o senhor assentiu com a cabeça.

– Vou conversar com ele no celeiro. – Vô Raini pegou o casaco e, acompanhado de Aurora, saiu de casa.

Vó Nita, que costurava sentada no sofá, olhou para a neta.

– Venha, querida, vamos fazer uma oração.

Alana se colocou de joelhos, de frente para a avó, e deitou sua cabeça no colo da mulher. A oração de vó Nita foi longa e profunda. Pediu a Deus que desse sabedoria a Alana e a Gabriel. Entregou os sonhos da neta nas mãos daquele que podia fazer milagres. Ao final, as lágrimas de Alana tinham molhado o vestido da avó.

– Obrigada, vó. Vou para meu quarto agora.

Alana se levantou e se fechou no quarto com Dusk. Tentou se distrair com o livro de anatomia, e nada. Da gaveta, ela tirou as cartas do dr. Carl e da escola, mas as palavras se embaralhavam diante dos olhos. Ela se deitou, se levantou. Logo em seguida, andou pelo quarto. Arrumou uma gaveta. Finalmente, a porta foi aberta devagar.

– Tem um rapaz ansioso para falar com você no celeiro. – Vô Raini sorriu.

Alana saiu em disparada, Dusk atrás dela. Esgueirando-se pela fresta da porta do celeiro, ela entrou devagar. Gabriel andava de um lado para o outro. Quando a viu, parou e estendeu-lhe a mão.

Alana deu a mão para ele. O coração pulsava em sua pele.

– Não sei quantas vezes vou pedir desculpas a você. – Gabriel deu um sorriso sem graça. – Agi mal muitas vezes, porque não conhecia outra forma de agir. Não que eu saiba agora.

Alana sorriu. Gostava da vulnerabilidade dele quando embolava as palavras.

— A verdade, Alana, é que quero que seja minha mulher. — Ele pegou a outra mão dela. — Você aceita?

Alana precisou se escorar em feixes de feno empilhados. Esperava tudo de Gabriel, menos aquele pedido. Com todos os mal-entendidos, ela imaginava que conversariam para discutir o futuro, os planos, as incertezas. Mas ali estava ele.

Soltando a mão de Alana, ele puxou algo do bolso do casaco. Um anel.

— Este anel era da minha mãe. Ela me deu antes de falecer, dizendo que eu o deveria dar à minha esposa.

— Mas... e Lucy?

Alana perguntou com um fio de voz, desencostou-se do feno e limpou a saia-calça com as mãos.

— É uma longa história, que quero contar para você em alguns minutos... assim que você me der uma resposta. Estou aflito, Alana.

A razão cutucou a jovem. *Será que ele não foi casado com Lucy? E, se foi, por que ela não usava o anel? Ou... será que ele tirou o anel dela quando estava morta? Estou ficando louca?*

— Alana?

— Gabriel... — As palavras morreram em sua garganta. Ela teve medo.

Gabriel puxou-a para si e suspirou.

— Lucy nunca quis usar este anel. Quis um anel maior e melhor. — Ele abaixou a cabeça.

Alana suspirou, deixando a ansiedade esvair-se.

— Sim, Gabriel, sim. Aceito ser sua mulher. — Os olhos da jovem ficaram úmidos.

Com as mãos trêmulas, ele colocou o anel no dedo de Alana.

— É uma honra para mim, e prometo cuidar de você. Foi a promessa que fiz para seu avô. Contei a ele e ao pastor Samuel minha história. Não me achava digno de você. Não que me ache agora, mas sei que posso ser o homem que você merece.

Pastor Samuel está se encontrando comigo quase todas as noites nessas últimas semanas. Sei que posso ser o homem que Deus quer que eu seja, para amá-la como você merece ser amada.

Um Gabriel diferente beijou Alana. Aquele Gabriel da voz cheia de autoridade, que colocou o dr. Maldo em seu lugar. Não com arrogância, mas com propriedade.

Alana se entregou ao seu primeiro beijo na vida. Naquele momento, ela sentiu como se alguns laços fossem amarrados em torno dela e de Gabriel. Os lábios dele acariciavam os seus, desfazendo medos e promovendo aproximação. Alana subiu ao céu, dançou com as nuvens e brincou com os pássaros. Foi arrancada daquele mundo fantástico quando os lábios de Gabriel se descolaram dos seus.

Nas três horas seguintes, Gabriel abriu o coração, ele e Alana sentados em um monte de feno. Contou à sua noiva que o casamento com Lucy tinha sido por pressão de seu pai e dos pais dela. Ele confessou que seu sonho era ser *mountie*, mas Lucy fizera todo tipo de armação, ameaças e chantagens para que ele desistisse. Devido à pressão e à falta de apoio do pai, ele abandonou o sonho e o início dos treinamentos. Julian tornou-se o espinho na carne de Gabriel, que acabou contando ao *mountie* seu sonho frustrado. O oficial passou a incentivar Gabriel a voltar para Edmonton e fazer o treinamento.

– Eu descontava minhas frustrações em Julian, ignorando-o quando vinha falar comigo – ele continuou. – Quando você foi atacada, eu me senti o pior dos homens. Já me sentia um covarde por ter cedido a Lucy. Se eu fosse *mountie*, teria preparo e recursos para proteger minha mulher quando fomos atacados. Eu não tinha arma. Lucy não gostava. Cedi e me envergonho. Calei-me quando tinha que me posicionar e tomar uma decisão importante.

Alana segurou o rosto forte dele.

– E o que o impede de seguir seus sonhos agora?

– Quero me dedicar ao meu relacionamento com você. Quero fazer tudo certo.

– Mas... e se eu for estudar em Edmonton? – Um raio de esperança atingiu seu coração.

Gabriel sorriu.

– Então, vamos juntos. Não sei como faríamos, eu e você estudando.

– Podemos dar um jeito, não é?

– Desejo isso, mas, Alana, perdi todas as minhas economias quando eu e Lucy fomos atacados. Recomecei do zero. Ganho pouco trabalhando para Calebe. Não estou reclamando. Como a melhor comida e tenho um quarto muito confortável. O meu treinamento não me custaria, mas quero pagar o seu curso.

Alana soltou o rosto dele.

– Vó Nita sempre ora por milagres. Podemos fazer isso também. Eu e você.

Gabriel assentiu com a cabeça.

– Sim. Precisamos da direção de Deus para nosso casamento e nossos planos. Quero acertar e saber que você se orgulha de mim.

Alana entrelaçou seus dedos nos dele.

– Como não me orgulhar de um homem que busca fazer a vontade de Deus?

Gabriel correu a mão por uma trança de Alana.

– Você é mesmo uma mulher admirável.

Ela riu.

– Sou bastante afoita, mas também quero acertar.

– Vamos fazer isso juntos.

Gabriel segurou as mãos de sua noiva e fechou os olhos. Ele fez uma oração carregada de emoção.

Os dois choraram abraçados.

Capítulo 29

Alana cruzou a loja, das mesas para a cozinha. Seus pés pareciam andar em nuvens fofas de verão, daquelas que via passar quando se deitava na campina ao lado de Dusk.

Ela olhou pela milésima vez para o anel que Gabriel tinha lhe dado. Era lindo, porque o significado era lindo. Não importava que fosse de ouro, adornado com pedras que Alana não conhecia; pedras que refletiam não somente a luz, mas também o amor que Gabriel declarara por ela na noite anterior.

Era uma nova estação para Alana. O tempo do lado de fora poderia estar frio, mas seu coração emanava calor. A sensação de amar e ser correspondida era uma experiência nova e cheia de emoções. A cabeça parecia fugir do corpo e correr para as lembranças da noite anterior, da conversa íntima, da oração. Do beijo.

Alana desejava capturar os novos sentimentos e guardá-los em um baú do tesouro. Ela não era tola de imaginar que eles se manteriam sempre vigorosos, mas queria aproveitar ao máximo aquele novo momento, seu e de Gabriel.

Mari exultou de alegria com a novidade e insistiu que Alana tirasse o dia de folga, mas ela precisava de cada tostão de seu trabalho. A mulher fez questão de anunciar a notícia a todos os fregueses, muitos dos quais conheciam a jovem mestiça e a viram crescer.

Eles lhe davam parabéns, e Alana sorria, o rosto esquentando de timidez com a indiscrição sempre divertida da amiga e chefe.

Alana e Gabriel estavam nutrindo seu amor. O broto que nasceu no verão entrava no outono com mais vigor. Gabriel lhe passou confiança de que juntos poderiam encontrar uma solução para alcançarem seus sonhos pessoais e conjugais. Ela não sabia nada de casamento, mas os modelos que tinha eram sólidos. Seus pais se amavam; disso ela nunca duvidou, nem quando ficavam chateados um com o outro. Seus avós traziam experiência e solidez, enquanto Calebe e Yael demonstravam um amor que superou marcas profundas no corpo e na alma. Alana queria um pouco daquilo tudo para ela e Gabriel.

Antes de se despedirem na noite anterior, o rapaz confidenciou que iria para Edmonton cedo no dia seguinte, para conversar com o comandante do batalhão da Polícia Montada. Tinha esperança de ser aceito novamente. Se tudo corresse como esperado, eles poderiam se casar em dezembro e começar a vida na cidade onde ambos iriam se preparar para a profissão que sempre sonharam ter. Seria um início de casamento nada convencional, mas eles estavam dispostos a apoiar o projeto um do outro.

Os avós de Alana tinham comemorado a novidade com um café da manhã mais demorado. Vó Nita correu até o quarto e trouxe uma caixinha com o anel de casamento que tinha sido da mãe de Alana, Lua. Seu pai o tinha comprado na Europa meses antes do pedido de casamento. Ele disse que sabia que Lua seria sua mulher. Alana guardou o anel e decidiu que o usaria com o que Gabriel tinha lhe dado. Seria uma lembrança de um amor que ela desejava para si.

O dia passou, trazendo neve. De tão leve, parecia o açúcar de confeiteiro dos bolos de Mari, caindo nas folhas secas que se espalhavam pelo chão. Alana voltou para casa, acompanhada de Dusk, e ajudou a avó a fazer novas misturas para tosse. Era a época de doenças respiratórias.

Na noite seguinte, Alana jantou com Yael e contou a novidade do noivado para a família, que celebrou com ela. A notícia se espalhou pela cidade e, no domingo seguinte, mesmo com Gabriel ainda viajando, o pastor orou pelos futuros noivos. Laura lhe deu parabéns na saída do culto, mas o olhar da moça expressava algo diferente das palavras de desejo de felicidade. Dr. Maldo aproximou-se das duas, mas os olhos estavam em Laura, que deu uma desculpa e saiu.

Jane E. presenteou os que permaneceram na igreja com outra linda música. As crianças se calaram. Alana aproximou-se do piano e fechou os olhos. Tudo estava se encaminhando bem. Seu noivo chegaria no dia seguinte, e Alana esperava que ele trouxesse boas notícias.

O dia seguinte trouxe Gabriel, mas também nuvens carregadas. A temperatura da região despencou, e as pessoas tiraram mais roupas de frio do armário. Por vários meses, essas roupas permaneceriam à mão: toucas, luvas, cachecóis, botas, casacos pesados, saias e calças grossas.

Alana e Mari tomaram a decisão de deixar a porta da loja fechada com um aviso de que estavam funcionando. Os fregueses chegavam aos poucos e saíam logo, dizendo que não queriam ser pegos pela neve. As nuvens esbranquiçadas eram o sinal de grande precipitação.

Faltando duas horas para fechar a loja, Alana foi surpreendida por Gabriel, que chegou mais cedo do que o esperado. Ela o abraçou e recebeu um beijo carinhoso no rosto.

– Não via a hora de voltar. – Gabriel, de luvas, segurou as mãos de Alana.

– E então? O que o comandante disse?

O sorriso de Gabriel disse tudo.

– Conversamos por um bom tempo, e posso voltar em janeiro.

Ele contou detalhes do encontro para Alana, enquanto ela lhe preparava um sanduíche. Depois, os dois sentaram-se à mesa, cochichando palavras de saudade e fazendo planos.

Julian entrou na loja, o vento frio infiltrando-se no ambiente. Era a primeira vez que Alana via Gabriel cumprimentar o *mountie* com um sorriso no rosto e um vigoroso aperto de mão. Em poucas palavras, Gabriel contou a novidade para Julian, que o parabenizou com grande alegria.

Alana pediu licença quando Mari a chamou, e os dois homens pediram um café, que Leah trouxe assim que viu o oficial.

– Venha até o escritório. Eu e Silas queremos falar com você.

Mari entrou no escritório, e Alana a seguiu.

O coração da jovem bateu acelerado. Será que tinha feito algo errado? Ou pior, iria perder o emprego?

– Alana, queremos agradecer-lhe pelo seu trabalho conosco – Silas falou.

Mari interrompeu o marido, que estava sentado à escrivaninha.

– Como gratidão, queremos lhe entregar isso.

Por um momento, Alana olhou para a mulher à sua frente. Depois, deu-se conta de que Mari segurava um envelope. A jovem o pegou, abrindo-o. Seus olhos mal acreditaram no que viam. Era uma quantia em dinheiro que parecia grande.

– Não entendo. – Alana olhou do envelope para o casal.

– Para ajudar nos seus estudos – Silas disse e sorriu.

– Mas não trabalhei tanto assim. Isso é muito! – Alana olhava para as duas notas e algumas moedas em suas mãos.

– Não importa, minha filha. Receba e agradeça a Deus. Ele tem sido muito generoso comigo e com meu Silas.

Mari enlaçou a moça em seus braços.

Alana agradeceu entre lágrimas. Correu até Gabriel e o puxou para um canto da loja, sem se importar com o olhar surpreso de Julian. Mostrou-lhe o presente.

– Meu amor, que maravilha! Mais uma resposta às nossas orações – disse ele, apertando a mão de Alana.

– Podemos fazer planos mais concretos. Essa quantia cobre quase todos os custos que terei na escola.

Ela guardou o dinheiro no envelope e este, no bolso da sua saia-calça.

O fazendeiro Tobias entrou na loja, empurrando a porta com força, o vento gelado infiltrando-se. Alana se assustou com o rosto de preocupação do homem. Ele foi até *mountie* Julian, que já estava de pé.

— Houve uma briga feia entre os homens do acampamento clandestino e os trabalhadores da ferrovia — explicou Tobias ao *mountie*, com a voz entrecortada.

Alana apertou os dedos. Mari e Silas vieram do escritório. *Mountie* Julian colocou o chapéu.

— Vou para lá agora, Tobias. Está com sua arma?

O homem bateu no casaco pesado à altura da cintura.

— Sim. Vou desatrelar o cavalo da carroça — disse Tobias, correndo para fora.

Gabriel segurou nos braços de Alana e fixou o olhar no dela.

— Preciso ir também.

Alana sentiu um nó no estômago. O que ela via nos olhos dele? Apreensão? Ela quis se agarrar ao noivo, não permitindo que fosse em direção ao perigo. Cairia por terra seu compromisso de apoiá-lo? Ela repetiria a atitude de Lucy? Sentindo-se rasgar ao meio pela dura decisão, Alana concordou, apesar do medo.

— Vá.

Gabriel deu alguns passos para trás, a mão levantada em um aceno, um meio sorriso e o olhar fixo, como se quisesse gravar na memória a imagem de Alana. Virando-se, ele saiu atrás de *mountie* Julian, deixando sua noiva parada no meio da loja, com o coração apertado e o medo subindo pela espinha.

Capítulo 30

A neve caía como grandes flocos de algodão, dançando no ar gelado. Alana correu os dedos pelo vidro grosso da janela do quarto, com o olhar perdido na noite esbranquiçada e os cabelos descendo pelos ombros. Dusk cutucou a perna da dona com o focinho. A jovem passou a mão pela cabeça aveludada do animal, enquanto mantinha a testa colada à janela. Horas antes, na loja, Alana tinha se despedido de Gabriel. Ele tinha uma missão.

Seria uma longa noite. Onde Gabriel, Julian e Tobias estariam naquele momento? Alana desconhecia a localização do acampamento clandestino. A única informação que tinha era que ficava nas proximidades de Belleville.

Deitando-se debaixo da coberta de pele, Dusk a seus pés, Alana tentava espantar os maus pensamentos como se espantasse insetos impertinentes. O frio congelante era inimigo dos três homens; um inimigo a mais contra o qual lutar.

Logo que ela chegara do trabalho horas antes, vó Nita e vô Raini oraram com a neta angustiada. Naquele momento, no escuro do quarto, sua própria oração embaralhava-se na cabeça. Alana revirou-se na cama por um bom tempo. O sono agitado chegou, trazendo imagens assustadoras de Gabriel correndo atrás de Lucy, gritando seu nome e caindo de um precipício.

A jovem acordou com pancadas na porta da casa e a voz abafada dos avós. Dusk pulou da cama, uivou e arranhou as unhas na porta do quarto, implorando para sair. Alana saltou da cama, jogando as cobertas para o lado, vestiu o pesado casaco e correu para a sala, arrumando o cabelo em uma trança apressada.

Uma rajada gélida de vento entrou com Tobias. O coração de Alana esmurrava seu peito. O homem tirou o chapéu e passou as mãos no rosto coberto de neve. A luz do lampião mostrava as sobrancelhas e os cílios congelados do fazendeiro.

– O que houve? – O tom de voz de Alana beirava o desespero, ecoando em seus ouvidos.

Vó Nita passou o braço pela cintura da neta, e vô Raini puxou o homem para se sentar à mesa.

– Uma emboscada – Tobias disse, batendo os dentes de frio.

A garganta de Alana secou completamente, e a jovem começou a tossir como se estivesse se afogando. Vó Nita correu para a talha de água e encheu um copo para a neta, que bebeu um gole e tossiu mais.

– Emboscada? De que tipo? – vô Raini perguntou.

Alana queria gritar, saber de Gabriel. O tremor do seu corpo a impedia de se mover.

Tobias apertou os olhos com os dedos.

– Eu, o *mountie* e Gabriel nos separamos dos homens de Belleville e descobrimos um casebre abandonado no caminho para o acampamento. Olhamos pela janela suja e vimos umas mulheres. Não sabemos quantas. Elas estavam amontoadas em um canto, abraçadas. Está muito frio lá fora.

Dusk cutucou a perna de Alana, que finalmente acordou da paralisia.

– E Gabriel? Onde está Gabriel?

Tobias balançou a cabeça.

– Acabei me separando deles quando ouvimos tiros e...

– Tiros?

Alana colocou-se de pé, abraçando o próprio corpo.

– E depois? – vô Raini perguntou.

– Eu montei no cavalo, que se assustou e correu com os outros tiros. Está tudo branco lá fora por causa da nevasca. Perdi a direção. Rodei a esmo. Acabei achando a estrada, e a casa de vocês era a mais próxima.

Alana correu para o avô e agarrou seu braço.

– Precisamos achar Gabriel.

Aurora e Dusk correram para a porta, arranhando as unhas no chão de madeira, e começaram a uivar. Alana voltou para o quarto, arrancou o casaco e a camisola, vestiu a roupa mais quente do armário e recolocou o casaco. Voltou para a sala, e vô Raini já estava vestido para sair.

– Alana, eu vou. Você fica. – O avô apertou o braço dela e pegou a espingarda.

Tobias levantou-se.

– Se formos pela margem do rio, conseguiremos achar o lugar.

Alana balançou a cabeça com vigor.

– Vou junto.

Vó Nita segurou-a pelo braço.

– Não. Você fica. Temos que estar preparadas, caso alguém precise de nossa ajuda.

Alana olhou para a avó. O nó em seu estômago apertou. Caso alguém precise de ajuda? A situação era séria. Uma nevasca daquela causava hipotermia e apodrecimento das extremidades do corpo. Os minutos separavam a sobrevivência da morte.

Vô Raini saiu, seguido por Tobias e Aurora. Dusk ficou na porta, arranhando a madeira, pedindo para ir.

– Dusk!

A voz de autoridade de Alana trouxe o animal para perto de si. Ela se abaixou e abraçou o animal peludo, absorvendo o calor do seu corpo forte.

Avó e neta fizeram uma oração. Alana andava de um lado para outro na sala. A neve caía em flocos menores, cobrindo o mundo com uma manta branca.

O tempo se arrastava. Vó Nita cochilou no sofá. Dusk, cansado de acompanhar a caminhada monótona da dona, deitou-se ao lado do fogão a lenha. Os olhos de Alana arderam, quando um terrível pensamento se alojou em sua cabeça. Ela perderia mais uma pessoa que amava? Talvez, se tivesse insistido mais cedo para ele não ir, ela não estaria passando por tanta preocupação. Porém, seria injusto ela fazer justamente aquilo que prometera a si mesma que não faria: impedir que Gabriel fosse o homem que desejava ser.

Deus, por que mais um teste? Estou tão cansada! Por que Gabriel chegou mais cedo de Edmonton? Se ele ainda estivesse a caminho de Harmony, não teria ido atrás de Julian para se arriscar. No entanto, Alana sabia que aquela seria parte da rotina de Gabriel quando ele se tornasse *mountie*.

No campo de batalha da mente e do coração de Alana, a atividade era grande. Ela tentava se convencer de que Gabriel sabia manejar uma arma, que certamente Julian teria lhe emprestado. Ele tinha preparo, mesmo que pouco. Era forte. Não se deixaria derrotar por bandidos. Bandidos que mataram sua esposa e mais outras pessoas. Seu pensamento corria em círculos intermináveis.

Exausta, Alana se sentou ao lado da avó e cobriu o rosto com as mãos. Seu cérebro sucumbiu ao cansaço, e ela também cochilou. Quando despertou, levantou-se e correu para a janela. Os primeiros raios de sol surgiam no espaço esbranquiçado, no mundo de cristal que se formara do lado de fora. Seu coração disparou quando viu dois cavalos se aproximando. *Dois? Apenas dois?*

Ela abriu a porta, e Dusk correu para fora, pulando pela neve acumulada. Os cavaleiros se aproximaram e saltaram dos cavalos. Eram vô Raini e Tobias. Vó Nita surgiu atrás da neta.

– Onde está Gabriel? – perguntou Alana, o desespero rasgando seu peito.

Os homens entraram na casa, gelados e exaustos. Vó Nita correu para a cozinha e aumentou o fogo. Começou a preparar café.

Vô Raini segurou nos ombros da neta.

– Não conseguimos encontrar Gabriel e *mountie* Julian.

– Como não, vô? Está tão frio...

As lágrimas escorreram. Alana olhou para seu anel, tão lindo, tão precioso, e soluçou.

Os dois homens se entreolharam.

– Vocês estão me escondendo alguma coisa, eu sei.

A jovem virou-se para a avó e a agarrou.

– Alana, não estamos escondendo nada; só não os encontramos. Achamos o casebre, e estava vazio. Havia pratos espalhados, restos de comida, algumas roupas de mulher.

Vô Raini puxou a neta para si e a segurou pelos ombros.

Alana virou o rosto para a porta. Seus tremores ficaram mais intensos. Precisava fazer alguma coisa. Ficar ali esperando a mataria. Era preferível morrer tentando achar Gabriel a sucumbir ao desespero no confinamento de casa. Ela puxou a touca e as luvas do bolso do casaco e as vestiu.

– Vou atrás dele.

Dusk correu para a porta.

Vó Nita segurou-a pelo braço:

– Não faça isso. Se alguma coisa acontecer a você, Gabriel não nos perdoará.

Alana virou-se para a avó.

– Se alguma coisa acontecer a Gabriel, *eu* nunca me perdoarei.

A jovem saiu em direção ao celeiro, Dusk ao seu lado. Ela abriu a pesada porta, selou Arrow e montou. O agitado cavalo tomou a direção da estrada.

Alana não se importava com os riscos de uma manhã de frio e gelo traiçoeiros. Precisava saber onde estava Gabriel. Não o desapontaria. Iria trazê-lo de volta para o calor dos seus braços, e ela o cobriria de beijos para espantar o terror que ameaçava engoli-los.

Capítulo 31

Aquele mundo de cristal poderia parecer lindo aos olhos alheios. As árvores brilhavam ao sol de puro gelo cobrindo seus galhos. O cobertor branco se estendia por toda a campina, e os flocos de neve emitiam uma luz que quase cegava os olhos de Alana.

A jovem mestiça conhecia os perigos que desciam sobre a terra depois de uma tempestade de neve. A pele exposta por um tempo curto perdia a sensibilidade. Logo as extremidades do corpo necrosavam. Ela já tinha visto e cuidado de muita gente que perdeu os dedos, as pontas das orelhas e do nariz. Seus avós e sua mãe, nativos da terra gelada, ensinaram Alana a identificar esses perigos. Por isso, ela estava consciente de que não tinha tempo a perder. Precisava encontrar Gabriel.

Arrow seguia em frente, ao longo do rio semicongelado. Os cascos afundavam na neve fresca. Dusk saltitava, vez por outra afundando na imensidão branca. Harmony tinha ficado para trás. Logo, Mari abriria a loja, e sua funcionária não estaria lá para ajudar. Alana, porém, tinha uma missão. Nada mais tinha importância naquele momento.

Três coiotes surgiram entre as árvores. Dusk rosnou, Arrow relinchou. Os três coiotes pararam e olharam para os intrusos. Logo sua atenção voltou-se para um veado, que corria em disparada. Os coiotes saíram atrás de sua refeição. Aquela era a lei da mata.

Mais à frente, Alana puxou a rédea de Arrow e parou. O silêncio da paisagem coberta de neve era quase ensurdecedor. Ela fechou os olhos e tentou captar algum barulho. Pouco a pouco, ouviu o canto dos passarinhos, escondidos nos galhos gelados dos pinheiros. Um som indistinto correu por entre os corredores de árvores nuas e de pinheiros. Alana abriu os olhos.

– Vamos. – Ela fez um barulho com a boca, e os dois animais retomaram a caminhada.

A estrada surgiu em uma curva na mata, e Alana seguiu para lá. Seu coração disparou quando viu um cavalo e seu cavaleiro. Um cavaleiro de casaco vermelho. Ela bateu os calcanhares nas ancas de Arrow. Aproximando-se de Julian, Alana sentiu o coração parar. Ele segurava Gabriel, desacordado. O corpo dele estava tombado no braço do *mountie*, que estava pálido e nitidamente exausto.

Alana deu um salto do cavalo e correu até os dois homens.

– Gabriel, Gabriel, sou eu, Alana! – A jovem segurou na perna do noivo, a cabeça dele pendida para o lado. – O que aconteceu?

Antes que Julian respondesse, ela viu a grande mancha de sangue na manga do casaco de Gabriel. Pontos de luz dançaram em sua vista. Ela inspirou o ar gelado. Não podia perder os sentidos, dificultando o trabalho do *mountie* de levar seu noivo para um lugar seguro.

– Ele levou um tiro.

A voz de Julian estava ofegante, e os olhos, pesados.

O chão pareceu tremer, como se fosse se partir. Alana apertou a testa, tentando recobrar os sentidos que lhe falhavam.

– Vamos para minha casa.

Urgência. Ela tinha urgência. Não perderia o amor de sua vida. Não era justo depois de tanto sacrifício, com seus planos alinhados aos de Gabriel. No dedo coberto pelas luvas, Alana trazia o anel que o noivo lhe dera. Estava ligada a ele por laços ainda frágeis, pelos quais ela tinha que lutar. Não era hora de fraquejar, de se deixar levar pelo desespero.

Julian ajeitou o corpo pendido da vítima em seus braços. Alana montou em Arrow, os braços fracos como geleia direcionando a rédea. O animal preto e branco seguiu Dusk, que lutava para manter-se na superfície da neve fofa, saltando como uma raposa. O trajeto pareceu levar uma eternidade. Alana virava-se para trás, angustiada com a cena. Julian parecia carregar o peso do mundo nas costas. Gabriel pendeu para frente, e o *mountie* puxou-o pelo casaco.

Alana finalmente avistou sua casa, que parecia ficar mais longe a cada passo dos cavalos. O frio cortava seus lábios. Os pelos das narinas eram pequenas agulhas congeladas. Ela puxou a gola do casaco para cima e o gorro para baixo. O vento se esgueirava pelas pernas, entrando pela saia-calça como mãos inconvenientes. Quando chegaram à casa, vô Raini e vó Nita esperavam na porta.

Como em um pesadelo, Alana e Julian carregaram Gabriel para dentro. O calor da lareira os acolheu.

Vó Nita correu para o sofá e pegou umas cobertas.

– Coloque-o aqui.

Alana balançou a cabeça negativamente.

– No meu quarto. É lá que ele vai ficar.

A avó fez um gesto afirmativo com a cabeça e abriu a porta do quarto da neta. Com cuidado, colocaram Gabriel na cama. Vó Nita jogou as cobertas de pele sobre as pernas dele. Alana tirou a touca de Gabriel e passou a mão em seu rosto frio. As lágrimas brotaram em seus olhos e o amor transbordou em seu coração. Seu noivo ficaria sob os cuidados dela, dia e noite.

Arrancando o casaco, Alana começou a desabotoar as roupas de Gabriel. Vô Raini levou Julian para a cozinha, e o barulho de louça preencheu o ambiente. Tanto o *mountie* quanto Gabriel precisavam de calor, muito calor.

Com mãos ágeis, vó Nita avaliou o tiro no braço de Gabriel.
– Vamos fazer um torniquete. O sangue estancou, mas pode voltar a escorrer de novo.

Alana pegou uma tira de pano do cesto de costura e a amarrou acima da ferida.

– Ele perdeu muito sangue, vó. – Ela apontou para a manga da camisa dele.

– Vou pegar algumas ervas. – vó Nita foi para a porta e se virou para a neta. – Vou pedir ao seu avô que chame o dr. Maldo.

Alana engoliu em seco e assentiu com a cabeça. Ela e a avó não teriam condições de avaliar o ferimento, muito menos de tratá-lo. Uma infecção poderia ser fatal. Teria que deixar suas desavenças com o médico para lá. Uma vida estava em jogo, a vida do homem que amava.

Ajoelhando-se ao lado da cama, Alana sussurrou o nome de Gabriel em seu ouvido. A pele dele estava pálida, úmida e fria. Ela puxou a coberta de pele mais para cima, deixando apenas o braço machucado de fora. Alana fechou os olhos, o próprio cansaço cobrando seu preço, mas a jovem não poderia pestanejar jamais. Gabriel precisava dela, e ela estaria com ele em sua dor, até que se recuperasse. A cabeça ficou pesada. Alana alternava momentos de cochilo e de alerta. Olhou para o mundo alvo lá fora. Como dr. Maldo chegaria até eles? O médico, com sua estrutura de galho seco, não parecia forte o suficiente para enfrentar a temperatura baixa e o percurso coberto de neve. O quanto ele faria de esforço para ajudar a curandeira e seu noivo? Alana apertou os lábios para controlar o tremor.

Pegando a mão fria de Gabriel, Alana a fez de travesseiro e deitou a cabeça nela. Queria sentir a pele dele na sua. Quando ela se formasse em enfermagem, ele já estaria trabalhando como *mountie*. O que Alana experimentava naquele momento poderia ser a rotina dela e de seu futuro marido. Talvez por isso, Lucy e a família de Gabriel não o tivessem apoiado na decisão de entrar para a Real Polícia Montada. Alana precisava ser diferente. Não permitiria que a dor que sentia em vê-lo prostrado na cama impedisse o sonho dele mais uma vez. *O amor não busca os próprios interesses. Deus, que difícil!*

Um tempo longo se passou. A cabeça de Alana ainda estava apoiada na mão de Gabriel. Onde estaria o doutor? A casa permanecia em silêncio. O socorro estava demorando. Talvez dr. Maldo tivesse se recusado a sair no frio para atender o homem que o enfrentara na casa de Amelie. Alana apertou os olhos com os dedos e cochilou.

Os uivos de Dusk e Aurora foram seguidos de batidas fortes na porta da casa. Alana acordou assustada e apertou a mão de Gabriel. *Aguente firme! Vamos sair dessa juntos.*

Capítulo 32

Dr. Maldo entrou no quarto segurando sua maleta preta. O rosto do homem estava queimado de frio, e os dedos longos, esbranquiçados. Ele deixou a maleta em cima da cadeira e olhou do paciente desacordado para Alana. Ela levantou-se, as pernas dormentes depois de horas na mesma posição, e colocou-se ao lado da cama com olhar de súplica para o médico.

Dr. Maldo fez um gesto com a cabeça, o cabelo não mais emplastrado de óleo. Aproximou-se de Gabriel e falou:

– Abra bem a cortina. Preciso de luz.

Alana puxou a cortina curta, quase a arrancando do varão. Entrelaçou os dedos nervosamente e esperou encostada na parede. Precisa de apoio. Dr. Maldo tirou alguns instrumentos da maleta. Examinou o estado geral de Gabriel e depois o ferimento.

– Preciso retirar a bala.

O olhar do médico estava preso no buraco ensanguentado do braço do paciente. Segurando a compressa que vó Nita tinha colocado no ombro de Gabriel, dr. Maldo virou-se para Alana.

– O que é isso?

– Para a dor – respondeu Alana, esperando alguma reprimenda.

Deixando a compressa na mesinha de cabeceira, ele abriu um vidro de éter. Limpou o ferimento e os instrumentos.

– Se quiser ajudar, segure essa bandeja com os instrumentos.

A voz dele era seca, mas Alana se sentiu grata por poder fazer alguma coisa.

Ela se colocou ao lado da cama, olhando com interesse para os instrumentos e com preocupação para o rosto de Gabriel. O procedimento foi rápido e a bala foi colocada na bandeja com um som metálico.

– Precisamos evitar contaminação de qualquer jeito. Uma infecção pode levar à gangrena e... bem, você deve saber. – O comentário dele, para surpresa de Alana, não tinha condenação.

– É só me dizer o que tenho que fazer.

Subitamente, ela se encheu de energia e coragem. Cuidaria de seu noivo com todo o zelo possível.

Dr. Maldo mostrou a Alana como cuidar do ferimento. Enquanto o desinfetava e aplicava um unguento e o curativo, explicava as etapas para a jovem preocupada, mas atenta. Deixou alguns remédios e disse que voltaria no fim do dia. Ele se aproximou da porta, parou e se virou para ela.

– Espero que seu noivo se recupere.

Alana expressou um agradecimento.

– E os movimentos do braço de Gabriel?

Alana imaginou como aquilo afetaria o treinamento da Polícia Montada.

– É cedo para saber.

Dr. Maldo olhou para Alana com empatia. O olhar acusatório tinha desaparecido, e um leve sorriso surgiu no seu rosto vermelho de cansaço e frio.

O mal-estar que Alana sentia quando via o médico se desfez. O rosto dele não parecia mais tão cadavérico. O cabelo, que estava sempre colado à cabeça, parecia mais grosso e abundante. Harmony fazia bem ao médico, mesmo durante uma tempestade de neve. Ou seria por causa de Laura? Como explicar as razões do amor?

Dr. Maldo saiu, deixando Alana com várias tarefas. Ela se ocupou de todas, até que vó Nita entrou no quarto com uma tigela.

– Fiz este caldo de gordura de ganso. Tente dar colheradas a Gabriel.

Alana pegou a tigela e se sentou na beirada da cama. Pegou um pouco de caldo com a colher e a levou aos lábios ressecados de Gabriel. Na primeira tentativa, o caldo escorreu pelo rosto dele, mas na segunda ele o sorveu.

– Vai como conta-gotas – disse a avó –, mas ele precisa de hidratação e nutrição.

Alana olhou para a avó.

– Como *mountie* Julian está?

– Ele dormiu no sofá. Estava exausto. O rosto ficou queimado de frio. Preparei um óleo, e hoje de manhã a pele tinha melhorado. Ele tomou café da manhã e foi à delegacia, para aguardar notícias do *mountie* de Belleville.

A avó saiu do quarto, recomendando à neta que continuasse o tedioso processo de hidratar e alimentar Gabriel.

Alana soltou um longo suspiro. Não poderia ser mais grata a Julian por ter resgatado Gabriel, mesmo que o noivo se encontrasse naquelas condições. O agradecimento ao *mountie* ficaria para depois. No momento, a jovem precisava cuidar de Gabriel, vigiá-lo. As horas seguintes foram de tentativa de derramar o caldo em sua boca. Ele acordava e dormia, vez por outra delirando, falando palavras confusas.

Yael e Calebe passaram rapidamente para visitar Alana e Gabriel assim que a neve permitiu. Calebe disse que Nathan tinha aceitado de bom grado fazer uma parte do serviço do rapaz. O menino queria provar que já era homem e, segundo Yael, não reclamou do trabalho pesado. Joaquim também fez uma visita, trazendo pães e uma sopa deliciosa, a pedido da esposa.

Dusk, talvez enciumado, evitava entrar no quarto. Olhava da porta e depois sumia. O dia virou noite. Gabriel abriu os olhos e forçou um sorriso, que terminou em careta de dor.

— Você vai ficar bem, meu amor — Alana sussurrava sempre que ele despertava.

À noite, dr. Maldo fez uma breve visita. Ele estava confiante de que Gabriel se recuperaria do ferimento, embora ainda não tivesse uma resposta sobre a falta de movimento do braço e da mão do paciente.

Alana resistiu à insistência dos avós de que ela dormisse na sala. Em vez disso, Alana arrumou cobertas no chão do quarto, ao lado de Gabriel. Dusk deixou o ciúme de lado e aconchegou-se à dona.

As horas passaram lentamente. Gabriel delirou algumas vezes. Alana monitorou a temperatura dele, como dr. Maldo tinha instruído. A pele continuava fresca. Levaria alguns dias para Gabriel se recuperar da perda de sangue, segundo o médico.

Alana voltou a se deitar na cama improvisada no chão. O calor do corpo de Dusk a levou para o mundo dos sonhos. Nele, ela e Gabriel se abraçavam em um campo florido. Ele foi se afastando, dizendo algo que a jovem não entendia. Ele acenou e desapareceu na floresta. Alana acordou com o coração disparado, ajoelhou-se e colocou a mão na testa de Gabriel. Ele estava quente. Ela acendeu o lampião, pegou um pano limpo e o encharcou na bacia de água. Colocou-o na testa do noivo. *Febre, não*, ela pensou. *Tudo menos isso*. O sol nascia. Era a primeira vez que ela desejava ver o dr. Maldo. Não tinha coragem de tirar a bandagem e ver o estado do ferimento.

Vó Nita entrou no quarto, trazendo uma bandeja com café da manhã.

— Como ele está? — Sua voz denunciava a noite maldormida.

Alana pegou a bandeja e a colocou na cômoda.

— Quente.

A mulher aproximou-se de Gabriel e colocou a mão na testa dele. Franziu o cenho.

– Vou fazer um chá para ele.

Ela saiu do quarto, levando Dusk.

Um murmúrio chamou a atenção de Alana. Ela se sentou na beira da cama e pegou na mão de Gabriel. Quente também.

– Estou aqui, meu amor.

– Alana, me desculpe. Ai...

– *Shh*. Não precisa pedir desculpa. Você fez o que era certo. Estou do seu lado, sempre.

Foi difícil falar aquelas palavras, mas elas eram sinceras. Estaria ao lado de Gabriel, mesmo que não concordasse ou gostasse das decisões dele. E seriam decisões complicadas, se ele entrasse para a Polícia Montada. Não seria ela a acabar com seu sonho.

Vó Nita entrou acompanhada do dr. Maldo. Ela segurava uma caneca, que colocou na bandeja ao lado da comida que não tinha sido tocada. O médico cumprimentou Alana com um sorriso discreto, colocou a maleta na cadeira e a abriu.

– Pode ser infecção, ou só a reação do corpo ao ferimento – disse ele, tirando pinças da maleta.

Alana e vó Nita recuaram até o canto do pequeno quarto. O coração da jovem bateu de forma descompassada. O médico levantou a bandagem e examinou o ferimento.

– E então?

Alana se preparou para o pior.

– Não me parece infecção. Temos que esperar.

Alana soltou um suspiro de alívio.

– Obrigada, doutor.

O homem magro olhou para ela.

– É um prazer ajudar. Sei que vai cuidar bem do paciente.

Alana engoliu o bolo que subiu pela garganta, e os olhos queimaram. O orgulho se desfazia face à adversidade. A jovem não precisava de inimigos, mas de aliados que pudessem curar Gabriel. O médico fez um cumprimento com a cabeça e saiu. Vó Nita abraçou a neta e acompanhou o médico até a porta da casa.

    Momentos depois, vozes encheram a pequena casa. Alana abriu a porta e espiou. Era Julian, acompanhado por Tobias e uma mulher, que chorava copiosamente. Alana aproximou-se dos recém-chegados. A mulher estava desgrenhada; as roupas, rasgadas. O rosto dela estava sujo, com nítidos arranhões. Ela se agarrava ao oficial, chorava e tremia. Um cobertor cheio de buracos cobria os ombros da mulher, e Alana sentiu um arrepio dos pés à cabeça imaginando o frio entrando pelos buracos. Era de se espantar que a mulher, apesar de desesperada, parecesse ter alguma força naquele corpo magro.

    – Achamos as mulheres que estavam naquele casebre, que encontramos já vazio – explicou Tobias.

    Vó Nita passou o braço pela cintura da mulher e a levou para o sofá. Vô Raini colocou mais lenha no fogão, que servia também para aquecer a pequena casa. Alana correu aos dois quartos e trouxe cobertas, empilhando-as sobre o corpo da recém-chegada. Enquanto Julian e Tobias davam detalhes do resgate das mulheres, duas das quais ficaram com outras famílias em Belleville, Alana colocava água para ferver. Precisava tirar o gelo dos ossos da mulher.

    – Qual é o seu nome? – perguntou vó Nita.

    – Sheila...

Alana virou-se para a mulher, a chaleira em sua mão.

    – Sheila?

Mountie Julian balançou a cabeça afirmativamente.

    – Sim, é Sheila Jones, a mãe de Elsa e Lily.

Alana deixou a chaleira bater de volta no tampo de ferro do fogão, a água quente espirrando para os lados. Ela correu para a mulher e se ajoelhou.

    – Suas filhas estão seguras, na casa de amigos.

– Elsa... Lily... – A mulher chorava e ria ao mesmo tempo. – Meus amores... estão salvas?

– Sim, estão. – Alana balançou a cabeça com veemência.

Era um dia agridoce. Gabriel estava estendido na cama, com um ferimento a bala. Poderia ter perdido a vida. Ele estava seguro agora, mas ainda corria risco de infecção. Sheila estava viva, embora visivelmente desnutrida e machucada. Apesar disso, Elsa e Lily teriam sua mãe de volta.

– Estou indo à casa de sra. Amelie e sr. Joaquim, para avisar que Sheila está aqui – disse Julian, colocando o chapéu e saindo em seguida.

A mulher tentou se levantar, mas caiu de volta no sofá.

– Por favor, traga minhas filhas.

Alana levantou-se e segurou nos ombros de Sheila.

– Vou ajudar você a se trocar. Precisa comer alguma coisa primeiro.

Sheila balançou a cabeça, concordando. Alana correu ao fogão, terminou o chá e pegou alguns mantimentos para um lanche. Vó Nita serviu chá para Tobias e Sheila. Alana deixou fatias de pão com manteiga na mesa para Tobias e levou um prato de caldo de ganso para a mulher. Enquanto esta comia, Alana correu até o quarto. Gabriel estava acordado, os olhos mais atentos.

Aproximando-se dele, Alana segurou na mão que ele estendia.

– Acharam as mulheres, não foi? – o noivo questionou.

Ela balançou a cabeça.

– E uma delas está aqui, e é a mãe de Elsa e Lily.

Gabriel apertou os olhos com os dedos.

– Agora me sinto melhor por ter ido.

Alana beijou a mão dele.

– Tenho orgulho de você, Gabriel.

Os dois se olharam, comunicando o carinho que tinham um pelo outro. Vó Nita entrou no quarto com uma bandeja, colocando-a no colo do paciente.

– Que bom vê-lo bem. A fome voltou? – perguntou vó Nita.

– Com toda força – ele respondeu, mordendo a grossa fatia de pão.

– Preciso ajudar Sheila – disse Alana, correndo os dedos pelo cabelo despenteado de Gabriel.

– Vá e cuide. É o que você sabe fazer bem. – Ele sorriu e abocanhou mais um pedaço do pão.

Alana entrelaçou os dedos e levou as mãos ao peito.

– É o que gosto de fazer.

No quarto de vó Nita, Alana ajudou Sheila a se lavar e a colocar uma camisola com um casaco por cima. A jovem notou os ossos salientes do rosto e do corpo da mulher. O que ela teria passado nas mãos dos bandidos? E qual seria o estado das outras duas mulheres? Alana descobriria e faria o que fosse possível para que Sheila pudesse ter sua dignidade resgatada.

Examinando o rosto cansado da mulher, Alana se encheu de um amor surpreendente por ela. Elsa e Lily teriam o conforto do abraço, o cuidado e o carinho de sua mãe novamente.

Sheila levantou a escova para pentear o cabelo, mas contorceu o rosto, soltando-a. Alana pegou a escova, fez um sinal para ela se sentar e passou as grossas cerdas pelo cabelo comprido e ralo.

– Minhas filhas... elas foram abusadas? – A voz de Sheila tremia.

Alana parou a escova no alto da cabeça da mulher.

– Não. Dr. Maldo as examinou. Sofreram alguns machucados leves, e só.

As lágrimas de Sheila escorreram pelo rosto. Alana pegou um lenço da gaveta da avó e o entregou a ela.

– Achei que nunca mais veria minhas filhas.

– Logo elas estarão aqui – disse Alana, amarrando o cabelo de Sheila com uma fita.

O encontro de mãe e filhas arrancou lágrimas até de *mountie* Julian. Amelie e Joaquim vieram para testemunhar o grande momento. Elsa e Lily pulavam e rodavam, alheias às marcas externas e internas que a mãe trazia. Sheila agarrou as meninas, rindo quando as duas começaram a lhe contar sobre a escola, sobre a casa de Amelie, sobre os vestidos novos e sobre os amigos. A inocência infantil contagiou os presentes. Certamente seria o antídoto contra o sofrimento da mãe.

Alana, encostada no batente da porta do quarto onde estava Gabriel, assistia ao encontro e narrava a cena para o noivo. Ele estava emocionado e Alana, exausta da avalanche de emoções. Porém, não era hora de descansar. Ela e Gabriel tinham planos a fazer. Planos que poderiam ser frustrados por causa do ferimento a bala. Sem essa certeza sobre a recuperação total do braço de Gabriel, o treinamento para a Polícia Montada teria que ser adiado.

Ou poderia nunca acontecer.

Capítulo 33

Já fazia uma semana que Alana faltava ao trabalho. Mari tinha dado a ela alguns dias de folga para cuidar de Gabriel e Sheila, o que significaria menos dinheiro no fim do mês.

No entanto, os pacientes dependiam do seu cuidado. O sonho poderia estar um pouco mais distante, mas era o presente que importava naqueles dias.

A casa de Alana parecia uma enfermaria. Ela e vó Nita atendiam às necessidades dos pacientes, que se recuperavam lentamente. Gabriel teve um sangramento ao tentar ajudar vô Raini a limpar uma carne de caça. Dr. Maldo recomendou repouso, ou Gabriel poderia retardar a recuperação dos movimentos do braço.

Em uma manhã, Alana e vó Nita tomavam café com Sheila e ouviram os detalhes de seu infortúnio. Ela não sofrera abuso sexual como as duas outras mulheres, mas apanhara muitas vezes do chefe da quadrilha. As comidas que elas tinham eram apenas restos dos homens, e a água sempre estava suja. Sheila disse que não viu o marido sendo morto, mas um dos bandidos a torturava contando detalhes da sua morte.

As companheiras de cativeiro também perderam o marido, e uma delas, que estava grávida, acabou perdendo o bebê. Suas roupas viviam sujas de sangue, e ela chorava constantemente. Sheila contou à Alana e vó Nita que muitas vezes desejou que um dos homens acabasse com sua vida. No entanto, quando ela se lembrava das filhas, agarrava-se à vida. Ela se encheu de orgulho ao falar que Elsa e Lily foram espertas ao correrem quando os pais foram atacados. A única coisa que Sheila pedia a Deus era que alguém de bem encontrasse as duas.

Sheila pegou a caneca de café e a rodou lentamente nas mãos. Olhou para Alana e vó Nita, ambas paralisadas em suas cadeiras.

– Um pouco antes de sermos encontradas pelos dois *mounties* e Gabriel, eu e as outras mulheres estávamos nos preparando para fugir. Com o inverno chegando, nunca sobreviveríamos sem comida e roupas adequadas.

Conforme Sheila se abria sobre as atrocidades que ela e as outras sofreram, Alana tirava o foco dos seus próprios problemas. Como poderia pensar nela mesma quando outras pessoas dependiam de sua ajuda? Não era apenas o cuidado com a saúde de Gabriel e Sheila, mas também a preocupação com as necessidades futuras dos dois.

O que aconteceria à Sheila, onde moraria com as filhas e como se sustentaria? A comunidade de Harmony teria que se mobilizar para ajudar a família. Gabriel, por sua vez, sentia dor ao mexer os dedos do braço ferido. Nessa condição, o treinamento para a Real Polícia Montada poderia ser adiado ou descartado. O que ele faria caso isso acontecesse, ainda mais depois de ter passado por um processo intenso de convencimento pessoal de que era digno de voltar para as forças da Polícia Montada?

Alana tinha conversado com Yael. Como membro do grupo de assistência às vítimas da violência das estradas que apareciam em Harmony, a amiga se comprometeu a buscar uma solução para a situação de Sheila e suas filhas. Alana tinha visitado Yael no dia anterior para conversar sobre isso. Amelie e Joaquim estavam dispostos a abrigar as três por tempo indeterminado, mas, com Jane E. morando na mesma casa, o espaço não era suficiente.

Alana guardou o último prato na prateleira da cozinha naquela manhã fria. Sheila acabou de varrer o chão e encostou a vassoura no canto. Vó Nita lavou a louça e saiu para o galpão.

– Vou pegar algumas doações de roupas na igreja – disse Alana.

– Sinto-me um peso morto.

O cabelo fino de Sheila estava arrumado em um coque baixo. O rosto dela tinha ganhado cor nos últimos dias, mas a magreza era evidente sob o vestido doado por Mari.

Alana segurou no braço dela.

– Nem pense nisso. Logo você estará boa.

Sheila entrelaçou os dedos.

– Elsa se retraiu. Acho que tem medo de mim.

As duas meninas passavam a tarde com a mãe depois da escola. Alana tinha percebido a reação de Elsa, que foi de eufórica para contida e calada na presença de Sheila.

– É natural. Ela passou por muita coisa e está numa idade em que entende melhor os perigos da vida.

Sheila balançou a cabeça sem muita convicção.

– Por isso quero me recuperar logo e arrumar trabalho.

Em uma cidade pequena como Harmony, as opções de trabalho eram poucas. Milagre. Alana vivenciou alguns nos últimos dias. Por que não confiar que Deus cuidaria de Sheila e suas filhas?

– Tudo vai se acertar.

O tom de voz de Alana não convenceu nem a ela mesma. Era o grão de mostarda que tinha. Aliás, ultimamente ela vinha colecionando grãos de mostarda. Esperava que eles germinassem em uma fé mais firme, como a de sua avó.

Sheila abaixou a cabeça e sentou-se no sofá com uma costura. Alana saiu da casa, carregando a frustração consigo. Depois de atrelar Arrow à carroça, ela tomou seu assento e conduziu o cavalo até a porteira do sítio no caminho coberto de neve socada. Dusk surgiu de trás do galpão das ervas e correu ao lado das rodas.

Gabriel ajudava vô Raini a arrumar uma cerca. Seu noivo era teimoso, mas Alana sabia que ele não conseguiria ficar parado, esperando o ferimento sarar completamente. O braço esquerdo estava apoiado em uma tipoia, e o rapaz segurava uma estaca, enquanto vô Raini martelava uma das ripas.

– Bom dia. Vou dar uma passada na igreja. Violeta recebeu doações para Sheila. – Alana segurou a rédea quando Arrow ameaçou seguir em frente.

Gabriel apoiou um pé na roda de madeira.

– Vou com você.

Alana sorriu com a sugestão. Seria uma oportunidade de conversar com ele. Com a agitação na casa, os dois não discutiam assuntos pessoais. Gabriel voltaria para seu quarto no sítio Hebron no dia seguinte. Dr. Maldo tinha dito que o ferimento estava limpo e não precisaria de trocas constantes durante o dia.

– Vá – disse vô Raini. – Termino sozinho.

Gabriel subiu na carroça, que balançou de um lado para o outro. Alana acenou para o avô e deu o comando para Arrow pegar a estrada.

O dia, que começara frio com uma camada de gelo no mato, tornara-se mais ensolarado. Os raios derretiam a neve dos pinheiros e de parte da estrada. Alana e Gabriel começaram a falar ao mesmo tempo e riram. Ele fez um sinal para que ela falasse primeiro.

– Estamos sofrendo de abstinência de conversar a sós – disse Alana, batendo a rédea com suavidade no cavalo.

Gabriel passou a mão livre no braço da tipoia.

– É difícil até saber por onde começar.

Alana olhou do rosto dele para os dedos do braço imobilizado.

– Como está se sentindo?

Ele balançou os dedos de leve.

– Dói quando mexo.

O silêncio os seguiu por um tempo. A pergunta que Alana não queria proferir precisava ser verbalizada.

– O que você vai fazer?

Gabriel olhou para ela, e depois para a estrada.

– Estou evitando pensar nisso. Dr. Maldo diz que o tempo mostrará se os movimentos voltarão ou não.

– E está disposto a esperar, mesmo que seu plano seja adiado?

Ele deu de ombros.

– Foi difícil tomar a decisão de procurar a Polícia Montada. Não gostaria de voltar atrás.

– E não deve voltar.

Gabriel apertou a mão de Alana. Dusk soltou um leve uivo e correu à frente da carroça.

Na igreja, Violeta ajudou Alana a colocar algumas caixas na traseira da carroça. Gabriel foi repreendido pelas duas mulheres quando ameaçou pegar peso. Alana notou a frustração dele no rosto tensionado.

Na volta para o sítio, Alana e Gabriel preferiram o silêncio. As incertezas eram grandes. Quando Alana se alegrava com uma conquista, uma derrota surgia. O esforço que ela fazia para empurrar a decepção para fora do coração era penoso. O que a esperava no fim desse percurso tão acidentado?

Capítulo 34

Jane E. entrou na loja, acompanhada de Elsa e Lily. Instruídas pela professora, as meninas bateram os pés no tapete da entrada, tirando o excesso de gelo e lama dos sapatos.

Alana sorriu para as três e saiu de trás do balcão.

– Que surpresa boa!

A vida retornava à normalidade, mesmo que lentamente. Fazia uma semana que Sheila tinha ido para a casa de Amelie, que decidiu que seria melhor para as meninas até que a mãe arrumasse trabalho e tivesse condições de ir para outro lugar. Os mais próximos notavam a mudança do comportamento de Elsa. Vó Nita chegou a sugerir que pudesse ser efeito da pancada na cabeça quando a menina caiu da árvore, mas Alana achava que o acidente tinha sido mais um item na longa lista de tristezas de Elsa. Sheila confidenciou a Alana que fazia de tudo para reconquistar a filha, mas, quanto mais tentava, mais Elsa se retraía.

A professora, com um vestido cinza e o sisudo coque, segurava a mão das meninas, uma de cada lado.

– Viemos dar um passeio. A aula acabou há pouco, e decidimos aproveitar o tempo bom.

– Viemos comer torta de morango – disse Lily, o sorriso exibindo a falta de um dente.

– Sentem-se, por favor. Vou pegar os maiores pedaços para vocês. – Alana fez um sinal para elas se sentarem à mesa ao lado da janela.

Lily riu:

– Quero um deste tamanho! – exclamou ela, abrindo os braços de forma exagerada.

Elsa observava, sem muita expressão no rosto.

– Você vai passar mal.

Lily ignorou a irmã e foi saltitando até a mesa. Jane E. sentou-se quando as meninas estavam acomodadas. Alana correu até a cozinha e voltou, trazendo uma bandeja com as fatias de torta, sendo a de Lily a maior de todas. A menina não perdeu tempo e enfiou o garfo na casca dourada e crocante.

Alana abraçou a bandeja.

– Leah vai lhes trazer um chocolate quente.

Lily, de boca cheia, balançou a cabeça. Alana deixou as três e foi atender um freguês no balcão.

Julian entrou na loja. Certamente tinha visto Jane E. chegar, pois ele mal cumprimentou Alana e se pôs em direção à mesa, batendo o solado pesado da bota no chão de madeira. Enquanto Alana embrulhava a compra do freguês, ela observava os movimentos desastrados de Jane E. A mulher, que tinha sempre os gestos bem controlados, derrubou o garfo no colo. Um pedaço da torta foi ao chão, e o oficial prontamente se abaixou para pegá-lo. Lily ria, e Elsa assistia à cena com o rosto sério.

O *mountie* levantou o chapéu em um cumprimento e foi para outra mesa. Leah apareceu da cozinha com o café de Julian, e Alana teve que lembrar a moça de levar também o chocolate quente das freguesas que tinham chegado primeiro. Leah deixou o café de *mountie* Julian em sua mesa e passou correndo de volta para a cozinha, dando uma olhada atravessada a Alana.

Do seu posto de observação, ela examinou o rosto de Jane E. A pele cremosa era suave, diferente da pele das mulheres de Harmony, que trabalhavam debaixo de sol e frio. A boca bem-delineada era delicada como os olhos ligeiramente claros. Jane E. tinha a postura esbelta, que não combinava com as roupas pesadas, de tecido áspero, adequadas a uma mulher mais velha que vivia no campo. Os vestidos que ela usava restringiam seus movimentos. Era como se ela estivesse em uma prisão ambulante. Alana, que sempre apreciou sua liberdade, não conseguia se imaginar presa nas roupas rígidas. Que segredos a professora guardaria? Por que tinha escolhido um lugar tão longe e tão diferente de Montreal? Ela era reservada com suas questões privadas, apesar de ser amável com todos. Sara não tinha descoberto o segredo da letra E que sempre vinha atrelada ao nome da professora. A menina continuava especulando, arrancando risada de Alana e Yael: Eleonora, Elizabeth, Eliana?

Alana gostava da companhia da professora. Sempre que a encontrava na igreja ou na casa de Amelie, Jane E. tinha palavras meigas nos lábios. As crianças corriam para ela como abelhas para o mel. Sara era uma delas. Falava da professora noite e dia e até imitava seus gestos. Alana achava graça da mocinha andando na ponta dos pés e imitando o tom de voz da professora.

Naquele momento, porém, Jane E. estava estabanada, sentada à mesa ao lado do *mountie*. Ela apressou as meninas, que comeram os últimos farelos do prato e beberam o chocolate quente em grandes goles. Alana observava a cena, divertindo-se com Lily, que insistia em ficar um pouco mais e comer outro pedaço de torta.

Jane E. finalmente pegou as irmãs pelas mãos e foi até o balcão para efetuar o pagamento. Despediu-se de Alana, enquanto Lily perguntava por que a pressa. Alana foi até a porta e esperou que a professora e as meninas desaparecessem na curva da estrada na carroça de Joaquim. Voltando para a loja, ela flagrou Julian olhando pela janela.

* * *

Os dias seguintes, embora tranquilos, se arrastaram. Alana tentou aproveitar a monotonia. O cansaço da avalanche de sentimentos dos últimos meses cobrava seu preço. Ela pegava no sono assim que batia na cama no fim do dia. Os dias pareciam ter mais horas que o normal. As noites, porém, passavam como em um piscar de olhos, e Alana repetia a mesma rotina.

Gabriel tinha voltado para o sítio Hebron, Sheila estava se adaptando à nova vida na casa de Amelie, e Alana retomou o estudo do livro de anatomia quando lhe sobrava um tempo ou o sono não a derrubava.

Nos fins de semana, ela ajudava a avó a fazer xaropes para as crises de tosse dos habitantes de Harmony. Dr. Maldo, vez por outra, chamava avó e neta para acompanhá-lo nos partos ou outros problemas que exigiam a presença de uma mulher.

A relação do médico com as duas era um pouco distante, mas cortês. Alana tinha que ser justa e concordar que ele fazia seu trabalho com dedicação. Ela tinha aprendido muito com ele nas últimas semanas, o que aumentava sua vontade de fazer enfermagem. Os termos técnicos que ele usava eram novidades para ela. A medicina, segundo dr. Maldo, tinha avançado muito nos últimos anos. Ele não falava mal do dr. Carl, mas sempre insinuava que os tempos eram outros e que muitos tratamentos e procedimentos médicos tinham mudado. Alana bebia cada palavra que ele dizia, podendo, finalmente, entender alguns mistérios do seu livro de anatomia.

No fim de mais um dia atarefado, vô Raini entrou no quarto de Alana depois de bater. Ele segurava um envelope. O coração da moça disparou, e ela se recostou no travesseiro. Dusk bocejou, a língua longa curvando no ar, e olhou para sua dona.

– Veio da Inglaterra.

O tom de voz dele era grave.

Alana jogou as cobertas para o lado e quase derrubou Dusk da cama. Ela puxou a carta da mão do avô e rasgou o envelope. Correu os olhos pela letra elegante.

– O remetente é uma tal de sra. Vera Brown. Diz aqui que ela e o marido cuidaram por muito tempo de um homem chamado James. Ele não se lembrava do sobrenome, nem de onde vinha. Ele apareceu na porta do casal há quatro anos e ficou com eles por dois anos. Estava ferido. Depois desse tempo, foi embora e não deu notícias. Essa sra. Vera encontrou recentemente uns rabiscos de James em um caderno com o nome de Harmony, Canadá. Outro nome que surgiu foi o meu. A senhora fez uma investigação e achou informação sobre a cidade. Decidiu escrever essa carta, esperando que chegasse a mim.

Alana olhou para o avô, os olhos arregalados.

– Papai! Onde ele estaria nos últimos dois anos?

Vô Raini entrelaçou os dedos com força.

– O importante é que ele pode estar vivo.

Vó Nita entrou no quarto, perguntando qual era o motivo da conversa. Alana pulou da cama e abraçou a avó.

– Vó Nita, finalmente uma notícia do meu pai! – Ela balançou a carta no ar.

– Meu Deus, é mesmo possível que James volte! – disse a mulher idosa.

Os três se abraçaram. A fagulha de esperança tornou-se uma chama mais forte. Seu pai. Seu amado pai estaria vivo. Mas onde e em que situação? Dois anos era tempo de mais para uma pessoa sem memória perambular longe de casa e dos familiares.

Com esses pensamentos, Alana viu a esperança tentando escapar por entre seus dedos, mas agarrou-se a ela com vigor.

Capítulo 35

— Essa é uma ótima notícia! Yael puxou Alana para dentro da casa. Ela entregou Zach para Sara, que ouvia a conversa com interesse, e pediu que ela trocasse a fralda do bebê. A menina fez uma leve careta e foi na direção do quarto, olhando por cima do ombro, sem desviar a atenção de Alana.

— Sim, mas já se passaram dois anos depois que meu pai saiu da casa da sra. Vera. Muita coisa pode ter acontecido.

Alana aceitou a caneca de café que Yael lhe passou. Ela sorveu o líquido quente, permitindo que ele tirasse o frio do seu corpo. A manhã cinza e gelada não podia ser mais adequada ao seu estado de espírito. Os dias frios traziam uma maior disposição à introspecção. Alana acordara cansada, com o conteúdo da carta da sra. Vera girando em sua cabeça. O otimismo e o pessimismo alternavam-se no coração da jovem.

Yael sentou-se de frente para a amiga e apertou sua mão de leve.

— Ele perdeu a memória, mas não significa que vai permanecer assim.

— Foi o que vó Nita disse. Ela acredita que ele está vivo.

Alana levantou-se e correu os dedos pelas tranças.

Sara saiu do quarto com Zach no colo, entregando-o de volta à Yael. Aproximou-se de Alana, enquanto vestia o casaco.

– Eu não me lembro muito do meu pai.

Alana olhou de Yael para a menina. Já se passavam mais de dois anos desde a morte dos pais das crianças e da amiga.

– E do que se lembra?

Sara fechou o último botão do casaco e deu de ombros.

– Ele não era muito próximo a nós. Bebia muito. – Ela olhou para Yael e de volta para Alana. – Um dia, quando ele estava melhor, me segurou pelos braços e pediu desculpas por não conseguir se controlar com a bebida. Então falou que eu sempre me lembrasse de ser uma boa menina e nunca me aproximasse de nada que pudesse destruir minha vida.

Yael levantou-se e abraçou a irmã, Zach no meio delas, balbuciando alguma coisa.

– Papai falava a mesma coisa para mim. – Ela virou-se para Alana. – Imagino que seu pai tenha ensinado a você muitas lições importantes. Agarre-se a elas. Não deixe essa dúvida pesar em você e desviar sua atenção daquilo que importa. Seu pai pode voltar. Enquanto isso não acontece, agarre-se às boas lembranças. É uma forma de mantê-lo vivo na sua memória.

Sim, Alana pensou, *tenho tantas memórias boas do meu pai. Se ele nunca voltar, quero conservar esse vínculo que me liga a ele.* Ela abraçou Sara.

– Obrigada por abrir seu coração.

As responsabilidades do dia levaram Alana, Yael e Sara aos seus afazeres. Elas se despediram, e Alana montou em Arrow. Acenou para Gabriel, que entrava no galinheiro com Nathan. As manhãs eram corridas para os habitantes de Harmony, que dependiam da terra e dos animais domésticos para sobrevivência.

Chegando à loja, Alana contou a Mari sobre a carta. A mulher sempre recebia boas notícias com entusiasmo, por mais insignificantes que pudessem parecer. Alana admirava o otimismo daquela mulher, que viveu abusos constantes e viu o lado perverso do ser humano.

— Tenho que acreditar sempre no melhor, não é assim que o pastor prega? — Mari escorou-se no balcão e passou a mão na lombar.

Alana balançou a cabeça, concordando. Mari era uma mulher forte por ter sobrevivido a tudo o que passou. Ou talvez tivesse se fortalecido justamente por isso, nesses testes da vida, que vó Nita insistia em dizer que moldavam as pessoas que persistiam. *Ai, mas como cansa*, Alana pensou e logo se repreendeu quando Mari lhe deu um abraço e foi para a cozinha, ainda massageando a lombar.

Deixando os pensamentos de esperança reprimirem os negativos, Alana dedicou-se ao trabalho. Estava ali para ganhar dinheiro, era verdade, mas também para tirar o peso de Mari, que nunca reclamava de suas dores nas costas. O dia acabou com uma neve suave, prenúncio de longos e escuros meses de inverno.

Novembro entrou trazendo mais neve. Tudo era mais penoso: locomoção, trabalho, visita aos amigos. Os dias curtos mandavam todos para dentro de casa por volta de quatro da tarde, quando tudo ficava escuro. Alana saía do trabalho quando o sol fraco escorregava pelo céu e se escondia atrás das montanhas nevadas ao longe. Em casa, ajudava vó Nita no preparo dos xaropes e depois se sentava ao lado do fogão para estudar o livro de anatomia, lembrando-se das lições de dr. Maldo.

Quando finalmente colocava a cabeça no travesseiro, ela pensava em Gabriel e em seus dedos sem movimento. Ele não tinha avisado à Polícia Montada de sua condição e confessou a Alana que a dor no braço era grande e que sentia fisgadas no ombro quando o movimentava.

Em um acordo silencioso, eles evitavam falar de outros planos caso Gabriel tivesse que desistir de ser *mountie*.

O assunto casamento foi o que começou a surgir na conversa do casal. Assim, marcaram a data para a semana antes do Natal. O plano inicial, antes do acidente, era que os dois iriam para Edmonton no início de janeiro. Até lá, Alana teria quase todo o dinheiro para os estudos. A oferta de Mari e Silas estava bem guardada em uma caixa na gaveta da cômoda e, toda semana, ao receber seu pequeno salário, Alana o depositava no mesmo lugar. Não era ingênua de achar que juntar dinheiro para o curso era o que bastava. Ela teria seu sustento diário com moradia, comida, transporte. Edmonton era uma cidade grande e, por causa disso, demandava mais gastos. Cedo ou tarde, eles teriam que discutir esse assunto.

O planejamento do casamento começou quando Mari perguntou a Alana o que iria vestir. Na verdade, ela não tinha pensado no assunto. Mari fez um alarde, dizendo que era preciso movimentar-se para organizar a cerimônia e que só ter a data não bastava.

Os amigos de Alana começaram a se mobilizar. Yael ofereceu-se para fazer o vestido de noiva. Em um fim de semana, Alana passou a tarde com a amiga para decidir como ele seria. Sua mãe tinha se casado em uma pequena igreja longe de Harmony, mas não tinha usado nenhuma roupa especial. Alana queria um vestido branco de um estilo que combinasse com ela. Não se imaginava coberta de tule, como seria o vestido de Laura, caso se cumprissem os rumores de que ela e dr. Maldo estavam de casamento marcado.

Por fim, Alana aceitou a sugestão de Yael, com palpites de Sara, de usar um vestido branco simples, mas com bordados da vó Nita. Com a decisão tomada, as duas compraram o tecido e começaram o trabalho no mesmo dia. A cada ponto que dava, Alana imaginava o futuro com Gabriel. A certeza do amor que ela sentia por ele e ele por ela a deixava confiante de que, mesmo que não realizassem o sonho de se tornarem enfermeira e *mountie*, encontrariam algo que lhes trouxesse satisfação.

O planejamento da festa de casamento se intensificou, ocupando as mulheres do círculo de amizade da jovem noiva. Sheila surpreendeu a todas com sua grande habilidade de costura, o que acabou lhe rendendo trabalho com Yael, que suspeitava de que ganharia uma máquina de costura de Calebe no Natal. Sara tinha dado com a língua nos dentes a respeito da surpresa, tamanha sua empolgação de sonhar com vestidos parecidos com os de Laura.

Mari e Amelie se encarregaram de planejar o almoço, já que o casamento seria após o culto de domingo. Com isso, os dias curtos e tristes de início de inverno encheram-se de calor na preparação do enlace tão esperado de Harmony, o de Alana e Gabriel. A noiva dormia com um sorriso no rosto e acordava cheia de animação.

O futuro tão aguardado! A esperança de rever o pai dava a Alana um motivo a mais para desejar que esse futuro chegasse logo. O presente poderia não ser propício por causa das incertezas, mas ele era a preparação para o que viria pela frente. A atitude de Alana determinaria sua disposição para enfrentar os novos desafios.

Capítulo 36

— Elsa olha para a mãe como se faltasse um pedaço – disse Amelie, colocando a sacola de pano em cima do balcão da loja.

Alana embrulhou a rosca açucarada para a mulher e pegou o dinheiro que ela lhe entregava.

— Mas Sheila está tão bem... Ganhou peso, e as roupas novas caem muito bem nela. E ela faz mágica com uma agulha.

Amelie pegou o embrulho e o colocou na sacola, assentindo com a cabeça.

— Não é a aparência de Sheila. Para Elsa, o que falta é o pai. Ela sempre via os dois juntos. Segundo Sheila, ela e o marido eram muito unidos. Ver a mãe significa enfrentar a realidade de que o pai não voltará.

Alana entendia a menina muito bem. Quando sua própria mãe faleceu, seu pai deixou-se engolir pela tristeza e, na cabeça da jovem Alana, ele tinha morrido um pouco.

— É muita mudança para Elsa. Mas ela é nova, e o tempo lhe dará oportunidades de superar isso. A memória do pai ficará para sempre, mas não a impedirá de ter um bom relacionamento com a mãe.

— Tem razão. Sheila é paciente e amorosa. – Amelie puxou as luvas do bolso do casaco e as vestiu. – Eu soube da carta que você recebeu com notícias sobre seu pai. É um bom sinal, não acha?

Alana esboçou um sorriso fraco.

– É um bom sinal, mas não me empolgo muito. A saudade tem apertado cada dia mais. Vejo a situação de Elsa e Lily, e entendo bem.

Amelie apertou a mão da jovem.

– Elas têm a mãe de volta, e você ainda pode ter seu pai.

– Eu me animo com a história delas.

– Sheila está trabalhando muito para sustentar Elsa e Lily. Eu nunca tive a bênção de ter filhos, mas sei que os pais fazem tudo por eles.

– E, por falar nisso, Yael está muito animada em expandir o negócio das costuras. Sheila transforma um pedaço de tecido em lindas roupas.

Alana sorriu ao se lembrar do seu vestido de noiva. Ela tinha feito a última prova no dia anterior, com Sara ao lado, saltitando e dizendo que seu próprio vestido de noiva teria várias camadas de saia.

Amelie afastou-se do balcão e fez um gesto, mostrando a saia azul-marinho.

– Foi Sheila que fez essa saia. A costura é perfeita. – Ela passou o dedo pela costura da saia e virou-a do avesso, mostrando-a a Alana.

Julian chegou para seu café da tarde e cumprimentou as duas mulheres, que interromperam a conversa íntima e feminina. Leah correu atrás dele, como um mosquito ávido por sangue. Alana revirou os olhos ligeiramente.

Chegando mais perto do balcão, Amelie cochichou:

– Ouvi rumores de que nosso *mountie* está arrastando a asa para cima da professora.

Alana riu e imediatamente levou a mão à boca.

– Reparei os olhares dele. Acho que não presta atenção a uma palavra do pastor Samuel durante o culto.

– Nosso *mountie* é solitário. É óbvio que procura uma esposa. Por um tempo, achei que ele se interessava por você.

Alana sentiu o rosto esquentar.

– Também, mas, desde que eu e Gabriel nos acertamos, ele se afastou. Espero que encontre uma mulher que o faça feliz.

Passada a irritação com os antigos flertes de Julian, Alana começou a examiná-lo por uma outra lente. Ele era um bom homem e um bom *mountie*. Preocupava-se genuinamente com a segurança das pessoas. Arriscou a vida por Sheila e por Gabriel.

– A professora é muito séria. Não acho que esteja procurando marido.

– Jane E. é um doce, mas muito misteriosa. Ela tranca o armário. Não que eu fosse mexer nas coisas dela, mas outro dia entrei no quarto para guardar a roupa de cama quando ela estava na escola. O armário estava trancado, e não achei a chave em lugar nenhum.

– Talvez ela tenha medo de roubo. Ela é mulher de cidade grande. Deve se preocupar com esse tipo de coisa.

Alana ponderou que Harmony costumava ser uma vila pacata, mas que, ultimamente, as pessoas trancavam as casas com medo da violência que chegava de forma sorrateira.

Amelie assentiu com a cabeça.

– As roupas dela não combinam com seu porte. É como se ela se escondesse debaixo daqueles panos grossos.

– Bem curioso. – Alana inclinou a cabeça.

– Já vou indo. Falei com Violeta sobre a decoração da igreja para seu casamento. Está tudo planejado.

– Obrigada, Amelie. Não sei o que faria sem você, Yael e Mari.

Amelie saiu, deixando o frio entrar pela porta. Alana fechou-a novamente e foi até a cozinha para tirar uma forma com biscoitos frescos do forno. Pegou os pães que já tinham esfriado e os levou para as cestas que ficavam na prateleira ao lado do balcão. Ela deu um meio sorriso. Leah continuava sobrevoando o espaço de Julian, que olhava pela janela, enquanto a mocinha falava sem parar.

Mari saiu do escritório e chamou a jovem de cabelo ruivo, que fez um beiço e sumiu nos fundos da loja. Alana atendeu uma mulher mais velha e lhe entregou um saco com biscoitos.

Mountie Julian terminou o café e aproximou-se do balcão. Deixou umas moedas na mão de Alana. Fez um aceno com a cabeça e foi em direção à porta, abrindo-a em seguida. Ele parou bruscamente.

– Algum problema, *mountie* Julian? – Alana inclinou o pescoço, examinando as costas eretas do homem de jaqueta vermelha.

– Uma carruagem. Que eu saiba, ela não estava programada para parar aqui hoje. A correspondência só chega amanhã.

Julian desceu os degraus, as botas pesadas batendo na madeira da passarela em frente à loja.

Alana ocupou-se em limpar o balcão ao mesmo tempo que espiava a carruagem parando do outro lado da rua, com dois cavalos cansados. Ela largou o pano de lado e foi até a porta. Começou a fechá-la, mas parou. Ela viu um homem alto de barba descer. A aba do chapéu preto obscurecia seu rosto. O condutor tirou uma pequena mala e a deixou ao lado do homem, subindo de volta na carruagem. Fez meia-volta, batendo as rédeas nos dois cavalos marrons.

O homem atravessou a rua e fez um leve cumprimento ao *mountie*. Alguma coisa no andar do homem chamou a atenção de Alana. Julian obstruiu sua visão, quando se aproximou do homem e trocou algumas palavras com ele. Somente quando o oficial olhou de volta para a loja, apontando o dedo, foi que Alana se deu conta de quem era o recém-chegado. Seu coração disparou, e um grande calor espalhou-se pelo peito. Seus olhos encheram de lágrimas, e sua cabeça começou a rodar.

Aquele homem lindo, que olhava para ela e lhe estendia os braços, era seu pai. Ele tinha voltado para casa.

Capítulo 37

Por um momento, a visão de Alana ficou turva. O sangue lhe fugiu da cabeça, deixando-a tonta. Um barulho estranho nos ouvidos fazia-os latejar. Alana viu o vulto de *mountie* Julian apontando o dedo para ela. O homem parou no meio da rua, e a mala escorregou dos seus dedos, batendo no chão com crostas de gelo. Alana e o pai se olharam, cada um paralisado em seu lugar. Julian pegou a mala do chão e segurou no braço do recém-chegado, conduzindo-o à passarela de madeira em frente à loja.

Alana acordou do torpor e escancarou a porta com um movimento brusco. Suas pernas tremiam e mal a sustentavam. Ela temeu acordar e se dar conta de que tinha se enganado e aquele não era seu amado pai. O *mountie* subiu os quatro degraus ao lado do homem e deixou a mala na porta. Alana deu um grito, um misto de júbilo e choro. Ela ouviu passos apressados no chão da loja e a voz de Mari atrás de si.

– Alana, o que houve?

Mari segurou-a pelo braço. Alana tropeçou no próprio pé e Silas agarrou-a a tempo de evitar uma queda.

– Pai! – O grito saiu como o uivo de um lobo.

Dusk apareceu ao lado da dona e rosnou para o recém-chegado. Alana se soltou de Mari e Silas, fez um sinal para Dusk e se jogou nos braços do pai. Ela chorava como uma menina. James abraçou a filha pela cintura e a levantou, chamando seu nome vezes sem conta.

– Alana, Alana!

– Pai, pai, pai!

Aquilo era real, pois a jovem sentia o calor dos braços do homem que lhe dera a vida, através de um milagre do céu. Ela ouvia a voz dele repetindo seu nome. De repente, tudo explodiu em cores. Até o dia acinzentado ganhou um brilho incomum. Mesmo entre lágrimas ela via a farda vermelha de Julian, os pinheiros verdes, os rostos curiosos que pararam na rua para ver a cena. Alana contemplava aquele rosto que, mesmo escondido sob a barba, era tão amado. Para ela, era como olhar-se no espelho. Ela era parte daquele homem.

James afastou a filha e, segurando-a pelos braços, olhou-a de cima a baixo.

– Minha filha, minha querida, você está tão linda! Como lembra sua mãe! – Ele apertou o rosto de Alana, os olhos marejados. – Minha receita do céu, que Deus me deu para cuidar e amar. Estou de volta, filha!

Alana examinou o rosto do pai e viu os mesmos olhos bondosos no rosto agora curtido pelo tempo. Ela o abraçou de novo, deixando as lágrimas escorrerem livremente.

– Esperei tanto por esse dia. Perdi a esperança mil vezes e a recuperei.

– Sobrevivi por você. Era meu único clamor, mesmo quando queria desistir de tudo.

Alana tirou o rosto do ombro do pai e olhou para seus amigos. Mari enxugava as lágrimas com o avental; Silas e Julian sorriam. Alguns clientes, que tentavam entrar na loja cuja porta estava obstruída pelas pessoas emotivas, pararam para assistir. Muitos conheciam James e o cumprimentaram. Quando os cumprimentos e abraços cessaram por um instante, Mari levou pai e filha para a privacidade do escritório, deixando-os sozinhos. Minutos depois, Leah entrou com um café e pão fresco para James.

Como se um dique no rio tivesse rompido, Alana fez centenas de perguntas para o pai, ao mesmo tempo que lhe contava o que estava acontecendo em sua vida. Contou sobre Gabriel, sobre Yael e Calebe, sobre vó Nita e vô Raini, sobre os planos de se tornar enfermeira e sobre pessoas que o pai não conhecia. Ela falava sem parar. Enquanto falasse, Alana não correria o risco de perder a atenção dele – o que seria difícil, já que James só tinha olhos para a filha.

Quando Mari anunciou que fecharia a loja, Alana se deu conta de que duas horas tinham se passado. Silas ofereceu carona na carroça para levar James para casa, e Alana foi logo atrás com Arrow e Dusk.

A festa em casa foi grande quando Alana apareceu com o pai. Vó Nita chorou todas as lágrimas que tinha guardado desde a morte da filha. A jovem nunca vira a avó derramar tantas lágrimas. A mulher corria de um lado para o outro, falando, perguntando e cozinhando. Vô Raini saiu com Aurora depois de receber James e voltou meia hora depois com um enorme pedaço de carne de veado defumada.

O banquete de recepção de James foi regado a boa comida, lágrimas e risadas. Alana mostrou ao pai seus tesouros: o anel de noivado da mãe de Gabriel, o anel de casamento da sua própria mãe e o livro de anatomia. Ela pôde contar ao pai mais detalhes dos planos ainda incertos. James se deliciava com todas as histórias e fazia muitas perguntas sobre os últimos quatro anos de Alana. Ela lhe contou sobre a tristeza de ver os dias passando após a viagem do pai e sobre a falta de notícias, que se transformou em desespero, depois mais desalento e saudade. Emocionou-se ao contar do cuidado de vó Nita e vô Raini e de como eles insistiam que James voltaria.

Gabriel apareceu no fim do dia para se apresentar e fazer um novo pedido de casamento a James. Alana se encheu de alegria ao ver a aprovação do pai pelo seu noivo. Entendendo que aquele era um momento para pai e filha se reconectarem, Gabriel saiu em menos de uma hora. Alana passou a noite na sala ao lado de James e, quando as palavras cessaram devido ao cansaço, ela dormiu com a cabeça apoiada na perna dele.

Na manhã seguinte, a jovem foi para o trabalho com o coração apertado. Não queria deixar o pai nem um minuto sequer. Foram quatro anos de separação e dúvidas. No entanto, ela tinha um compromisso com Mari e precisava das horas de trabalho. Alana estava curiosa com o que tinha acontecido ao pai nos quatro anos em que ele ficara longe; mas, ao que parecia, ele queria saber tudo da filha primeiro. De qualquer forma, eles tinham muito tempo para preencher as lacunas da longa ausência.

Alana trabalhou com energia redobrada. Queria manter-se ocupada para que o tempo passasse logo e ela pudesse voltar correndo para casa. Yael passou na loja e celebrou com a amiga a volta de James. Depois foi Amelie quem apareceu, dizendo que queria fazer um almoço especial para Alana e sua família no fim de semana. Ao terminar o expediente de trabalho, a jovem montou em Arrow e voou para casa. James tinha tirado a barba e parecia bem mais descansado.

O tempo ruim tinha dado uma trégua, e pai e filha saíram para caminhar, Dusk sempre ao lado. James contou à Alana que, quando Lua morreu, ele ficou desorientado a ponto de quase enlouquecer. Naquela mesma semana, recebeu uma carta do pai na Inglaterra, dizendo que sua saúde não estava boa e precisava rever o filho. Como fuga do desespero que o esmagava com a morte da esposa, James fez a viagem depois de se despedir da filha, que chorava a perda da mãe e não entendia a urgência do pai em viajar.

Na costa da Grã-Bretanha, o navio afundou. Muitos passageiros morreram, e James foi resgatado por pescadores. Ele perdeu a memória, provavelmente quando os destroços bateram em sua cabeça. Tinha vários cortes na testa e na nuca. Um dos pescadores o levou para sua casa, onde ele ficou por um tempo. Depois, um casal idoso o acolheu – o senhor e a senhora Brown. Naquela casa, ele fazia serviços gerais, como jardinagem e manutenção do estábulo.

O tempo foi passando, e James mal se lembrava do próprio nome. Ele tinha rabiscado em um papel dois nomes que sempre surgiam em sua mente: *Alana* e *Harmony*. Dois anos depois, foi embora da casa do casal. Andou por Londres, fez todo tipo de trabalho, até que um dia teve um sonho e recuperou sua memória. A viagem durou mais de três semanas, até que ele finalmente chegasse a Harmony.

– Eu recebi uma carta da mulher que o acolheu, Vera Brown.

Alana agarrou-se ao braço do pai, acompanhando seus passos firmes por um caminho entre pinheiros.

– A senhora Vera fazia de tudo para me ajudar com a memória. Acho que, por isso, consegui me lembrar do seu nome e de Harmony. – James parou em frente ao riacho. – Eu tinha que voltar para cá. Voltar para você, voltar para o lugar onde conheci minha Lua.

Alana deitou a cabeça no ombro forte do pai. Estava segura. Tinha Gabriel, com quem dividiria seus sonhos. Agora também tinha de volta o homem que não mediria esforços para protegê-la. Era uma história incrível, que Alana esperava contar um dia para seus filhos. Por ora, ela aproveitaria cada momento com seu pai.

Capítulo 38

Todos os olhos estavam fixos em Alana. Ela sorria ao cumprimentar seus amigos da igreja. Acompanhada pelos três homens mais importantes da sua vida, seguiu até o primeiro banco. De braços dados com o pai, Alana sentou-se, Gabriel do outro lado e vô Raini mais adiante, com vó Nita. Yael, Calebe e família estavam no banco de trás e cumprimentaram efusivamente a família de Alana. A notícia já tinha corrido pela cidade e pelos sítios, levando alguns amigos a visitarem James para lhe dar as boas-vindas.

O culto foi uma celebração pela volta do pai de Alana e da mãe de Elsa e Lily. Pastor Samuel também anunciou o noivado de Laura e dr. Maldo, para surpresa de todos. O sr. e a sra. Miller convidavam os presentes para uma cerimônia simples em duas semanas. Alana olhou para Yael de olhos arregalados, e Sara comentou que precisava de mais um vestido novo para a cerimônia.

Quando as palmas cessaram, o pastor fez uma pregação no Salmo 23, lembrando a todos que, apesar dos vales, Deus estava sempre presente. Alana se emocionou várias vezes. Sua mão estava agarrada à do pai. Agradeceu a Deus pelos últimos acontecimentos em sua vida, provas de que milagres existiam de fato.

Por fim, Jane E. tomou o lugar de Violeta ao piano e encheu a pequena igreja da mais bela música. As notas eram alegres, bem de acordo com o clima daqueles amigos e irmãos de longa data e dos que foram sendo acrescentados, como Sheila, suas filhas, Mari e tantos outros que agora pertenciam à grande família de Alana.

As conversas começaram, embora alguns preferissem ficar em seus bancos para apreciar a melodia dos dedos de Jane E. Alana levantou-se e fez um sinal para Sheila se aproximar com as filhas. Ela tinha contado ao pai a incrível história de resgate das três mulheres reféns dos bandidos e estava ansiosa para apresentar-lhe Sheila, Elsa e Lily.

Deixando Gabriel, que conversava com *mountie* Julian, Alana puxou o pai por entre as duas fileiras de bancos. Sheila veio ao seu encontro com as filhas e a cumprimentou. A mulher virou-se para James. Seu rosto ficou pálido, e seus olhos se abriram como se ela tivesse visto um fantasma. Alana pensou que Sheila fosse perder os sentidos quando ela se segurou no encosto do banco próximo.

Alana tocou de leve na mão da mulher, que estava pegajosa e gelada.

– Sheila, este é meu pai, James.

A mulher levou a mão à boca e estendeu a outra devagar. James olhou para Alana, fazendo um leve movimento com os lábios, como se fizesse uma pergunta. A filha fez um discreto movimento com os ombros, indicando que não entendia a reação de Sheila. James voltou-se para a mulher, apertando-lhe a mão.

– Muito prazer – ele disse.

Alana olhou para baixo a tempo de ver Elsa escondendo o rosto na saia do vestido da mãe. Sheila sacudiu a cabeça e apertou os olhos com os dedos.

– Desculpe... eu... Você lembra muito meu falecido marido.

– Você parece com meu pai! – Lily, agarrada ao braço da mãe, sorriu, mostrando o espaço de mais um dente que tinha caído.

Alana sentiu a garganta apertar. James estendeu a mão para Lily.

– Eu sou James, pai da Alana. Qual é o seu nome?

– Lily.

— Prazer, Lily.

Ele estendeu a mão para Elsa, mas a menina se retraiu, encostando-se no banco.

— E você, como se chama? — James perguntou.

— Elsa. — Os olhos estavam fixos nele.

Alana encheu-se de compaixão por Sheila e suas filhas. Embora não tivesse conhecido o sr. Jones, ela não duvidava de que seu pai se parecesse com o falecido. O assombro estava estampado no rosto da mulher e das meninas.

James abaixou-se um pouco, olhando para as duas irmãs.

— Sinto muito pelo seu pai.

— Ele morreu. — Lily fez um leve beiço.

— Eu sei. Fico triste por vocês. — James se aprumou e se virou para Sheila. — Meus sentimentos.

Sheila fez um gesto com a cabeça, em agradecimento. Virou-se para Alana.

— Nós já vamos. Sua família vem almoçar conosco na casa de Amelie?

James olhou para a filha, que respondeu confirmando.

Lily puxou o paletó dele.

— Posso me sentar ao seu lado?

Alana engoliu em seco. Sheila puxou a filha pela mão e disse:

— Não vamos incomodar o sr. James.

— Não é incômodo. — Ele sorriu para Sheila.

Amelie apareceu, avisando que já estava indo para casa.

— Yael vem com a família também. Vamos comemorar as notícias boas.

O som do piano parou e, pouco a pouco, todos foram saindo da igreja. Meia hora depois, a casa de Amelie e Joaquim encheu-se de risadas e conversas animadas. O trabalho de finalização do almoço era intenso. Alana e Sheila colocavam a mesa, enquanto Amelie ia para a cozinha e voltava com mais louça. Os aromas arrancaram comentários dos mais famintos, como Nathan.

Lily parecia a sombra de James. Desde que ele entrara com Alana na casa, a menina não saía do seu lado.

– Alana, desculpe-me pelo comportamento de Lily – disse Sheila, pegando os talheres de um cesto e dispondo-os ao lado dos pratos que Alana colocava na mesa.

– Não se preocupe com isso. É natural que Lily fique confusa com a semelhança do seu marido com meu pai.

– É muito impressionante como se parecem. Quando o vi na igreja, pensei que os *mounties* tivessem se enganado sobre a morte de Isaac.

Alana deixou o último prato na mesa.

– Não se sinta mal por isso. Olhe ali.

Ela apontou para o sofá, onde seu pai estava sentado com Lily, Elsa, Sara, Nathan e o bebê Zach aos seus pés. Ele lhes contava uma história, arrancando-lhes risadas.

– A falta que um pai faz! – Sheila cruzou os braços e observou a cena.

Alana apoiou a mão no ombro da mulher.

– Deus providencia uma figura paterna. Tive meu vô Raini nesse papel por quatro anos.

– E parece que minhas filhas escolheram seu pai para o papel.

– Tenho certeza de que ele se sentirá honrado. Em Harmony, aprendemos a ser família uns para com os outros.

Alana examinou os rostos conhecidos, reconhecendo em cada um deles essa verdade. Por que não dividir seu pai com as duas meninas?

Amelie apareceu com uma travessa, e Sheila correu para ajudá-la. Gabriel, de tipoia, arrastava cadeiras para perto da mesa, tentando arrumar lugar para todos. Calebe e vô Raini conversavam em um canto da sala, e Jane E. servia água aos convidados.

Alana não poderia pensar em um dia mais especial que aquele. Evitou divagar, tentando achar respostas para o que ainda era incerto. Um momento como aquele era único, e ela precisava aproveitá-lo.

A mesa de jantar de Amelie estava coberta de comidas saborosas. Em torno dela, famílias e amigos se acotovelavam, passando travessas, enchendo seus pratos e se deliciando. As crianças foram comer na sala, sentadas ao redor da mesa de centro.

Em alguns momentos, todos falavam ao mesmo tempo, elogiando a comida e a cozinheira. Em outros, as bocas se ocupavam em mastigar, e os sons de talheres e louça preenchiam o silêncio.

Quando o almoço terminou, Alana tinha o estômago cheio e o coração inundado de alegria e gratidão. Pouco a pouco, os convidados foram se despedindo, depois de ajudar a anfitriã na arrumação da cozinha e da casa.

De volta em casa, ela passou o resto da tarde conversando com o pai. Contou a ele sobre as lições aprendidas com dr. Carl e dr. Maldo e do quanto mais aprenderia se conseguisse fazer o curso de enfermagem. Ela lhe disse que Mari e Silas tinham ajudado com parte dos custos do curso e que faltava pouco para conseguir o restante. O rosto de James ficou pesado. Alana não queria preocupar o pai com aquilo, mas também não poderia esconder algo tão importante dele. Depois de quatro anos de separação, podia falar livremente com o pai sobre cada detalhe da sua vida longe dele.

À noite, Alana rolou um tempo na cama, lutando para trazer à memória as horas de afeto na casa de Amelie, para que as dúvidas não se alojassem em seu peito. Um a um, ela foi repassando na memória o rosto de seus amigos. Todos tinham suas próprias histórias de dificuldades e superações. O sono foi chegando, trazendo com nitidez o rosto de Gabriel. Depois foi o rosto de seu pai ao olhar para ela na chegada a Harmony. O sorriso desdentado de Lily foi o próximo e, na sequência, Sheila e Elsa, até que tudo se apagou.

Foi logo de manhã, ainda de camisola, que Alana se assustou com o semblante do pai quando vô Raini entregou a ele um telegrama. Ele ficou pálido ao ler o breve conteúdo e se sentou.

Capítulo 39

Alana puxou a cadeira para o lado do pai, segurando sua mão com força. Vó Nita e vô Raini, sentados à mesa do café da manhã, olhavam para James com preocupação. O telegrama aberto era claro: a mãe de James chegaria a Harmony em uma semana. A viagem de James à Inglaterra para visitar o pai no leito de morte se transformara em tragédia.

– Em todo o meu desespero para voltar a Harmony, não pude dar a devida atenção à minha mãe. Sinto tanto não a ter visitado – disse James. – Pouco antes de vir para cá, enviei-lhe uma carta explicando meu desaparecimento. Eu disse a ela que precisava voltar para casa para ver você primeiro, Alana. Eu estava muito longe da minha cidade natal. Que susto ela deve ter tomado quando recebeu minha carta.

Segurando o telegrama, James leu-o novamente.

– Não é arriscado ela fazer essa viagem sozinha? – perguntou Alana.

Vô Raini e vó Nita ouviam atentamente, cada um com sua caneca de café.

– Talvez venha com um sobrinho. Duvido que minha mãe fizesse desacompanhada uma viagem longa e perigosa como essa. – James segurou a caneca de café, mas logo a empurrou para o lado.

– Essa é uma boa notícia. – Alana tentou animá-lo. – Nunca imaginei conhecer minha outra avó.

James deu um sorriso fraco.

– Sim, verdade.

– Qual o problema então? – Alana perguntou.

– Aos poucos vou me dando conta do quanto perdi nesses quatro anos\. – James apoiou o braço nos ombros de Alana. – Nem imagino o quanto você e minha mãe devem ter sofrido com a falta de notícias. Falhei com as duas mulheres mais importantes da minha vida. Minha mãe enterrou o marido e nunca mais viu o filho. Alana ficou órfã; órfã de pai vivo. – James balançou a cabeça, desolado.

Vó Nita apoiou os cotovelos na mesa e inclinou o corpo para a frente, olhando fixamente para James.

– De fato, foi difícil para Alana, e imagino que para sua mãe; mas você está vivo e com saúde. O tempo perdido não pode ser recuperado, mas o presente pode ser vivido com intensidade.

James balançou a cabeça, concordando.

– E quero fazer isso. Obrigado, Raini e Nita, por cuidarem tão bem da minha Alana. – Passando a mão no rosto da filha, ele sorriu. – Perdoe-me, querida.

– Papai, não foi sua culpa, e serei eternamente grata a Deus por trazê-lo de volta para casa.

Alana fez algumas perguntas sobre a avó Elizabeth, que James respondeu com grande nostalgia.

– O senhor acha que ela vai me aceitar? Seu lado da família não aceitava muito bem seu casamento com a mamãe.

Alana passou a mão na cabeça de Dusk, que tinha entrado na cozinha e descansava a cabeça no colo da dona.

James pegou nas duas tranças de Alana.

– Dê tempo à sua avó. Ela deve chegar muito cansada e confusa com meu desaparecimento. Tenho certeza de que ela irá se apaixonar por você, meu presente do céu. Como não amar uma jovem tão linda e decidida?

Alana sorriu, o amor pelo pai forçando lágrimas em seus olhos. Ela confiava nele, que sempre foi seu protetor e incentivador, o homem que lhe ensinou lições preciosas de vida.

– Estou ansiosa para finalmente conhecer a vó Elizabeth.

Os dias seguintes foram de expectativa e preparativos para a chegada da avó irlandesa de Alana. A notícia se espalhou pela cidade, e Yael comentou como Harmony crescia com a chegada de familiares dos moradores e de novas famílias em busca de um lugar hospitaleiro.

Alana e Yael faziam os arremates finais no vestido de noiva. Muito tinha acontecido para que Alana pudesse ver dois de seus sonhos realizados: ter o pai de volta e se casar com Gabriel. Era animador ver as coisas se encaixando.

– Tenho muito orgulho dos moradores de Harmony. Ninguém fica sem o devido cuidado. Não é à toa que os que chegam não querem mais ir embora. – Yael sorriu e puxou a agulha com a linha branca da barra do vestido branco.

– Meu sonho é montar uma enfermaria quando eu me formar. Isso se eu me formar.

Harmony era uma parte importantíssima de Alana. O chamado da jovem para cuidar dos moradores da vila se tornava cada dia mais intenso, conforme ela se aproximava das pessoas e entendia suas adversidades.

Yael apoiou a costura no colo e olhou para a amiga do outro lado da mesa:

– Pense nos tantos milagres que aconteceram recentemente. Por que não mais um?

Alana sorriu e pegou mais um botão para costurar no vestido.

– Por que não mais um?

* * *

O inverno bateu à porta e entrou. As temperaturas caíram abaixo de zero e, na segunda semana de dezembro, estacionou nos dezoito graus negativos. As estradas eram caminhos de gelo, e o manto branco de neve cobria toda a região. Os moradores concentravam-se em cuidar dos animais menos resistentes ao frio e garantir que famílias e vizinhos tivessem os recursos necessários para os longos meses de temperaturas polares: alimentos, remédios, roupas. Bastava uma pessoa com uma infecção respiratória para a doença se alastrar. Era comum famílias inteiras ficarem confinadas em casa por algumas semanas, dependendo de amigos e vizinhos para as necessidades mais básicas, como preparar comida.

Alana e vó Nita mantinham-se ocupadas, acompanhando dr. Maldo nas visitas aos enfermos e preparando chás. O médico ainda olhava com suspeita as misturas da mulher nativa, mas não impedia vó e neta de as oferecerem aos pacientes. Dr. Maldo tinha dado a Alana a tarefa de ir a Belleville uma vez por semana para buscar medicamentos, que ela guardava no consultório do médico, em um armário ao qual apenas ela e o doutor tinham acesso. Ela se achava importante cuidando da única farmácia de Harmony.

Com a aproximação do casamento, Alana se viu em um redemoinho de atividade. Ela dificilmente encontrava privacidade para conversar com seu noivo. Gabriel ria e dizia que logo teriam bastante tempo sozinhos. Ao mesmo tempo que Alana desejava ter esse tempo a sós com Gabriel, ela queria dar o máximo de si para cuidar de seus pacientes. Contar com o apoio de seu pai era maravilhoso. Ele a acompanhava às visitas quando vó Nita não podia ir.

Nas pouquíssimas horas vagas, Alana fugia até o galpão para ler, enquanto sua vó fazia suas misturas. Toda a agitação com os preparativos para o casamento a deixavam cansada. A cada hora, uma pessoa inventava mais uma coisa que precisava ser feita ou melhorada. Vó Nita tinha dito que esse era um sinal de que todos aprovavam o casamento. Alana só não sabia onde iria morar com seu novo marido. Gabriel pouco falava sobre isso e, quando expressava alguma coisa, era para dizer que tudo se ajeitaria.

Além do casamento, a vila discutia os rumos da nova escola. Mais famílias tinham demonstrado interesse em mandar os filhos para a escola em janeiro. Jane E. garantia que poderia cuidar de uma turma maior, e Sara se ofereceu como auxiliar.

Com a ajuda de Gabriel, James encontrou uma pequena casa não muito longe do centro de Harmony para morar, preferindo que até o casamento a filha continuasse morando na casa onde tinha passado sua infância. Com tudo acertado, Alana tirou algumas horas na semana para ajudar o pai a se acomodar na nova moradia.

Em uma noite mais tranquila, Ela e James jantavam à mesa da cozinha da casa nova quando ele tirou um pacote do bolso da calça.

– Isso é para você.

Alana pegou o pacote de papel pardo e o abriu. Ela levou a mão à boca.

– Pai...

– Eu nunca permitiria que você deixasse de realizar seu sonho. Espero que a quantia seja suficiente. – James sorriu.

– É mais do que suficiente, mas o senhor não vai precisar?

– Tenho muita força nos meus braços. Você precisa desse dinheiro mais do que eu.

Alana levantou-se e beijou o pai.

– Preciso contar para Gabriel.

Ele sorriu.

– Vá.

Ela saiu apressada, Dusk acompanhando Arrow. No sítio Hebron, Alana correu para o quarto de Gabriel, ao lado do celeiro. Mostrou-lhe o dinheiro, presente do pai.

Gabriel a abraçou, levantando-a do chão.

– Você merece isso e muito mais.

Com os pés no chão, mas parecendo flutuar, Alana correu a mão pelo braço machucado de Gabriel.

– Quero ver seu sonho realizado também.

Gabriel mexeu os dedos e franziu a testa de dor.

– Está nas mãos de Deus.

* * *

Vó Elizabeth examinou Alana de cima a baixo quando desceu da carruagem, acompanhada de uma mulher de meia-idade. Alana segurou na mão do pai, buscando coragem. A avó, de cabelo grisalho e olhos azuis mostrando as marcas do tempo, estendeu a mão enluvada e tocou o rosto de Alana. Com gentileza, puxou a moça para um abraço semelhante ao que tinha dado no filho minutos antes. Alana soltou um suspiro, sentindo o calor dos braços da avó.

A elegante mulher apresentou sua acompanhante e informou que já tinha um emprego acertado em Belleville. Subindo novamente na carruagem, a acompanhante se despediu e seguiu seu caminho.

Alana, o pai e a avó subiram na carroça emprestada de vô Raini e foram para a casa de James. Das histórias que Alana ouvia quando criança, ela lembrava que a avó Elizabeth morava em um casarão. Como se acostumaria com o casebre do filho, em uma vila sem muitos recursos? Seria um longo tempo de adaptação para os dois. De qualquer modo, o coração de mãe de Elizabeth pareceu ter deixado as desavenças no Velho Mundo. Alana via todo o esforço da mulher em agradar o filho e sua neta mestiça. Os dias que se seguiram foram de carinho e cuidado mútuos.

No fim da semana, toda a atenção de Harmony se voltou para o casamento de Laura e dr. Maldo. Ao contrário do que Alana e Sara imaginavam, a jovem noiva não entrou na igreja flutuando em saias de tule. O vestido era bonito, mas simples. Dr. Maldo sorria de orelha a orelha. Alana alegrou-se pelo médico e por Laura. A moça parecia genuinamente feliz, e seu olhar cruzou com o de Alana, parando por um instante. Um leve sorriso se seguiu, o que Alana interpretou como um acordo de paz.

Durante a cerimônia, Elsa ficou sentada ao lado de James. Elizabeth olhava para a menina com curiosidade. Durante a recepção na casa da família Miller, a mulher idosa passou parte do tempo conversando com Sheila. Alana notou os frequentes olhares que seu pai dava na direção das duas.

Jane E. alegrou a festa com suas músicas. As crianças saltitavam quando o ritmo era mais animado, enquanto os adultos assistiam. *Mountie* Julian bebia um ponche e observava a mulher ao piano, que parecia alheia a tudo o que acontecia ao seu redor. A curiosidade de Alana aumentava sobre a origem da professora, cujos modos destoavam dos moradores de Harmony. No entanto, Jane E. demonstrava estar muito satisfeita com sua nova vida entre aquelas pessoas. Alana olhou para o *mountie* e balançou a cabeça com um sorriso. O semblante dele era de total admiração pela misteriosa professora.

O novo casal chegou por último e cumprimentou os convidados, que os aplaudiram mais uma vez. A noiva e o noivo conversaram com os presentes, recebendo abraços e palavras de felicitação. Ao se aproximarem de Alana, dr. Maldo tirou um envelope do bolso e estendeu o braço em sua direção. A jovem pegou o envelope, a testa franzida, e puxou uma carta de dentro dele.

Lendo as letras bem-desenhadas no papel cor de creme, Alana deixou uma lágrima escapar. Era uma carta de dr. Maldo para a Escola de Enfermagem, recomendando Alana e elogiando seu trabalho em Harmony.

– Seria injusto da minha parte não fazer essa recomendação – ele disse e sorriu.

– Obrigada, doutor. – Ela abraçou a carta. – Isso significa muito para mim.

O médico pegou sua esposa pela mão.

– Essa é uma cidade especial. Cuide bem dela quando voltar.

Os recém-casados foram até o centro da sala e começaram a dançar uma valsa que Jane E. tocava ao piano.

Gabriel aproximou-se de Alana, que lhe mostrou a carta. Ele a puxou para o jardim, encontrando um lugar reservado entre pinheiros cobertos de neve. A música do piano chegava aos ouvidos de Alana, que olhava para o noivo com expectativa. Ela o amava e sempre o amaria. Tudo o que viveram serviu para aproximar mais os dois. Muito viria pela frente, e Alana estava preparada para se dedicar ao compromisso de casamento que fariam em poucos dias.

Gabriel segurou a noiva pelos ombros e examinou o seu rosto. Passou os polegares frios na face dela e sorriu.

– Não vou permitir mais interrupções.

Alana inclinou o pescoço para o lado e franziu a testa. Quando ele segurou seu rosto com as mãos, o coração de Alana disparou. Ali, naquele cenário branco, aconteceu um beijo quente e carinhoso. Com mãos tímidas, ela acariciou o rosto daquele que seria seu marido. O amor que tinha brotado no verão já mostrava muitos frutos de respeito e entendimento.

A jovem entregou-se ao carinho de Gabriel. Eles se tornariam um, sem anular as características um do outro. Juntos, trabalhariam para que Harmony crescesse em acolhimento e cuidado. Esse era o sonho de Alana.

Capítulo 40

A jovem noiva encantou a todos com seu vestido com um delicado bordado de estrelas brilhantes no tecido alvo. Os presentes se levantaram quando Alana entrou de braços dados com seu pai e seu avô. Os passos lentos lhe permitiram ver os rostos daquelas pessoas que a amavam: Yael e Calebe com sua linda família, Amelie e Joaquim, Mari e Silas. Sheila estava no primeiro banco com Lily e Elsa, as duas meninas com olhos hipnotizados, fixos em Alana.

Jane E. dedilhava uma música divina no piano, e a noiva sentiu seus pés caminharem em nuvens. Alana olhou para seu noivo, de terno escuro, a barba feita, os olhos brilhando, e seu coração dançou. Queria correr para os braços dele, mas se conteve. Os olhares dos noivos se atraíram como ímã, apontando para a união que, em instantes, seria oficializada pelos homens e confirmada por Deus.

James entregou a mão de sua filha a Gabriel, que a beijou. Vô Raini abraçou a neta e foi se sentar com vó Nita, que derramava algumas lágrimas. Alana raramente via sua avó chorar, e não conteve o próprio choro ao olhar para aquela mulher que tinha sido sua mãe e avó.

A música cessou. Pastor Samuel pediu que todos se sentassem e cumprimentou os noivos.

– Hoje celebramos a união desse homem com essa mulher. Alana, filha de Harmony, orgulho de seus pais e de seus avós. – Ele olhou para Gabriel. – Gabriel, a tragédia o trouxe para cá, e a graça o redimiu da dor.

Alana soluçou, e o noivo apertou sua mão. Quantas voltas difíceis a vida dos dois tinha dado até que finalmente se encontrassem no altar para selar seu compromisso de amor perante Deus, amigos e parentes. O pastor continuou:

– O que Deus une não deve ser desfeito pelos homens. Alana e Gabriel, eu, seus amigos e familiares temos o compromisso de caminhar com vocês, enquanto fortalecem esse laço de matrimônio.

– Oh, que lindo! – Era a voz de Mari, que arrancou mais soluços e risos da congregação.

Alana olhou para Gabriel, a visão embaçada, e sorriu.

– Sim, dona Mari – o pastor disse. – É um ato lindo.

A cerimônia prosseguiu e teve a participação especial do bebê Zach, que deu seus primeiros passos, enquanto os noivos trocavam as alianças. Sara correu atrás do sobrinho, e Alana fez um sinal para que ela deixasse Zach solto. Ali era a casa de todos os presentes, onde eles celebravam batismos, casamentos, onde riam e choravam. Alana lembrou-se das palavras do dr. Maldo, dizendo que ela cuidasse dos moradores de Harmony. Sim, com Gabriel, ela teria forças para realizar seus planos e voltar para sua vila.

O pastor fez uma breve meditação sobre amor incondicional, que sustentava a caminhada nos vales da vida. Alana e Gabriel tinham passado por alguns vales, mas também subiram à montanha quando descobriram o amor. Quando o pastor os declarou marido e mulher, as palmas se seguiram, e a música recomeçou.

Os abraços e felicitações aos noivos começaram e continuaram por um bom tempo. Os convidados mais experientes davam conselhos a Alana e a Gabriel. De repente, o ambiente foi transformado. As cadeiras foram arranjadas em semicírculo pelos homens e meninos, que logo após montaram mesas no centro. As comidas começaram a chegar, vindas da casa do pastor Samuel e de Violeta. As mulheres utilizaram todos os seus dotes culinários para oferecerem um banquete aos noivos e seus convidados.

Alana puxou a manga do paletó de Gabriel e fez um sinal na direção do *mountie*, que não tirava os olhos da pianista e professora.

– Mais uma história de amor em Harmony?

Gabriel riu e beijou sua esposa no rosto.

– Parece que sim.

O silêncio ia tomando conta do lugar, conforme as pessoas enchiam seus pratos. Alana e Gabriel foram levados à cabeceira da mesa, onde podiam comer e contemplar os rostos amigos. A jovem noiva mal tocou na comida. Uma enxurrada de emoções tomou conta do seu peito. Seria difícil dizer adeus àquelas pessoas. Precisava se lembrar de que estaria com seu marido e que, a seu tempo, os dois voltariam para Harmony.

Elizabeth presenteou o jovem casal com uma longa estada no hotel de Belleville até que se mudassem definitivamente para Edmonton, onde os dois iriam se preparar para o futuro. Alana estava apreensiva, mas confiante de que o futuro lhes traria grandes alegrias.

Jane E. sentou-se ao piano, *mountie* Julian ao seu lado, e dedilhou as primeiras notas. As famílias se abraçaram e começaram a cantar a conhecida melodia:

Tudo é paz! Tudo amor! Dormem todos em redor. ♪

Alana sentiu a mão quente do marido na sua. Ela arregalou os olhos quando os dedos de Gabriel se movimentaram na sua mão. No rosto dele, um grande sorriso. Ele ficaria bem! Estaria pronto para realizar seu próprio sonho.

Gabriel beijou a mão de sua noiva e aproximou-se do ouvido dela.

– Tudo vai ficar bem.

O sussurro dele arrancou um suspiro de Alana. *Tudo vai ficar bem*. Os milagres aconteceram em meio a grandes tribulações.

Em Belém Jesus nasceu, Rei da paz da terra e céu,
Nosso Salvador é Jesus, o Senhor. ♪

Alana olhou para Gabriel. Era o primeiro Natal de muitos que passariam juntos e, se Deus permitisse, as famílias que ela tanto amava estariam sempre ao seu redor.

F I M

Queridos leitores,

Espero que tenham gostado da história de Alana e Gabriel. No entanto, ela não termina aqui. Vem aí *A Marca*. Aproveitem um pedacinho da bela história de superação com Jane E. Bell.

Amor no Oeste do Canadá – Livro 3

A Marca

Capítulo 1

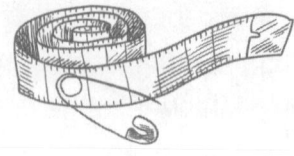

Faz cinco meses que fugi do meu cárcere. No entanto, estou ciente de que não alcancei a liberdade. Parti de um lugar físico, mas trouxe comigo a prisão. Ainda não me libertei da pessoa que nunca sonhei ser — da pessoa na qual me transformei para me proteger. Dentro de uma casca, há vestígios da menina que acreditava ser amada incondicionalmente. Da que sonhava grandes sonhos. Ela e sua ilusão foram apagadas como linhas no papel. Apenas alguns borrões persistem. Guardo no meu armário esboços que evidenciam aquilo no qual eu gostaria de me transformar, caso a bolha de ilusão não tivesse furado. Confesso, diário, que tenho medo. Ou vergonha. Escondo a marca que trago. Ela é feia, mas o mais feio é o que ela me faz lembrar. Escondê-la é o que faço, embora a dor que ela cause esteja sempre presente em meu coração.

Por que me preocupo tanto com o que as pessoas vão dizer de mim? Não planejo cometer crime algum. Eu sei a resposta: vivi os últimos anos obrigada a fazer um papel que nunca deveria me pertencer. Eu era outra pessoa até os 12 anos. Perdi esse papel e virei figurante da minha própria história. Escondo o desejo de alcançar a liberdade plena. Sinto que, aqui em Harmony, esse desejo pode se tornar realidade

(Anotação do diário de Jane E.)

Jane E. arrumou os livros na prateleira no canto da sala de aula. Passou pelas carteiras de madeira sólida e rústica, apanhando objetos que haviam sido largados para trás: um toco de lápis, um gorro, uma luva solitária sem seu par. Lily tinha esquecido a lancheira mais uma vez. Na pressa de começar o fim de semana, as crianças correram para a porta, chocando-se umas contra as outras como bolas de gude, quando a professora balançou a sineta. Na sala vazia, Jane E. ajustou seus ouvidos ao silêncio repentino e bem-vindo, depois que, ao sair, Elsa bateu a porta com força.

Ela precisava passar um tempo sozinha, longe da sala de aula apertada e improvisada, com chão de ripas de madeira tosca. As horas de silêncio, sem choro, reclamações e risadinhas dos alunos, recomporiam sua energia.

Seu objetivo àquela hora da sexta-feira era chegar ao seu quarto de aluguel e ler o último livro que sua mãe tinha enviado. Era mais um dos presentes que a sra. Bell lhe dava, como expiação de suas culpas. A digníssima esposa do sr. Bell jamais abriria a boca para expressar palavras de perdão. Livros substituíam o que o orgulho e a mágoa a impediam de verbalizar.

O pacote aberto, que estava em cima da cama de Jane E., continha uma linda edição de A Letra Escarlate, de Nathaniel Hawthorne. Jane E. conhecia bem a história de Hester Prynne. Sofreu com ela e com sua filha Pearl nas inúmeras releituras da comovente narrativa, que fazia parte da enorme biblioteca do seu pai.

grupo novo século | ns

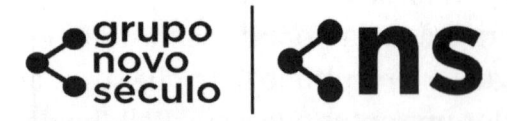

@novoseculooditora

Edição: 1ª
Fonte: PT Serif